contents

装幀　bookwall
装画　アシュラ＊アスラ

貘《ばく》の掃除屋

第一章　夢迷《むめい》のトンネル〈館平奈々葉《たてひらななは》の悪夢〉

1

小学校の頃。怖いものは何かと先生に問われて、私は「夢」と答えた。

クラスの他の子たちは「オバケ」とか「暗いところ」とか、「お母さん」などと答えていたと思う。

私はお母さんのことは大好きだったし、オバケも暗いところも怖くなかった。

だって、オバケなんてこの世にいるはずがないし。暗いところではいつもお母さんやお父さんが私の手をぎゅっと握って、そのぬくもりで私を守ってくれたから。

だけど、夢の中は違う。

夢の世界では、現実のルールは通用しない。オバケは普通に出てくるし、怪物も、もっと怖いものだって存在する。

そして恐ろしい夢の中では、私はいつもひとりぼっちだった。

どんなに暗くても、寄り添ってくれる人はいない。助けを求めても誰も来てくれない。どこまでも理不尽で、不条理で、不可解で、不安定な世界の中を独《ひと》り、さ迷い続けるしかないのだ。

「でも、夢は夢でしょ」とクラスメイトの誰かが言った。「どんなに怖い目に遭っても、夢なんだから。実際に怪我《けが》したり、死んじゃうことはないでしょ」と。

みんなは、信じているのだろう。

夢の世界には必ず出口があると。夢と現実との境の扉は固く閉ざされて、決して開くことはないのだと。

それが真実なんて保証はどこにもないのに。証明などできないのに。

私はそれを、信じられない――

「いいねえ、この雰囲気。いかにも何か出そうじゃん」

グラビア撮影するカメラマンみたいに、「いいねえ、いいねえ」と繰り返しながら、わかばはスマートフォンをかざす。

私たちの目の前で、ぽっかりと口を開けるトンネル。明かりのない内部には黒一色の世界が広がっていて、その中に入れば私たちまでが真っ黒に塗《ぬ》り潰《つぶ》されそうだった。

時刻は、午後十時を少し過ぎたところ。周囲もまた、静かな闇《やみ》に包まれていた。

雲に隠れているのか、空には星も月も出ていない。トンネルの脇《わき》には街灯がひとつ立っていたけれど、電球が切れているらしく、用を成していなかった。

「残念。暗すぎて何も写らないや。心霊写真、期待したのに」

つまらなそうに唇《くちびる》を尖《とが》らせるわかばの顔が、ディスプレイの明かりにぼんやりと浮かんでいる。闇の中に輪郭《りんかく》を浮かび上がらせるわかばのほうが、見ようによっては亡霊のようだ。

東京都七王子《ななおうじ》市にある、『無名《むめい》のトンネル』。

このトンネルの先にはかつて、どこかの企業の保養所だか研究施設だかがあったらしい。けれども十年ほど前にその施設は閉鎖《へいさ》され、建物も取り壊されて、必然的にトンネルも使われることはなくなった。

跡地に何が建つわけでもなく、半《なか》ば忘れ去られたように放置されていたのだが、近頃このトンネルは知る人ぞ知る心霊スポットとして、オカルト系サイトなどで紹介されるようになった。

七王子市に生まれ育ちながら、そのサイトを見るまで私は、無名のトンネルの存在をまったく知らなかった。市内には心霊スポットと呼ばれる場所がわりと多くあるけれど、そのトンネルはかなりマイナーで、市民にとっても「知る人ぞ知る」場所だったのだ。

「中に入るのは、やめたほうがいいんじゃないかな」

背後の声に振り返ると、ヒカルが懐中電灯を片手に、マフラーに顎《あご》をうずめて立っていた。憂鬱《ゆううつ》そうな表情ではあったけど、怖気《おじけ》づいているというふうではない。冷静に注意を促《うなが》してくる、大人みたいな顔。ヒカルらしくなくて気に入らない。

「ヒカル、怖くないの？」

「怖いに決まってるじゃないか」

私が問うと、彼はたちまち顔に怯《おび》えを滲《にじ》ませた。そう、ヒカルはこうでなきゃ。私は大いに満足する。どっしりとした見た目に反し、気弱で臆病《おくびょう》な性格をしているヒカルは、クマに姿を変えられてしまったハムスターみたいだ。

頼めばいつも車を出してくれるヒカルも、目的地が心霊スポットと知ると、さすがに快《こころよ》く承知はしてくれなかった。それでも「女二人だけで深夜に出かけるのは物騒《ぶっそう》でしょ」と訴《うった》えれば、彼としては付き合わざるを得なかったようだ。

私も一応、車の運転免許は持っているから、ヒカルに断られたところでさして困ることはなかったけど、お化け屋敷《やしき》も心霊スポットも、怖がる人間がいるほうが断然面白いし、盛り上がる。

「暗すぎるし、怖すぎるよ。そのプレートも噂《うわさ》通りだし」

ヒカルの手にした懐中電灯の明かりが、トンネルの入り口に掲げられた銘板《めいばん》を照らし出す。

本来なら名前が記されているはずのプレートは表面が削り取られ、まったく読めなくなっていた。これが、『無名のトンネル』と呼ばれるようになったゆえんだ。

「出るのは男の幽霊だったっけ。建物の解体作業中に、事故で命を落とした作業員」

スマートフォンのライトを点灯させ、わかばが会話に加わってくる。

サイトではそう書かれていた。建物の解体作業で死んだ人が、どうしてトンネルの中に現れるのかは謎《なぞ》だけど。

「で、その幽霊には名前を知られちゃいけないんだよね」

無名のトンネルの中では決して誰かの名前を口にしたり、書いたりしてはいけないという。トンネルに棲《す》む幽霊に名を知られると、呪《のろ》われてしまうからだ。

どうして名前を知られると呪われるのか、理屈はやっぱりよくわからない。だけどそういう漠然とした感じが不気味で、人の興味を引きもするのだろう。

「無名のトンネルって呼び名にかこつけた、創作だと思うけど」

私もまた興味を引かれてやってきたけれど、その視点は冷めていた。幽霊なんて存在するはずがないし、呪いなんていうのも馬鹿《ばか》げてる。

「うん。だからその検証をするために、あたしたちは来たわけだ」

わかばもたぶん、幽霊は信じていない。楽しそうならオッケー。単純なノリだ。

「館平さんは、本気でやるつもりなの？」

恐る恐るというふうに尋《たず》ねてきたヒカルに関しては、信じる信じない以前の問題だろう。

「もちろん。ちゃんと用意もしてきたし」

黒いウサギの形をしたバッグからスプレー塗料を取り出してヒカルに見せつけると、「ううん」と彼は何とも曖昧《あいまい》で情けない声を発した。

「心配しなくても、ヒカルの名前を書こうってわけじゃないよ。っていうか、こんなのただのお遊びだし」

加えて、ちょっとした気晴らしだった。大嫌いなあいつの名前を書いてやったら、少しは胸がすっとするかもしれない。

――お前、今年で二十歳《はたち》になるんだろ。いつまでそんな服着てる気だよ。

忌々《いまいま》しい声が耳によみがえる。うるさい。どんな服を着ようと私の勝手だ。

レースやフリルでデコレートされた黒いワンピース。踵《かかと》の部分にリボンがついた厚底の黒い靴。いわゆるゴシックロリータ、略してゴスロリと呼ばれるファッション。

私は中学の頃からこのファッションを貫《つらぬ》いてきた。心霊スポットにまでこの格好でやってくるのは、さすがに私くらいのものかもしれないけど。これは私の大事なアイデンティティ。文句を言われる筋合いはない。少なくとも、あいつなんかには。

ああもう。あいつの顔を思い浮かべるだけでムカムカする。

「でもさ、奈々葉。もし呪いが本物だったらどうする？」

いたずらっぽい笑みを浮かべるわかばの目の奥に、何かがちかりと光った気がした。それは私の心に、小さな不安と不快感をもたらした。

「そんなわけないじゃん」

馬鹿馬鹿《ばかばか》しい、と私は切り捨て、振り払う。なぜか真顔になって私を見ている二人に、笑ってみせる。

「まあでも、それならそれでいいけどね。弦《げん》がいなくなってくれるなら清々するし」

不意に、乾いた風が私たちの間を通り抜けた。二人は寒そうに厚手のコートの前をかき合わせる。

ふと、私の心の奥で何かがことりと動いた気がしたけれど、正体をつかむ前にそれは風とともに流され、消えてしまった。


ペンライトを片手に、私は真っ暗なトンネルの中に足を踏み入れる。

小さな明かりなど、たやすく呑《の》み込んでしまうような深い闇。思わず足の動きが止まる。

強い不安と既視感が私の身体《からだ》を包み込んだ。オバケも暗いところも怖くないはずなのに。先に進むのが怖かった。何か、ひどく嫌なことが待ち受けているような。とても間違ったことをしているような
――

「大丈夫?」

後ろから、ヒカルの声が投げかけられた。その声がひどく冷静に聞こえるのが癪《しゃく》で、「何が」と私は背を向けたままぶっきらぼうに返す。怖がるのは、私の役目じゃないはずなのに。

「怖いんじゃないかなって」

「やめてよ。怖がってるのはそっちでしょ」

そう。怖がるのはヒカルであるべきだ。私じゃなくて。

「私は怖いんじゃなく、ゴミが転がってて歩きにくいのが嫌だなって思っただけ」

実際、トンネルの地面には所々にゴミが散乱していた。この手の場所にゴミと落書きはつきものだ。

ペンライトを動かすと、壁に巨大な影が伸び上がった。自分のものだとわかっても、一瞬ぎょっとする。

壁面は色とりどりの落書きで覆《おお》われていた。人の名前も多く目につく。名前を書いてはいけないと言

われれば、書きたくなるのが人情というものだ。

「呪いが本物なら、ここに書かれた名前の人たちはもうこの世にいないのかもね」

わかばの声がトンネルの壁に反響し、妙に歪《ゆが》んで聞こえた。

真っ暗なトンネルを進んでいると、特に意識しているわけではないのに自然と息をつめ、足音を忍ばせるようなゆっくりとした歩みになる。それほど長いトンネルではないはずなのに出口が見えないのは、途中でカーブしているせいらしい。

このまま永遠に闇が続いていくのではないかという錯覚にとらわれる。強い不安と既視感が、再び私の身体を包み始める。

と——前方の闇の奥から、奇妙な音が聞こえてきた。

シュッシュッと、硬いものをこするような音だった。

「何、あの音」

訝《いぶか》るようなわかばの声。「まさか幽霊?」というヒカルの声は、完全に上ずっていた。

今度は意識的に足音を忍ばせて、私たちは音がするほうへ進んでいく。

カーブの先に光が見えた。出口——ではない。そもそも夜なのだから、出口が明るく見えるはずもない。

照明の光だった。スタンド式のライトが設置され、左手の壁に向けられている。

その明かりの中に、人の姿があった。

紺色の作業着を着た男だった。デッキブラシを手にして、黙々と壁をこすっている。大きく伸びた男の影が、その動きに合わせて踊るように揺れている。

シュッシュッと壁をこする音が静かなトンネル内に反響して、不気味な怪物の息遣《いきづか》いのように聞こえた。

　私たちは身を寄せ合うようにして、じっと男の姿を見守る。作業に集中しているらしく、向こうは私たちの存在に気づいていない。

「あ、あ、あれって……」

　今にも悲鳴を上げそうなヒカルを、シッと私は黙らせる。

「作業員の幽霊、ってやつ？」

　スマホの明かりに浮かぶわかばの顔もまた、色を失って青白く見えた。怖がる人間を見るのは面白いけど、あまり本格的に怖がられるのも興ざめだ。

「あれは幽霊じゃないでしょ。わざわざライト設置して、ゴシゴシ壁をこすってる幽霊って何って感じじゃん」

「幽霊じゃなかったら、それこそ何って感じじゃないか」

　行きすぎた恐怖のためか、苛立《いらだ》ったようにヒカルが反論してくる。

「掃除してるんでしょ」

「こんな夜遅くにやる必要ないだろ」

「何か事情があるんじゃない」

「事情って？」

「知らないよ、そんなの」

　しつこいヒカルにうんざりする。とはいえ、異様な光景なのは確かだった。

　本当に危険なのは、幽霊よりも生きた人間だ。ここの関係者なのか、入り込んだ不審者なのかは知らないけど、どちらにしても関《かか》わらないほうが賢明《けんめい》だろう。

「仕方ない、一旦《いったん》――」

引き返そう、と言いかけた時、プルルルルという電子音が突然、トンネル内に鳴り響いた。

私は慌ててバッグを探る。私のスマホの着信音だ。マナーモードにしておくのをすっかり忘れていた。しかもこの単純な着信音は、相手が弦であることを告げている。

ああもう。なんでこんな時に。怒りをぶつけるように着信を切り、ついでに電源も切って黙らせたが、時既《すで》に遅しというやつだった。

壁をこする音は止《や》んでいて、作業着の男の顔が私たちのほうを向いていた。いくら作業に集中していても、あんな音が鳴り響けばさすがに気づかないはずがない。

デッキブラシを片手に提《さ》げ、男は黙って私たちのほうを見つめている。思ったよりも若かった。私たちと同じか、少し上くらいだろうか。

不気味な沈黙が流れる。ごくりと喉《のど》を鳴らしたのは、ヒカルか、わかばか、それとも私だったのか。

バッグの中のスプレー塗料の存在を思い出した。いざとなったら相手の顔に吹きつけてやれば、目をくらませるくらいはできるはず。でも、男の視線に縫《ぬ》いとめられてしまったかのように、私の身体は動かない。

相手の足が一歩、こちらに踏み出された。

「ひっ」と声がして、背後の気配が軽くなる。乱れた足音が離れていく。

振り返ると、トンネルの入り口へと駆け戻っていくわかばとヒカルの姿が見えた。二人の背中はあっという間に遠ざかり、闇に溶けて消えていく。

「ちょっと、待ってよ！」

慌てて追いかけようとするも、機能性よりもデザイン性が重視された私の靴は咄嗟《とっさ》に駆け出すには不向きだった。大きくバランスを崩し、無様《ぶざま》にその場に転倒する。

ペンライトが手から離れ、地面の上を転がった。よりにもよって、男の足元に。

最悪だ。男が腰を屈《かが》めてライトを拾い上げる。一本道だから明かりがなくても逃げられないことはないけれど、この靴ではきっとすぐに追いつかれる。靴を脱ごうにも、依然として身体がうまく動かない。転んだ際に打ったのか、ずきずきと膝《ひざ》も痛んだ。

逃げた二人など最初から眼中にないとばかりに、男はまっすぐに私だけを見据えて近づいてくる。右手にデッキブラシを提げ、左手に私のペンライトを持って。

私は思わず息を呑んだ。男の目が、猫のように金色に光っていたからだ。

人間じゃない――まさか、本当に幽霊？

あり得ない。幽霊なんているわけがない。でも、目が光る人間なんてもっといるわけがない。

現実感が抜けていく。私は必死にその尾をつかみ、自分のもとに繋《つな》ぎ止《と》める。

呑み込まれてしまいそうで怖かった。理不尽で、不条理で、不可解で、不安定な夢の世界に。眠らずして覆《おお》い尽《つ》くされてしまいそうで、怖かった。

「……助けて」

か細い声が喉を突いて出る。無駄だとわかっているのに。誰も助けてなどくれないのに。私はひとりぼっちだ。夢でも、現実でも。

「助けてほしいのか？」

意外にも穏《おだ》やかな声がかけられ、目の前にペンライトが差し出された。

反射的に頷《うなず》きながら、私はライトを受け取る。明かりが向くと、彼はまぶしそうに目を細めて顔の前に手をかざした。

落ち着いて間近で見る限りでは、ごく普通の人間に見えた。瞳《ひとみ》の色も普通に黒い。金色に光って見えたのは、私の気のせいだったのかもしれない。整った顔立ちに、むしろ別の意味で興味を引かれる。

彼は作業着の胸ポケットに手を入れ、取り出したものを私に渡してきた。

名刺だった。シンプルな線で描かれたマレーバクのイラストの下に、《白木《しらき》清掃サービス》と社名が書かれている。会社の住所と携帯らしき電話番号は記されていたけど、個人の名前は書かれていなかった。

「え？」妙に現実感のあるものを手渡され、私はきょとんと相手を見やる。

つまり、この人は清掃会社の人で、やっぱりただ掃除をしていただけだったということ？　でも、こんな夜遅くに？

というか、私はなぜ名刺を渡されたのだろう。

「今は、こっちの仕事を先に片づけなきゃならないから」

そう言うと彼は私に背を向けて、淡々とした足取りでスタンド式のライトの明かりの中へ戻っていった。

シュッシュッと再び、ブラシで壁をこする音が聞こえてくる。

壁には赤い塗料が滲んでいた。彼の手によって既にだいぶ落とされているので、それがどんな落書きだったのかはわからない。

黙々と壁をこする姿は、やはり普通とは言いがたかった。疑問は頭いっぱいに膨《ふく》らんでいたし、彼に対する興味もあったけれど、自分から近づいていって尋ねる気にはならなかった。そんなことをしたら、せっかく繋ぎ止めた現実感がまた失われてしまいそうだった。

守り通した現実を壊してしまわないよう、しっかりと抱《かか》えて、私は入り口に引き返す。

「あんた、館平奈々葉か」

その背中に、声が投げられた。足が止まり、同時に呼吸も止まりそうになる。

「だとしたら、もうここには来るなよ」

振り返りたくなるのを、ぐっとこらえる。振り返ったら、また見てしまいそうな気がした。暗闇の中で金色に光る目。人のものではあり得ない、あの目を。

私は必死に足を動かした。ただひたすら、前に進むことだけを考えて。トンネルの入り口を目指した。


その夜、私は夢を見た。

薄暗いトンネルの中を、恐ろしいものに追われながら延々とさ迷い続ける夢。

初めて見たはずなのに、何度も繰り返し、延々と見続けている夢のような気がした。

延々とした夢の中を、延々と追われながらさ迷って。よごれた灰色の壁に、私は見つけるのだ。

血のような真っ赤な文字で書かれた、私の名前を。

館平奈々葉。

深く刻みつけられた、私への呪いを。

2

私の日常は、《ベーカリー・タテヒラ》というパン屋の中にある。

父方の祖父が四十年ほど前に始めた店で、西七王子駅の南口から歩いてすぐのところに位置している。グルメ誌に載《の》るようなおしゃれな店ではないけれど、地元ではそれなりに親しまれていると思う。

私のうちはパン屋さん。小さな頃はそれが自慢だった。

お店には、おじいちゃんとお父さんが焼いたおいしいパンがたくさん並んでいて、いつも甘くてあったかい匂《にお》いが漂っていて、その匂いに包まれているだけで幸せを感じた。

お父さんは、私が大好きなパンをいっぱいつくってくれた。

可愛《かわい》い動物の形をしたものや、宝石みたいに色とりどりのフルーツが載ったもの。お父さんのパンは、食べるのがもったいないくらいに可愛くて、綺麗《きれい》だった。

お客さんたちも喜んでいた。「どれもおいしそうで迷っちゃう」なんて言いながら、トレイにたくさんパンを載せていく。食パンを一斤だけ買いにきたお客さんも、気づけば他のパンをトレイにいっぱい載せている。それはもちろん、おじいちゃんやお父さんがつくったパンがおいしいからだけど、お母さんの魔法の効果も大きかった。

私のお母さんは、魔法使いだった。

いつも人形みたいなドレスを着て、お店に立っていた。初めて来たお客さんはお母さんの姿にまずびっくりするけれど、すぐに明るい笑顔に引き込まれて、最終的にはパンがいっぱい入った袋を抱えて嬉《うれ》しそうに帰っていく。「これは私の魔法なの」と言って、お母さんはいつも楽しそうに笑っていた。

タテヒラには、色んなものがたくさんあった。

おいしいパンに、お客さんに、明るい笑顔に、幸せな時間。

だから私は、タテヒラが大好きだった。

私の好きなもの、幸せなものは全部、タテヒラにあった。

だけど、私が大好きだったものの多くは、今はもうタテヒラから失われてしまった。

十年前、お父さんとお母さんが車の追突事故に巻き込まれて、死んでしまってから。お店は今も、それなりに繁盛《はんじょう》している。地元の人たちは変わらず贔屓《ひいき》にしてくれるし、お得意さんも結構いるからだ。

でも、お店に並ぶパンは変わった。

私が大好きだった可愛い動物の形をしたものや、色とりどりのフルーツが載った、見た目に楽しく華やかなパンたちは、今はもう並ばない。

職人気質《かたぎ》のおじいちゃんは、シンプルなのが一番と考えている。だからおじいちゃんの焼くパンは定番のものばかりだったし、形も極めてスタンダードだ。

見た目は地味でも味はおいしいから、お客さんたちは満足しているようだ。だけど、私はどうしても忘れられない。お父さんとお母さんがいた頃の明るくて華やかなお店の雰囲気が。あの温かな幸福感に満ちた空間こそが、私の大好きなタテヒラなのに。

どんなに繋ぎ止めようとしても、薄れていく。

私の記憶から、タテヒラの空気から、お父さんとお母さんの気配は少しずつ——けれど確実に薄れて、離れていく。

そしてその上から、あいつが塗り潰していくのだ。

倉橋《くらはし》弦は、三年前にタテヒラにやってきた。専門学校を卒業したばかりで、一人前のパン職人になりたいと言って、おじいちゃんに弟子入りをしたのだ。

弦は筋がよかったらしい。教わることを端《はし》から吸収して、一年が経《た》つ頃にはもうタテヒラには欠かせない存在となっていた。

私が高校を卒業して本格的に店で働き始めた時にはだから、タテヒラは既におじいちゃんと弦の店になっていた。

おじいちゃんは、弦をタテヒラの跡継ぎにしようと考えている。

私の入る隙《すき》なんてどこにもない。私は厨房《ちゅうぼう》で生地《きじ》も触らせてもらえない。

「パンを焼くのはおじいちゃんと弦君に任せればいい」と、おばあちゃんは言う。私と弦を結婚させ、弦を婿養子《むこようし》に迎えたいと、おばあちゃんは考えているのだ。

冗談じゃない。弦はちっとも私の好みじゃない。浅黒い肌も、いつも尖っているような鋭い目つきも、粗野な言動も、私の理想からはかけ離れている。

だけど弦のほうは満更でもないようで、既に家族の一員になったような大きな顔をして、あれこれと私に口うるさく指図してくる。

このままではタテヒラは、弦に乗っ取られてしまう。私の居場所が――お父さんとお母さんの思い出が残る大切な場所が、赤の他人のあいつに奪われてしまう。

近頃の弦はやたらと私の行動に目を光らせ、私の仕事のやり方だけでなく、私生活にまで口を挟んでくるようになった。

私はおじいちゃんとおばあちゃんと一緒にお店の二階で生活しているけれど、弦は二人から私の様子を聞き出して、夜遅くに出歩くなとか、勝手に車を使うなとか、いちいち口出しをしてくるのだ。

そんな状況で私は昨夜《ゆうべ》、家を抜け出してわかばたちと出かけたのだから、当然、弦の機嫌がいいはずもなかった。彼からの電話も無視したままだったので、余計だろう。

「お前はもう、店に出なくていい」

今朝、弦は私にそう告げた。左の頬《ほお》に、赤い手形をうっすらと浮かせて。

私が叩《たた》いた痕《あと》だ。今朝の私の寝覚めは、とにかく最悪だった。

あのトンネルの夢を見て、ただでさえ気分が悪かったのに。目覚めたら間近に弦の顔があったのだから。

私がなかなか起きてこないとおばあちゃんから聞いて、様子を見にきたらしい。だからといって、女の子が寝ている部屋に勝手に入ってくるなんて信じられない。頬を引っぱたかれたって文句は言えないはずだ。

なのに「店に出なくていい」なんて。一体何様のつもりなのか。無視して仕事を始めようとすると、「いいから部屋で休んでろ」と店から追い出された。おじいちゃんとおばあちゃんは何も言わなかった。こういう時は、すっかり弦の言いなりなのだ。

腹が立って、外へ飛び出した私の目に、入り口のドアに掛かったドリームキャッチャーが映る。いつの間にこんなものが。苛立ちが更に増した。これは弦のものだ。父親の形見なのだと言って、いつだったか見せられたことがある。

どういうつもりだろう。私のお父さんの名残《なごり》は店から確実に失われていくというのに。どうして弦の父親の形見なんて飾らないといけないのか。

白い羽根のついたドリームキャッチャーは、妙にしっくりと店のドアになじんでいる。この店はもう自分のものだという、弦の主張を強く感じた。外して地面に叩きつけたくなる衝動を、拳《こぶし》をきつく握って私はどうにか抑えた。それは限りなく事実であり、現実であったから。

店を離れ、とぼとぼと歩いて近所の公園のベンチに腰を下ろす。

スマートフォンを取り出して、わかばに電話をかけてみたが、繋がらなかった。ヒカルのほうも、同じ。

昨夜のことを気にしているのだろうか。私はトンネルで二人に見捨てられ、あの後は気まずい雰囲気が流れたままの解散となっていた。

別にもう、気にしていないのに。二人は高校時代からの大事な友達だ。ちょっとしたケンカは今までにも何度もあるし、その程度でいつまでも根に持ったりはしない。弦への苛立ちに比べたら、些細《ささい》なことだ。

それより今は、私を助けてほしい。

メッセージアプリを開き、二人に向けてメッセージを送った。

『弦がムカついて、店を飛び出しちゃった。このまま家出したい心境なんだけど。付き合ってくれない？　昨夜のことなら、許してあげるからさ』

少し待ってみたが、どちらからも返事はなく、既読にもならなかった。

わかばは市内の大学に通っており、ヒカルもまた市内にある実家のスーパーで働いている。平日の午前中は、学生も社会人も忙しいのだろう。それにしたって、メッセージくらい見る暇はありそうなのに。

私はスマホをしまった。他に連絡をしたところで、飛んできてくれそうな人間はいない。

「孤独だなあ」

見上げた青空に、鮮やかな新緑が映えていた。

五月下旬の陽気は、早くも初夏の香りさえ含んでいる。穏やかに流れる風は爽《さわ》やかで心地よく、だからこそこうしてベンチでぼんやりと座っていると、ひどく目に沁《し》みた。

私の行き場はどこにもない。手を差し伸べてくれる人も、誰もいない。

「孤独……だなあ」

再び落とした呟《つぶや》きに、別のものまでこぼれ落ちそうになった時。ふと、あの名刺のことを思い出した。

昨夜、トンネルで会った作業着の男から渡された名刺。バッグに入れっぱなしになっていたはずだと探ってみると、果たして内ポケットから名刺は出てきた。

「白木清掃サービス、か」

この会社へ行ったら、彼に会えるのだろうか。住所からすると隣の座川市《くらかわ》にあるらしい。電車で行けばすぐだ。

——助けてほしいのか？

彼はそう言って、この名刺を渡してくれた。差し伸べてくれたと、考えてもいいのではないか。

何よりももう一度、私は彼に会ってみたかった。彼の正体を知りたかった。

と、私の目が名刺の下部にとまる。小さな文字で、そこには奇妙な一文が添えられていた。

『悪夢の相談　承《うけたまわ》ります』

3

西七王子駅から十五分ほど電車に揺られ、四つ先の座川駅で降りる。南口を出て二、三分歩いたところに《白木清掃サービス》は存在した。

黒い外壁の四角い二階建ての建物で、一見するとおしゃれな民家のようだ。看板がなければ、ちょっと会社とはわからない。

「大げさな社屋は必要ないんですよ。うちは現地に人を派遣して働いてもらう形なので。雇っている人間の数は、それなりにいますがね」

ソファの向かいに座る相手が説明してくれる。髪をきちんと撫《な》でつけて、仕立てのいいスーツを身にまとった、知的な雰囲気が漂う男の人だった。

事前にアポイントを取ることもせず、いきなり訪ねてしまったのは少々常識外れだったかもしれないが、入り口近くにいた社員の人——たぶん事務員だろう——に昨夜もらった名刺を見せると、特に不審がる様子もなくすんなりと二階の一室へ案内してくれた。

そこは社長室で、私はいきなり社長と対面することになった。その展開にも驚いたけど、白木桂輔《けいすけ》と名乗ったこの社長が、まだ二十四歳という事実にもかなり驚かされた。弦とひとつしか違わないのに、ずいぶんと洗練されて立派に見える。

「うちはシラキの子会社なんです。医薬品や洗剤などを扱っている、生活用品メーカーの」

「シラキの商品なら、うちでもよく使ってます。洗濯用洗剤の『Ｂｌａｎｃ－Ｂ《ブラン》』とか」

ＣＭでもおなじみの有名な会社だし、その製品もスーパーやドラッグストアには必ず置かれている。

「ありがとうございます。『Ｂｌａｎｃ－Ｂ』は、今年の秋に新商品が発売される予定なんですよ」

白木という苗字《みようじ》から何となく予想はできたけど、《白木清掃サービス》の社長の白木さんは、《株式会社シラキ》の社長の次男にあたるらしい。

それにしても、面接を受けにきたわけでもないのに。なぜ私は社長と向き合って、こんな話を聞いているのだろうか。

彼は別段、自分の会社や身分を自慢したいふうでもなかった。たぶん、他に話題が見つからなかっただけなのだろう。

会話が途切れると、部屋には居心地の悪い沈黙が流れた。

白木社長はいかにも優秀そうな人だったけど、残念ながら気さくで親しみやすいタイプとはいえなかった。紳士的な態度で接してくれているのだが、どことなく堅くて冷ややかな感じを受ける。

私は人見知りはしないほうだけど、こちらから積極的に話しかけるのはちょっとためらってしまう。白木社長が私を見て、しばしば眉間《みけん》の皺《しわ》を深めるので余計だった。

生真面目《きまじめ》そうな人だし、たぶん私の服装が気になるのだろう。

この格好に驚かれたり、引かれたりするのは慣れている。

ゴシックやロリータ系のファッションはかつてはわりと流行《はや》っていて、原宿《はらじゅく》などではゴスロリの服を売る店が立ち並び、そのファッションに身を包む人たちも結構歩いていたらしい。

私のお母さんは、その界隈《かいわい》ではちょっとばかり有名な存在だった。

十代の頃にはゴスロリ系雑誌の読者モデルを務めていて、お父さんとの出会いは原宿の竹下《たけした》通りだったそうだ。

だけど現在、多くの人たちの間でゴスロリは「一昔前に流行ったもの」という認識になっている。あるいはコスプレの一種とされ、この格好で街を歩くと奇異な目で見られることはしょっちゅうだ。わざわざ二度見して、「あのカッコ、今もまだしてる人いるんだ」なんて口にする人もいる。

でも、誰に何と言われようと、どう思われようと、私にとっては大切なものなのだ。

この服はお母さんの形見であり、思い出であり、魔法であり、私を守る鎧《よろい》でもあるのだから。

「……遅い」

白木社長がぼそりと呟いた。「え?」と私が問うと、「ああいえ」と彼は慌てて手を振り、

「すみません。黒沢《くろさわ》のことです。至急戻るよう、連絡を入れたのですが」

「黒沢さんていうんですか。私に名刺をくれた、あの人」

「ええ。そのバクの名刺は、黒沢だけに持たせているものなんです。そちらの仕事は彼にしかできませ

んので。ただ、窓口は私になっているので、その名刺を持った人間が訪ねてきた場合は私のもとへ通すよう、社員たちには言ってあります」

だから私はいきなり社長室に通されたわけか。「そちらの仕事」というのはやはり、名刺に一筆添えられた『悪夢の相談承ります』というやつだろうか。

「少々失礼します」と私に断ると、白木社長は部屋の隅《すみ》へ行き、懐《ふところ》からスマートフォンを取り出した。

「おい。メッセージは見ただろう。どこで何してる」

スマホを耳に当て、ぼそぼそと白木社長は話し出す。相手はもちろん黒沢さんだろう。

「は？　メロンパン？」

メロンパン？　聞き耳を立ててはいけないと思いつつ、私の耳はついそちらに向いてしまう。

「馬鹿かお前は！」

白木社長がいきなり声を荒らげたので、私は思わずソファの上で身を弾ませた。

「クライアントが待ってるんだ。焼きたてなんてどうでもいいから、今すぐ戻ってこい。十分以内に戻ってこなかったら、お前の今月分の給料、ゼロにするぞ」

まくし立てるように言って、白木社長は通話を切った。ひとつ息をついてから私のほうを振り返り、

「申し訳ありません」とソファに戻ってくる。

「もう少しお待ちください。あと十分以内に、あや――黒沢は戻ってくるはずですので」

そりゃあ、給料をゼロにするとまで言われたら戻ってこないわけにはいかないだろう。パワハラの四文字が頭に浮かぶ。私の前では紳士然とふるまっている白木社長だけど、実は社員たちを虐《しいた》げていて、黒沢さんもひどい扱いを受けているのではないか。

ノックもなしに社長室のドアが開かれたのは、それから七分後のことだった。

私は時間なんて気にしてなかったけど、白木社長が腕時計に目を落としながら「あと五分」「あと四分」などと一分ごとに呟いていたから確かなはずだ。

昨夜と同じ紺色の作業着姿で、彼は室内に入ってきた。パン屋のものと思《おぼ》しき茶色い紙袋を抱え、パンをひとつ口にくわえながら。上にケシの実が載った丸いパンは、メロンパンではなくあんパンのようだ。

「ノックをしろ。あと、パンをくわえて入ってくるな」

「うるせえな」

パンをくわえているので、その言葉は実際には「うるふぇえな」と聞こえた。彼はいかにも面倒臭そうに白木社長の隣に腰を下ろす。

「お望み通り、十分以内に戻ってきてやったんだからいいだろ。あともう少しでメロンパンが焼きあがるところだったのに。買いそびれちまった」

どうやらパワハラというのは、私の杞憂《きゆう》だったらしい。少なくとも黒沢さんはまったく動じていないし、悪びれるふうもない。一方で白木社長は目元をひくつかせていたから、社長のほうが黒沢さんに手を焼いているというのが本当のところなのかもしれない。

「すみません」と、黒沢さんの代わりに白木社長がソファの上で頭を下げる。

「彼は黒沢彩人《あやと》といいます。見ての通り、態度にやや問題はありますが、引き受けた仕事はきちんとこなしますので。どうかご安心ください」

続けて白木社長は、黒沢さんに向かって「館平奈々葉さんだ」と私を紹介する。黒沢さんはパンを咀《そ》嚼《しゃく》しながら、気だるそうに私に目をやった。

昨夜もそうだったが、彼は私の格好には何の反応も示さない。興味がないように見える一方で、服装なんかよりももっと奥深いところを覗《のぞ》かれているようでもあり、私はどぎまぎしてしまう。

目を逸《そ》らしたいのに、逸らせない。黒沢さんの目は金色に光ってはおらず、普通に黒い色をしていたけれど、不思議な力強さと吸引力があった。

目だけじゃない。こうして再び会ってみると、やはり彼は独特の雰囲気を持った人だと感じた。

どこがどうと明確に言い表すことはできないけど、何となく普通の人とは違う。ケシの実が載ったこし餡《あん》のあんパンの中に、なぜかひとつだけまじってしまった、黒ゴマの載ったつぶ餡のあんパンみたいな。あんパンという意味では同じものなのに、どこかが決定的に異なっている。

「食う？」

黒沢さんがパンの袋を差し出してきた。戸惑いながらも、「いただきます」と私は受け取る。今朝は寝坊して朝ごはんも食べてなかったので、正直お腹《なか》がすいていた。

「うちもパン屋をやってるんです。《ベーカリー・タテヒラ》っていう。西七王子の南口にあるんですけど」

私が言うと、「へえ」と黒沢さんはちょっと興味を引かれた顔をした。

ケシの実が載った丸いあんパン。かじってみると、私の予想に反して中はつぶ餡だった。

自分のパンを食べ終えた黒沢さんは、作業着の胸ポケットから煙草《たばこ》の箱を取り出した。モノクロのシンプルなパッケージに、私の心が大きく動く。

お父さんが吸っていたのと同じ、星の煙草だ。

お母さんはお父さんのことが大好きだったけど、煙草を吸うところだけは嫌だと言っていた。だからお父さんはいつも、お店の裏口でこっそりと隠れるようにして吸っていたのだ。

私は、お父さんが煙草を吸う姿を見るのが結構好きだった。たまにドーナツみたいな煙がぽっかりと浮かぶのが楽しかった。もっとも、私がそうして眺《なが》めていると、「奈々葉の身体に毒でしょ」と言って、お父さんはいつもお母さんに怒られてしまっていたけど。

「おい、彩人。クライアントの前で煙草はやめろ」

白木社長に注意され、渋々《しぶしぶ》箱を胸ポケットにしまおうとした黒沢さんを「いえ」と私は止めた。

「私なら大丈夫ですから。吸ってください」

むしろ吸ってほしい。今はもう、私の周りには煙草を吸う人は誰もいない。久しぶりに懐《なつ》かしいお父さんの匂いに包まれたかった。

私にそう言われれば、白木社長もそれ以上注意はできなかったようだ。仕方なさそうに灰皿を持ってきて、ローテーブルの上に置いた。黒沢さんは礼を言うでもなく、ライターで火をつけて悠々と煙草を味わい始める。

いい香りとはさすがに言えないけど、お父さんの存在が取り戻せたようで、少し嬉しい。

「ずいぶんお待たせしてしまいましたが、館平さんのご相談を伺《うかが》わせていただきます」

気だるそうに煙草を吹かす黒沢さんをぼんやりと眺めていた私は、白木社長に言われて慌てて彼のほうに目を戻す。

「あ、はい。ええと……」

相談を伺うと言われても、何をどう相談したらいいのだろう。正直、黒沢さんにまた会えたことで、私は既に目的を果たしたような気持ちになっていた。

「黒沢さんはどうして昨夜、あんな遅い時間にトンネルの壁を掃除していたんですか？」

口をついて出たのは相談ではなく、素朴《そぼく》な疑問だった。

「夜のほうがよく見えるから」

ふうっと煙を吐《は》き、黒沢さんは答えた。顔を横に向けたのは、私に煙がかからないよう配慮してくれたのだと理解できたけど、その答えの意味はまったく理解できない。「よく見えるって？」と私は問いを重ねた。

「穢《けが》れ」と、またひと言で黒沢さんは答えを返してきた。

「ケガレ？」

「簡単に言うと、目には見えないよごれのことです」

私たちのやりとりにもどかしさを感じたらしく、白木社長が言葉を挟んでくる。「黒沢には、それが見えるんですよ」

「目には見えないよごれって、何ですか？」

私にはまだぴんとこなかった。白木社長はちらと隣の黒沢さんを窺《うかが》い、彼が説明する気がなさそうなのを見て取ると、小さく咳払《せきばら》いをして、

「たとえば、妬《ねた》みとか恨みとか、憎しみとか。そういった人の悪意——負の感情です。それらは日には見えなくとも人や物や場所にこびりついて、放置しておくと油や水垢《みずあか》以上の頑固なよごれとなります」

「それが、穢れ？」

「ええ。人についたものの場合は、ストレスと言い換えてもいいかもしれません。よごれはどんなものも放置していていいことはありませんが、穢れは特に毒性が強く、放っておくと人の心身に影響を及ぼします。ですから我々は黒沢の能力を活《い》かし、目に見えるよごれを落とす仕事の裏で、目には見えない穢れを除去する仕事も請け負っているのです。もっともこれは、表の仕事に従事している社員たちは知らないことなのですがね」

「昨夜の黒沢さんは、その裏の仕事をしていたってことですか」

「裏表半々ってとこだな」

吸い終えた煙草を灰皿でもみ消しながら、黒沢さんが応《こた》えた。「あれはもともとは、トンネルの落書きを消すってだけの仕事だったし」

「あの場所はちょっとヤバそうだと黒沢が言ったので、彼に任せることにしたんです」

「余計なこと言うんじゃなかった。おかげでいくつも溶剤持たされてめんどくせえわ、作業が朝までかかるわ、最悪だった」

黒沢さんはあくびをする。気だるげなのは、寝不足のせいなのかもしれない。

「おかげでこっちは新製品の効果が充分に試せた」と、白木社長のほうは満足げだ。

「環境に優しいことをどんなに説明しても、公共の建造物の場合はコンクリートを傷《いた》めるからと溶剤の使用を渋られることが多い。先方が新製品のテストの場として使わせてくれたのは、それだけうちの製品と技術を信頼してくれているということで、ありがたいことなんだぞ」

力説する白木社長に、「知らねえよ」と黒沢さんは不機嫌そうにぼやく。

「あの場所がヤバそうだっていうのは、心霊スポットだからですか？」

私が尋ねると、白木社長は私のほうに目を戻して「そうですね」と頷いた。

「心霊スポットというのは負の側面で人を引き寄せる場所なので、自然と穢れもたまりやすくなります。特にあのトンネルでは、悪意をもって人の名前を書きつけるという行為がおこなわれていたようですから」

誰かの名前を決して口にしたり、書いたりしてはいけない。無名のトンネルのそうした噂は、かえって人の行動を煽《あお》る。私もトンネルの中で黒沢さんに出くわさなかったら、弦の名前を書いていたはずだ。

嫌いな人間の名前を書きつけるというのは、悪意を叩きつけることと同じ。確かに、いかにも場所を穢しそうな行為であった。

「呪いだ」と、いきなり黒沢さんが言ったのでぎくりとする。

「もともと穢れがたまってるような場所で、更に穢れを吐き出す行為を繰り返したら、その場所はどんどん真っ黒になっていく。やってる側はただのいたずらのつもりだったとしても、結果としてそいつは本物の呪いとなって相手を蝕《むしば》むんだ」

底光りする黒沢さんの目が、真正面から私を射貫《いぬ》く。

「あんたは真っ黒だった」

「え……」

思わず自分の身体に目を落とす。着ている服は確かに黒を基調にしているけれど。だからといってもちろん、真っ黒には見えない。

「昨夜、あんたに会った時。俺はあのトンネルの落書きの中で、一番真っ黒でヤバそうなやつに取りかかってた。そこへ、真っ黒なあんたが現れた」

黒沢さんがあの晩、消していた落書き――私が見た時には既に半ば消されて赤く滲み、何が書かれているかまではわからなかった。

「あの落書きの穢れと、あんたを取り巻いてる穢れは同じ匂いがした。だからわかったんだ。あんたが館平奈々葉だって」

「……どういうこと？」

昨夜、黒沢さんは私の名前を口にした。名乗ってもいないのに、彼は私の名前を知っていたのだ。つまり、それは――

「俺が消してたのはあんたの名前だ。赤い塗料で書いてあったよ。館平奈々葉ってさ」

よごれた灰色の壁に、血のように真っ赤な文字で書かれた、私の名前。

いや、違う。あれは現実じゃない。あれは私が見た夢だ。昨夜、私が見た——

洪水のように、夢が私に押し寄せてくる。私の内側から溢《あふ》れてくる。

だめだ。私の本能が叫ぶ。扉を開いてはいけない。その向こう側を覗いてはいけない。

頭が、ひどく痛んだ。

4

事実だけを受け止めて、冷静に、現実的な問題として考えるべきだ。

無名のトンネルに、私の名前が書かれていたと黒沢さんは言った。

一体、誰が書いたのだろう？　普通に考えて、可能性が高いのはわかばだ。

無名のトンネルの存在は、わかばと一緒にいる時にオカルト系のサイトを眺めていて見つけた。それで、面白そうだから行ってみようという話になったのだ。

私を脅《おど》かすために、事前にわかばがトンネルへ行って書いていたというのはあり得る。悪意ではなく、単なるいたずらとして。わかばはとにかく、面白いことが大好きだから。

その際には、もしかするとヒカルも同行していたかもしれない。わかばは車の免許を持っていない。あの場所へは、車がないと不便だ。

だけどいざ当日になったら、落書きは黒沢さんによって消され、私たちは彼の存在に驚いて、落書きどころではなくなってしまった。

きっとただ、それだけのこと。

現実に見たはずもない落書きが私の夢に出てきたのは、単なる偶然で。特別な意味なんかなくて。

ただ、それだけのことのはずなのに――

頭のどこかに、もやもやとした塊《かたまり》があった。これは何だろう。

私は何か、大事なことを忘れているような気がする。

だけどその正体を探ろうとすると、頭の芯《しん》がしびれたようになって、ずきずきと痛んで――

「おい、奈々葉」

名を呼ばれて顔を上げると、コックコートを着た弦が腕組みをして私を見据えていた。

《白木清掃サービス》を訪ねてから、二日が経っていた。

無名のトンネルの壁に私の名前が書かれていたことを黒沢さんから告げられて、私は混乱し、ひどい頭痛に襲われた。

その後の記憶は曖昧だ。気がつくと、私はそれまで座っていたはずの社長室のソファに横になっていて、白木社長の心配そうな顔がすぐ傍《かたわ》らにあった。黒沢さんは変わらず向かいのソファに座っていて、気だるげに煙草を吹かしていた。

そう長い時間ではなかったようだけど、私は気を失ってしまったらしい。

頭のどこかが麻痺《まひ》したようにぼうっとして、それ以上話を続けることは無理そうだった。白木社長は私を自宅まで送ってくれようとしたけれど、大丈夫だし断って私は一人で帰ってきた――と思う。

頭の中に霧が立ち込めているみたいだった。いつからこんなふうになってしまったのだろう。暗いトンネルの壁に、赤い塗料で書かれた私の名前。夢で見たその映像が、霧のスクリーンに焼きついて離れない。

「聞いてるのか？」

弦がイラついた声を発する。ずっと私に呼びかけていたのかもしれない。弦の声なんて、聞いているだけでそれこそ苛々《いらいら》するから、できれば聞こえないままにしておきたいのに。

「お前、このところいよいよおかしいぞ」

「ほっといてよ。あんたに言わせれば、どうせ私はいつもおかしいんでしょ」

弦を押しのけて、私は中断していた作業を再開する。トレイの上の焼きたてのクリームパンを売り場に並べる。スタンダードなグローブ形をした、おいしいけれど面白みのないクリームパン。

赤い塗料で書かれた、私の名前……。

どうしても頭から離れてくれない。そのせいか、このところ毎晩トンネルの夢を見る。いや、毎晩夢を見るから、頭から離れないのだろうか。

夢はどんどんリアルさを増していくような気がする。現実に書かれていた私の名前は、黒沢さんが消してくれたはずなのに。夢が具現化して、再びあの壁に浮き出ているんじゃないかと疑いたくなる。

なぜこんなにとらわれてしまっているのだろう。いっそ、わかばに直接訊《き》いてみればいいのかもしれない。私を脅かすためのいたずらとして書いたのだと、本人の口から聞けばすっきりするかもしれない。

でも、依然としてわかばは電話に出てくれないし、メッセージを送っても既読にならない状態が続いている。ヒカルも同じだった。何が気に食わないのか、二人とも私を無視してる。

「お前、おとというちを飛び出して、どこへ行ったんだ？」

弦がうるさい。私は無視した。《白木清掃サービス》に行ったなんて答えたところで、「なんでそんなところへ行ったんだ」と更なる問いが飛んでくるだけだ。

「青白い顔して帰ってきて、そのまま部屋に引きこもって。まさか、またあのトンネルへ行ったんじゃないだろうな」

「うるさいな。あんたには関係――」ない、と言いかけて、はたと気づく。

どうして弦は、「あのトンネル」のことを知っているのだろうか。

私は無名のトンネルのことを弦に話した覚えはない。トンネルの中で弦から電話がかかってきた時も、彼は私がどこにいるか知らなかったはず。だからこそかけてきた電話だったと、私は理解している。

「もしかして、あんたなの？」

弦は「は？」と怪訝《けげん》な顔を返してきた。

「無名のトンネルの壁に私の名前を書いたのは、弦だったの？」

「何言ってんだよ」

「でなきゃ、なんでトンネルのことを知ってるの？　私、あのトンネルへ行ったことなんてあんたに話してない」

「なんでって――」

「私に呪いをかけようとしたわけ？　私の存在が邪魔だから」

弦は指先で眉間を揉《も》みほぐす。言い訳がままならなくなった時の彼の癖《くせ》だ。

無名のトンネルのことは、ヒカルから聞いたのかもしれない。

弦が一人暮らしをしているアパートは、ヒカルの実家のスーパーからほど近いところにある。弦とヒカルが親しくしているのを私は見たことがないし、彼らから聞いたこともないけれど、私の知らないところでひそかに交流があったとしてもおかしくはなかった。

弦が名前を書いた犯人なら、ただのいたずらなんかじゃない。そこにはたっぷりと私に対する恨みや悪意が込められていたことだろう。

「私がいなくなれば、あんたは心置きなくこの店を自分のものにできるもんね」

「いい加減にしろよ」

ぱんと乾いた音とともに、頬に衝撃が走った。

持っていたトレイが傾いて、クリームパンがひとつ、床に落ちる。

「あ……」

弦はしまったという顔をした。私の頬を叩いた手を握りしめ、「ああもう」と苛立たしげに吐き捨てる。

「とにかく、お前は店に出なくていいから。部屋で休んでろ」

「命令しないで」

私は言って、クリームパンのトレイを弦の手に押しつけた。自分と弦との間に、深く溝を刻み込むように。

「あんたはそうやって、私から全部奪おうとする。この店も、私の居場所も。もういいよ。そんなにほしいならあげる。全部持っていけばいい」

「奈々葉、お前は――」

「だけど、私のことまで思い通りにできると思わないで」

私は弦を睨《にら》みつけた。思いっきり。それが、私にできる精いっぱいの抵抗だった。

開店したばかりで、店内にまだお客さんがいないのは幸いだった。と、思ったそばからカランとドアベルが鳴る。

「いらっしゃいませ」

弦が反射的に声を出した。私も言いかけて、「あっ」と声を上げる。

入ってきたのは、黒沢さんだった。

彼は今日も紺色の作業着姿だった。中途半端《ちゅうとはんぱ》な場所に並んで立っている私と弦を見やり、床にひとつ落ちたクリームパンを確認してから、入り口に置かれた客用のトレイとトングを手に取る。おかしな雰囲気は感じ取ったはずなのに、特に関心もないといったふうだ。

弦は慌てて床に落ちたクリームパンを拾い上げた。そこへ黒沢さんが近づいていき、

「そのクリームパン、ひとつもらっていい？」

「え？　あ、ああ。もちろん」

どうぞ、と弦は焼きたてのクリームパンが並んだトレイを彼に差し出す。黒沢さんはトングで一個つかみ、自分のトレイに載せた。

「黒沢さん、どうしてここに？」

「《ベーカリー・タテヒラ》って名前と、西七王子の南山ってのは聞いてたから。詳しい場所は桂輔に調べさせた」

「そうじゃなくて。何をしに？」社長に場所を調べさせる社員もどうかと思うけど。

「パンを買いに」

至極簡潔でもっともな答えが返ってくる。しかし単にパンが買いたいのなら、わざわざここまで来なくとも、座川駅前にパン屋などたくさんあるはずだ。

「ついでに、あんたに伝えることもあったしな」

ついでと目的が逆ではなかろうか。脇から弦がもの問いたげな視線を向けていたが、私は彼を紹介す

るつもりはなかったし、黒沢さんも自己紹介する気はなさそうだった。

クリームパンの他に、黒沢さんは野菜サンドと紙パックの牛乳を買った。私に伝えることがあると言いながら、彼は会計をすませるとさっさと店を出ていってしまう。

私は慌てて彼の後を追った。弦は訳がわからず戸惑っているふうだったが、私は構わなかった。

パンの入った袋を片手に提げ、黒沢さんはぶらぶらと歩いていく。後を追う私には気づいているようなのに、振り返りもしなければ、話しかけてくることもない。

近所の公園に入ると、黒沢さんはベンチに腰掛けた。おととい店を飛び出した私が、行くあてもなくて腰を下ろしたのと同じベンチだった。

袋からクリームパンを取り出し、黒沢さんは食べ始める。戸惑いながらも私が隣に座ると、「食う？」と彼は、先日のように野菜サンドを勧めてきた。

私は首を振る。今日はちゃんと朝ごはんを食べていたし、せっかくのうちのパンなのだから、黒沢さんに食べてもらいたい。

「桂輔のやつがうるせえんだよな」

言いながら黒沢さんは、牛乳の紙パックにストローを突き刺す。

「パンばっかじゃなく、たまには野菜も食えってさ」

だからこれ、と牛乳をすすりながら彼は野菜サンドを指す。

まず間違いなく、白木社長はそういう意味で言ったのではないだろう。おかしくて、私はつい笑ってしまう。

「黒沢さん、そんなにパンが好きなんだ」

「このクリームパン、うまい」

会話がかみ合っているような、いないような。でも、黒沢さんの独特なペースはちっとも不快じゃなかった。むしろとても楽しくて、私は笑いながら「ありがと」と応える。

弦とのやりとりでささくれ立っていた気持ちがやわらぎ、頭の一部にかかっていた霧も晴れていく。

「お父さんが生きてた頃は、もっと可愛い形のクリームパンもあったんだけどね」

「可愛い形って？」

「ウサギ。あと、ネコの形をしたチョコパンとか、コアラのあんパンとか」

「動物シリーズか」

「他にもあったよ。花の形とか。私とお母さんがアイディアを出すと、お父さんがつくってくれるの。で、いくつかの試作品の中から、お店に並べるものを決めるんだ」

あの頃は本当に楽しかった。私とお母さんはいつも、お父さんに新しくつくってもらうパンのことを考え、アイディアを出し合っていた。

「黒沢さんだったら、どんな形のパンがいい？」

黒沢さんは牛乳を飲みながら少し考えて、「バク」と答える。

「バク？」

ずいぶんマイナーだと思ってから、名刺にマレーバクのイラストが描かれていたことを思い出す。

「そっか。バクは《白木清掃サービス》のマスコットだから」

「別に、マスコットってわけじゃねえけど」

「そうなの？　でも、もらった名刺にはマレーバクのイラストが描いてあったよね」

「正しいのは、夢を喰《く》うほうの貘《ばく》なんだけどな。桂輔がマレーバクにしたんだ。そのほうがわかりやすいからとか、よくわかんねえ理由で」

確かによくわからない。白木社長も独特の思考回路を持つ人なのかもしれない。

「でも、バクのパンって面白いかも。お父さんがいたら、つくってたかもしれないな」

「今はつくらないのか」

「おじいちゃんは、そういうのあんまり好きじゃないから」

「あんたがつくれば？」

「私は、生地を触らせてもらえないんだよね」

それ以前に、あの店にはもう私の居場所はない。

「ふうん」と黒沢さんは相槌《あいづち》を打つ。そっけないけど、突き放された感じはしない。

黒沢さんは、静かに私の隣にいてくれる。やっぱりちょっと気だるげに。

今日も寝不足なのだろうか。あるいは彼はいつもこんな調子なのか。昼間は動きが鈍《にぶ》くなる夜行性の動物みたいだ。

何も押しつけず、何を求めてくることもない。ただ静かにそばにいてくれる相手の存在は、今の私にはとても心地よく感じられた。

だから私は、ぽつりぽつりと話した。店のこと、私のこと。一旦話し始めると、止まらなかった。弦のことや、わかばとヒカルのこと。先日のトンネルでのやりとりや、夢のこと。今の私を取り巻くもののすべてを、気づくと私は黒沢さんに話していた。

サンドイッチを食べながら、黒沢さんは黙って話を聞いてくれていた。

彼は何も質問を挟んでこなかったし、私を慰めるような言葉もかけてこない。相槌を打つことさえしなかった。それでも、私は満たされたように感じた。

不思議な人だと改めて思う。その「不思議」の秘密を知りたくて、私はそっと彼の横顔を窺い見る。

正面から見つめられると思わずはっとしてしまう独特の強さをもった彼の瞳は、横から窺うととても静かで、かすかな憂《うれ》いを帯びているようだった。

弦とは全然違う。肌は白くて、無造作に額にかかる前髪の下の鼻筋は、細く通っている。繊細な異質さを含んで綺麗な線を描く輪郭に、私は思わず見惚《みと》れてしまう。

私の視線に気づいたのだろう。黒沢さんの顔がこちらを向いた。くっきりとした二重《ふたえ》瞼《まぶた》の目がまたたいて、少し不思議そうに私を見る。

「あ、ごめんなさい」私は慌てて取《と》り繕《つくろ》う言葉を探す。

「私、自分の話ばかりしちゃったけど。黒沢さん、私に伝えることがあるんだったよね」

「まあ、大したことでもないけど。おととい、話が中途半端で終わって、伝えそこなったことを伝えにきただけだから」

手にしていた牛乳のパックを脇に置くと、黒沢さんは「一万円」と唐突に金額を口にした。

「一万円？」

「あんたの穢れを取り除く場合の料金。消費税はナシで、きっちり一万円。依頼する気があるなら、桂輔に連絡してくれ。名刺に書かれた番号にかければあいつに繋がる。実際に仕事をすんのは俺だけど、窓口はあいつになってるから」

「穢れを取り除くって、そもそもどうやるの？」

まさか、トンネルの落書きみたいに私のこともブラシでこするのではないだろう。

「場所や物についた穢れの場合は、物理的によごれを取り除くことで穢れも多少散らすことができるんだけどな。人間相手だとそうもいかない。穢れは内側に染《し》み込んじまうから」

「じゃあ、どうするの？」

「人間の場合、穢れの影響は夢に現れる。夢ってのは、人の精神状態を映す鏡みたいなもんだから。やけにリアルな悪夢を繰り返し見るってのはだから、穢れに侵されてるひとつのサインだ」

あの名刺に書かれた『悪夢の相談承ります』というのは、そういう意味か。私がトンネルの夢を繰り返し見るのも、穢れに侵されているせいなのだろうか。

「カウンセリングとかして、悪夢を見ないようにしてくれるってこと？」

「そんなまどろっこしい真似《まね》はしねえよ」

喰うんだ、と黒沢さんは言って、野菜サンドの最後のひとつにかぶりつく。

「喰うって何を？」

「悪夢。厳密には、悪夢のもとになってる穢れの塊だけど」

なるほど。だから獏なのか。私の夢も、食べてもらえば二度と見ることはなくなって、頭の中のもやもやする塊もなくなって、気分もすっきりするだろうか。

だけど――

「そんなことできるの？　どうやって？」

「口で説明するのは面倒臭い。説明したとこで、信じないだろうし」

知りたければ、自分の目で確かめろということらしい。

私は少し考えた。一万円は私にとって安い金額じゃないけど、かといって払えない金額でもない。

「もし、穢れを取り除かないでそのままにしたらどうなるの？」

「ストレスをものすごくため込んだ状態を想像してみればいい。体調が悪くなったり、精神的におかしくなったり。場合によっては、夢と現実の境が曖昧になったりもする」

「夢と現実の境が……」

ぞくりとした。それは、私にとって一番恐ろしいことだ。

「あんたは心当たりがあるんじゃないか。強制はしないが、できればとっとと取り除いたほうがいいと思うぜ。ぶっちゃけ、あんたは結構な重症だ」

「黒沢さんが、私を助けてくれるの？」

「あんたは、助けてほしいんだろ？」

黒沢さんの口元にうっすらと笑みが浮かぶ。本当にかすかなものだったけど、初めて見る彼の微笑《ほほえ》みだった。

うん、と私は頷いた。穢れがどうとか、重症だとか、正直自分ではよくわからなかったけれど。彼に助けてほしいと、切実に思った。

「なら、俺が喰ってやるよ。あんたの悪夢をさ」

明るい午後の日差しの下で、その一瞬、黒沢さんの目がきらりと金色に光って見えた。

5

翌日の夜。私は座川駅北口の近くにある、シティホテルにやってきた。

昨日、公園で黒沢さんと別れて家に帰った私は、それから一時間と経たず白木社長に電話をしていた。

店の入り口にかけられたドリームキャッチャーを見て、私がいなくても充分に回っている店内の様子を肌で感じて、うるさく詰問してくる弦の声を聞いたら、ほんのわずかに残っていた依頼への迷いも吹き飛んでしまった。

私が祖父母とともに暮らしていることを確認すると、白木社長はホテルの部屋を用意すると言った。悪夢を食べてもらうには――実際にどうするのかは知らないけれど――相応の場所が必要らしい。

時刻は午後九時。夕食をすませて私は家を抜け出してきた。弦に言い含められているのか、このところはおじいちゃんとおばあちゃんも、私が夜に出かけようとすると引き止めてくるので煩《わずら》わしくてならない。

だけど二人は朝が早いぶん夜は早くに寝てしまうから、見つからないように出てくるのは簡単だった。私ももう子どもじゃないのだから、何時にどこへ出かけようと放っておいてほしい。

「いらっしゃい」

白木社長から前もって指定されていた七〇七号室を訪ねると、黒沢さんが迎えてくれた。

やっぱり作業着姿で気だるげな様子も相変わらずだったけど、夜であるせいか、それとも仕事を控《ひか》えているからか、いつもより少ししゃっきりとして見える。

室内には黒沢さんの姿しかなかった。入ってすぐにダブルベッドが目に入って、思わず足が止まる。

「……どうしてダブルベッド？」

「広いほうがリラックスできて寝やすいだろ。楽にしてくれ。すぐにベッドに横になってもいいし、パジャマもそこに置いてあるから、着替えるならご自由に」

「え？」私の頭には疑問符が重なる。ベッドに横になる？　パジャマに着替える？

「もしシャワーとか浴びたいっていうなら、それもご自由に」

「ちょっと待って」

私は慌てて黒沢さんの言葉を遮《さえぎ》った。夜にホテルの部屋で、男の人と二人きりという状況の意味を急速に理解する。

「何をするつもりなの？」

「何って、寝るんだよ」

　ごく当たり前に黒沢さんは言った。なぜそんなことを訊くとばかりに。

「寝る？　寝るって──」

「夢ってのは、寝ないと見られないだろ。あんたに寝てもらわないと、こっちも仕事を始められない」

「寝る」というのは単純に眠るという意味か。ほっと胸を撫《な》で下《お》ろした一方で、ちょっぴりがっかりしたような気持ちもあって、私は内心で激しくうろたえる。

「夢祓《ゆめばら》いをするためには、あんたの夢の中に入る必要があるんだ」

「夢祓い？」

「悪夢を喰って穢れを取り除くことを、俺たちはそう呼んでる。別に、あんたにおかしなことをするつもりはねえよ。信用できないっていうなら、どうとでもしてくれ。やっぱやめるってことなら、それでも構わない。キャンセル料を取ったりはしないから」

　後は私の判断に任せるとばかりに、黒沢さんはソファに腰を下ろす。

　引き返すつもりなどなかった。できることならもう、あの家にも店にも戻りたくない。だってあそこにはもう、私の居場所はない。「お前は店に出なくていい」と弦に言われたあの日から、私は一度も店に立たせてもらえていなかった。

「キャンセルなんかしないよ。状況に少し戸惑っただけ。私は、黒沢さんのことを信じてるから」

　黒沢さんは何か言いたげな顔をした。でもそれが言葉になることはなく、代わりに「そうか」と頷く。

「じゃあとにかく、あんたには寝てもらわなきゃならない」

「いきなり寝ろって言われても、まだ眠くないし」

ましてこの状況で、すぐに眠れるほどさすがに私も神経が図太くはない。

「どうしても寝られないっていうなら薬もあるけど。眠りが深くなるからあんまりおすすめはしない。ターゲットを探すのに時間がかかって、あんたにも負担がかかるから」

酒でも飲むか、と呟いてから、黒沢さんははたと気づいたように私を見る。

「あんた、いくつだっけ」

「今年二十歳になる」

「じゃあ、今はまだ十九ってことか。残念ながら酒はお預けだな。それ以外だったら冷蔵庫に入ってるもん、好きに飲んでいいぜ」

「だけど、あれって無料じゃないでしょ」

日頃ホテルに泊まる機会なんてめったにないけど、冷蔵庫の中に入っているものが有料であることくらいは私も知っている。

「桂輔にツケとくからいいよ。ちなみにこのホテル代も桂輔持ちだから。あんたは気にせず、遠慮もしなくていい」

「それで料金が一万円って、ほとんど儲《もう》けがないんじゃない？　ヘタしたら足が出ちゃう」

「一万円ってのは、俺が名刺を渡した相手用の特別価格なんだよ。本来はもっと高い金を取ってる。具体的にいくら取ってるかは俺も知らねえけど。言ってみればあのバクの名刺は、割引券ってわけ」

「そうなんだ」

「それに、ここのホテルの経営者は日頃から白木家と懇意にしてて、こういう仕事の際には格安で部屋を使わせてくれる。飲み物くらいは桂輔にポケットマネーで出させりゃいいさ。儲けるところではあいつ、ちゃんと儲けてるんだから」

「黒沢さんて、白木社長のことを呼び捨てで呼んでるけど。どういう関係？」

ひそかに気になっていたことを私は尋ねた。ただの社長と社員の関係とは思えない。

「イトコ」

黒沢さんは答えてソファから立ち上がり、冷蔵庫に向かった。缶ビールを一本取り出してプルタブを開け、口をつける。

「ちなみに同い年で、誕生日も一日違い。一応、同じ家でも育った」

「じゃあ、兄弟みたいなものなんだ。同い年なら、双子かな」

「そいつはちょっと違う」

黒沢さんの唇に、皮肉を含んだ苦笑いのようなものが浮かぶ。

「俺はあいつに従う義務があって、ちょっと反抗する権利もある。まあ、そういう関係」

従う義務と反抗する権利？　よくわからない。だけど黒沢さんはそれ以上の説明はしてくれなかったし、深く尋ねることも何となくためらわれる空気があった。

テーブルの上に置かれた灰皿に視線を移し、「ねえ」と私は話題を変える。

「この部屋って、煙草吸っていいんだよね？」

「一応、喫煙ルームではあるけど。あんた、吸うのか？」

「ううん。黒沢さんに吸ってほしいの。持ってるでしょ、煙草」

黒沢さんは胸ポケットから細かい星のついたモノクロのパッケージを取り出し、私に見せた。

「そう、それ。吸ってよ」

「吸うなって言われんのはしょっちゅうだけど。吸ってほしいって頼まれたのは初めてだな」

苦笑して、黒沢さんは煙草を一本取って口にくわえる。

お父さんの思い出が薄く室内に広がっていくのを感じながら、私はダブルベッドの真ん中に寝転がった。

黒沢さんの前ですっぴんを晒《さら》すのは抵抗があったので、メイクも服もそのままだ。服に多少皺が寄ってしまうのはこの際、気にしないことにした。

私が眠る体勢に入ったのを見て、黒沢さんが照明を落としてくれる。薄闇《うすやみ》の中に、彼が手にする小さな赤い光が揺れていた。

寝るには窮屈な格好だったけど、懐かしい匂いに包まれながらしばらく黙って横になっていると、気だるいような心地よさがじんわりと全身を包み込んでくる。

穏やかな海の底に沈んでいくように、やがて私は眠りへと落ちていった。

6

寒い、とまず最初に感じた。それから、ああまたここだと思う。

私は薄暗いトンネルの中にいる。

前を見ても後ろを見ても出口はない。薄暗い空間が、ただ延々と続いている。ひたすら延々と。どこまでもどこまでも永遠に続いているような気がする。

ぽつりぽつりと、頼りないながらも等間隔に明かりがともっているのが唯一の救いだった。この明かりがなければ辺りは本当に真っ暗で、ここがトンネルであることさえ私にはわからなかっただろう。

私は歩き始める。もう何度も経験しているから、先に何があるのかも、歩くことで何が起こっていくのかも知っている。だけど、歩かなければ私はずっとここに閉じ込められたままだ。

トンネルにはたまに、冷たい風が吹く。冬みたいに冷たく乾いた風だ。なのに私はひらひらとしたワンピース一枚で、コートも羽織《はお》っていない。当然だ。だって、今は冬じゃなくて春なのだから。こんなに冷たい風が吹くほうがおかしいのだ。

寒さを噛《か》みしめて、ひたすら歩く。コツンコツンと私の靴音が反響して、辺りを包む薄闇に吸い込まれていく。

トンネルの中は、不気味に静まり返っていた。今は、まだ――

先に待つものを私は知っている。だけど、歩みは止められない。

私が足を止めるのは、一時停止ボタンを押すことと同じ。私が足を止めれば、トンネルの時もまた止まる。それは安全かもしれないけど、救いにはならない。

時が止まっている限り、この空間は閉ざされたまま。私が解放されることはないのだから。

寒さと恐怖に耐えながらひたすら歩いていくと、やがて鮮やかな色彩が現れた。

暗い灰色の空間の中でひときわ存在を主張する、毒々しいほどの赤。

左手の壁に、大きく赤い文字が書きつけられている。『館平奈々葉』と、血で刻みつけたような、私の名前が。

おずおずと壁に触れてみる。少しざらついていてひんやりとした硬いコンクリートの感触が手のひらに伝わった。ひどくリアルだ。書かれた名前の端を指先でなぞってみると、ぬるりと生々しい赤い粘《ねば》りがこびりつく。かすかに鉄のような臭《にお》いもした。

似たような臭いが、背後の薄闇の奥から冷たい風に乗って流れてくる。腐臭を含んだ強烈な臭いだ。

やっぱり、きた。焦燥と絶望が私の胸に広がる。

逃げようと足を動かすと、ひた、と背後の薄闇の奥から音がした。更に足を動かすと、ひた、ひたと臭気をまとった音がゆっくりと近づいてくる。

私が足を止めると、音もまた止まる。

動かなければ安全だけど、それでは何の解決にもならない。この状況を打開するには、全速力で駆けて出口を見つけるしかない。あいつに追いつかれてしまう前に。

私は靴を脱いだ。走るのに厚底ヒールは邪魔だ。そのわずかな動きにもあいつは反応して、ひたひたと近づいてくる。

コンクリートの地面を蹴《け》って、走る。何かを滴《したた》らせる音もまじえながら。前方の闇を掻《か》き分《わ》けながら、私は必死で走る。

ひたひたひたひた。足音と臭気が追いかけてくる。

行けども行けども薄闇が続く。吹く風がいっそう冷たい向かい風となって、私の顔を叩いてくる。地面のコンクリートも冷たくて、散乱したゴミや小石が足の裏に突き刺さる。

トンネルが私を妨害する。この空間に、私の味方などどこにもいない。

腐臭が鼻に入り込んできて、思わず私は足を止めてえずく。振り返ると、数メートル先の明かりの下にあいつの姿が見えた。

ああ、もうあんなところまで来てる。

頼りない明かりにぼんやりと浮かぶ姿。大きな身体に、二つの頭がついた異形《いぎょう》だ。崩れかけた腐肉を身にまとい、血を滴らせながら、私を執拗《しつよう》に追いかけてくる。

私が一歩後ずさると、ひたひたひたと相手は三歩ほど近づいてきた。速い。このままじゃ、確実に捕まる。

「……助けて」

声はむなしく腐臭の漂う冷たい空気に溶けていく。

助けを求めたところで、無駄なのはわかりきっていた。この閉ざされた空間に、私はひとりぼっちなのだから。

再び足を動かす。出口を求めてひたすら走る。もしかすると、そんなものはないのかもしれないという絶望に駆られながら。

腐臭と足音が、ものすごい速さで迫ってくるのがわかった。

もうだめだ。追いつかれる。いっそ、捕まってしまえば楽になれるのだろうか。

そんなあきらめに、とらわれかけた時――

空間を切り裂くような轟《とどろ》きとともに、一陣の黒い風が巻き起こった。

背後に舞い降りる新たな気配に振り返ると、見たことのない獣が佇《たたず》んでいた。

全身を真っ黒な毛に覆われた、ライオンくらいの大きさの四つ足の獣だった。だけど、体型はどちらかというとオオカミに近い。

ぴんと立った二つの耳に、ふさふさした長い尻尾《しっぽ》。鼻はゾウほどではないけれど少し長くて、瞳は猫のような金色をしていた。

「助けにきたぜ」

不思議な黒い獣が喋《しゃべ》った。聞き覚えのある声だった。

「……黒沢さん？」

「おう」と答えながら、獣は私に近づいてくる。私が足を止めていても、彼は関係なく動けるようだ。

すぐそばまでやってきた獣の身体に触れてみる。全身を覆う黒い毛は、見た目以上にやわらかくて温かい。そのぬくもりと、存在の頼もしさに涙が溢れそうになる。

い。

私は彼の首にすがりつく。首周りには豊かなたてがみがあって、ふわふわと頬に触れてくすぐったい。

どうして獣の姿をしているのかなんてことはどうでもよかった。黒沢さんが助けにきてくれた。私はひとりぼっちじゃない。その事実だけが、ただひたすらに嬉しい。

「あれが、あんたの悪夢のもとだな」

黒沢さんの金色の瞳が後方の薄闇に向けられる。二つの頭を持つ異形の肉塊《にくかい》が、中途半端な体勢で動きを止めている。

「わかりやすくていい」

動きを止めていても、相手の強烈な臭気は漂ってくる。けれど黒沢さんは気にせず、おぞましい肉塊のもとへ近づいていく。

「……もしかして、それを食べるの？」

悪夢を喰う、と黒沢さんが言っていたことを思い出した。あれを食べるなんて、私には到底信じられないけれど。

「ん」と短く答えながら、黒沢さんは前足でちょいちょいと肉塊に触れる。

「なんか冷凍肉みたいにカチカチだな。喰えるかな、これ」

本気で食べるつもりらしい。黒沢さんは肉塊の周囲を巡り、鋭い爪《つめ》の先でつつきながら喰らいつくポイントを探っているようだ。

「一時停止状態だからかも。私が動いたらそいつも動いて、たぶんやわらかくなると思う」

「ふうん」と黒沢さんは頷いて、「じゃ、動いてくれ」

「え？」

「あんたが動いて解凍されたところで、一気に喰う」

完全に冷凍肉扱いだ。正直、もう動きたくないというのが私の本音だった。体力は限界にきていたし、傷だらけの足も痛かった。だけど、せっかく助けにきてくれた黒沢さんの前で、弱音は吐けない。

「……わかった」

呼吸を整えてから前方を見据える。足の痛みをこらえて、私はいま一度、駆け出した。

背後で肉塊の動く音がした。同時に、黒沢さんが素早く飛び出していく気配。間もなくして聞こえてくる獣の唸《うな》りと、ねちゃねちゃとした気味の悪い音。

速度をゆるめて恐る恐る振り返ると、暴《あば》れる肉塊を押さえつける黒い獣の背中が見えた。首を大きく動かし、肉を噛みちぎっている。

本当に、食べてる。私を助けてくれるためだと理解しつつも、皮膚が粟立《あわだ》つのはどうしようもなかった。

――奈々葉。

ふと、私の名を呼ぶか細い声が、どこからか聞こえた。

耳をすませてみるも、トンネルに響くのは獣が肉塊を喰らう音だけ。

――館平さん。

また、聞こえた。

気のせいではない。今度は出所もちゃんとわかった。声は、獣が喰らっている肉塊から発せられている。

「待って、黒沢さん」

私は慌てて黒沢さんに駆け寄った。大きく開いた口で、彼は肉塊に喰らいついていた。ノコギリみたいに尖った歯が、血の滴る腐った肉をしっかりととらえている。

臭気に耐え、私は肉塊の身体についた二つの頭を確認する。

「ああ……」

やはり、そうか。

大きな身体に反し、ずいぶんと小さく見えた二つの頭は、わかばとヒカルのものに違いなかった。

——奈々葉。

——館平さん。

わかばとヒカルの頭が、それぞれに私の名を呼ぶ。力なく、苦しそうに。

「どけよ。まだ喰ってる最中だ」

黒沢さんが鼻先でぐいと私の身体を押した。

「黒沢さん。それは、わかばとヒカル——私の友達なの」

「だから？」

「だからって……」

「こいつらはあんたを蝕む穢れ。あんたを侵してる呪いの本体だ」

——ずいぶん言いたいこと、言ってくれるよね。

わかばが言う。血走ってぎょろりと動くその目が睨みつけているのは、黒沢さんではなく私だった。

——こんなのただのイタズラでしょ。呪いなんてあり得ないって、いつも言ってるのは奈々葉じゃん。

そうだよ、と呼応するように、ヒカルの目玉と唇も動く。

――そんなに怒るなんて。館平さん、おかしいよ。

そしてまた、わかばの頭が。

――っていうかさ。あたしたちだって結構、我慢して奈々葉のわがままに付き合ってるとこあるんだよ。

奈々葉は当たり前って顔してるけど。

うんうん、とヒカルの頭が頷く。

――館平さんは僕のことを、都合のいい存在としか思ってないよね。

わかばとヒカルは、口々に私に対する不満を述べる。

――奈々葉は結局、自分のことしか見えてないんだよ。

――僕は館平さんの運転手でも、召使いでもないよ。

二人の声が私の頭蓋《ずがい》を激しく揺さぶる。頭が、割れそうに痛んだ。

もうやめて。それ以上、聞きたくない。

「喰ってやるから、どいてろ」

黒沢さんの言葉に、今度は素直に従った。

わかばとヒカルの頭を持つ肉塊から離れ、背を向けてうずくまる。私が足を止めても、二人の頭は呪《じゅ》詛《そ》のような不満を吐き出し続けていた。

目を閉じ、耳を塞《ふさ》いで。私は黒沢さんが食べ尽くしてくれるのをじっと待った。

「終わったぞ」

背中を軽くつつかれて顔を上げると、肉塊は跡形もなくなっていた。

空間に漂っていた強烈な臭いも消えている。黒沢さんは赤い舌で口の周りや前足を舐《な》めながら、ついでに猫のように毛づくろいをしている。

「……全部食べたの？」

「ああ」と、毛づくろいしながら黒沢さんは答える。

「おいしくなかったでしょ」

「まあ、珍味ってとこだな。あ、でも、何となくパンの味もした」

「そうなんだ」

笑おうとしたのに、はらりと涙がこぼれた。

わかばとヒカルの頭はもうない。二人の声はもう聞こえない。でも、私の内側には残響のように、二人の呪詛が鳴り響いている。

「もう忘れろよ」

私の内側を覗いたように、黒沢さんが言った。

「あんたを蝕んでいた呪いはなくなった。残響なんかに耳を貸すんじゃない。本人たちだって、今頃はほっとしているはずだ」

「ほっと……してる？」

「あんな悪意がこの世の置き土産《みやげ》になっちまうのは、あの二人にとっても本意じゃないだろうからな」

「それって……」

どういう意味だろう。だけど、ゆっくりと考えている暇はなかった。

「この夢ももう終わる。俺はそろそろ帰らせてもらうぜ」

いつの間にか、周囲に白い霧のようなものが立ち込め始めていた。すぐそばにいるはずの黒沢さんの姿も見る見る霧に覆われて、ぼんやりとかすんでいく。

「待って、黒沢さん！」

置いていかないで、と咄嗟に手を伸ばしたけれど――その手もまた、白い霧に埋もれて見えなくなった。

7

目を開けて、最初に感じたのは頬の冷たさだった。

触れてみると濡《ぬ》れていた。手のひらで拭《ぬぐ》いながら、ゆっくりと身体を起こす。

照明を落とした薄暗い部屋で、私は一人、ダブルベッドの上にいる。

「黒沢さん！」

慌てて彼を捜そうとすると、部屋の照明が突然、まばゆい光を放った。

細めた視界の向こうに、黒沢さんの顔がひょいと覗く。

「起きたか」

彼は人間に戻っていた。作業着の上着を脱いで、黒い半そでのTシャツ姿になっている。片手にはミネラルウォーターのペットボトルを持っていた。

「お疲れさん。あんたも飲――」

近づいてきた黒沢さんに勢いよく抱きつくと、彼はびっくりしたように目を見張った。私は構わず、彼の存在を――その感触とぬくもりを確かめる。

「黒沢さんまでいなくなっちゃったのかと思った」

黒沢さんの手が、少し戸惑ったふうに私の頭の上に置かれる。不器用に撫でてくれる彼の手の温かさが、じんわりと心を満たしてくれる。

しばらく私はそのままでいた。黒沢さんはベッドの端に腰を下ろし、黙って私がしたいようにさせてくれている。

いつにない穏やかさと幸福感が私の心と身体を包み込んでいた。ずっとこのままでいられたらいい。

「そろそろ落ち着いたか」

だけど無情にも、彼の身体は私から離れていく。

この部屋に来て、もうずいぶん時間が経ったように思えたけど、時計を見るとまだ一時間ほどしか経っていなかった。となると、眠っていたのはごく短い時間だったことになる。

「俺は帰るけど、あんたはどうする？　何なら朝まで泊まっていってもいいぜ。帰る時にフロントに一声かけていってくれれば、あとは桂輔のほうでやってくれるから」

ベッドから腰を上げかけた黒沢さんの腕を、私はつかんで引き止める。

「行かないで」

私は彼の腕にすがった。黒沢さんが帰ってしまったら、私はひとりぼっちだ。この部屋にいても、家に帰っても変わらない。

「一緒にいてよ。このまま、朝まで」

その言葉がどういう意味を持つのか、もちろん私はわかっていた。彼を見上げる瞳の中に、黒沢さんも私の望みを見たはずだ。

「……あんたは、勘違いしてるだけだ」

苦いものを含んだような表情で、黒沢さんは私から視線を逸らした。

「あんたは別に、俺がほしいわけじゃない。ただ誰かにすがりたいだけ。一人でいるのが寂《さび》しくて、不安なだけだろ」

「違う」私は首を振り、彼の腕を引き寄せる。

「私は、黒沢さんのことが好き。だから、黒沢さんと一緒にいたいの」

「………」

こちらに戻された黒沢さんの瞳が、きらりと一瞬、金色の輝きを帯びる。そこにひどく冷めたものを見た気がしたけれど、私は気のせいと思うことにした。

「それ、本気で言ってるのか？」

「もちろん」

私は黒沢さんが好きだ。私には、彼しかいない。

「ああそう」

じゃあ、と黒沢さんは自分の服に手をかけた。荒っぽい仕草《しぐさ》でTシャツを脱ぐ。

「え？　ちょっと……」

そんな、いきなり？　誘ったのは確かに私だけど、さすがにこの展開は戸惑った。もっと順序というか、ムードというものがあるだろう。

「俺のことが好きだっていうあんたには、特別に見せてやるよ」

黒沢さんは身体の向きを変えた。私の視界に、彼の裸の背中が映る。

どす黒い模様のようなものが、彼の背中一面に浮いていた。

タトゥーかと思ったけれど、どうやら痣《あざ》らしい。何となく獣の形をして見える。夢の中に現れた黒沢さんの姿に、どことなく似ているようでもあった。

私は息を呑み、次の瞬間には強烈な嫌悪に駆られた。禍々《まがまが》しくて、おぞましくて。思わず吐き気が込み上げてくる。

どうしてだろう。夢の中で見た黒い獣は頼もしくて、いとおしささえ感じたのに。目の前の獣の形をした黒い痣は、ただひたすらに気持ちが悪い。あのおぞましい肉塊よりもずっとずっとおぞましく、不気味なものに思えた。

視界から禍々しい痣が消え、ほっと安堵《あんど》したのも束《つか》の間、こちらに向き直った黒沢さんが迫ってくる。

「やめて！」

私は反射的に彼の身体を押し返す。視界から消えても、この人の背中にあの痣があると思っただけでもう無理だった。嫌悪感と恐怖でいっぱいになる。涙が溢れ、おぞましさに身体が震え出すのを、どうにもできない。

「俺と一緒にいたいと言ったのは、あんただ」

金色に凍《こお》る瞳が私を突き刺す。黒沢さんの手が伸びてきて、強い力で私の身体をベッドに押しつけようとする。

「いや――触らないで！」

私は力いっぱい相手を突き飛ばした。黒沢さんの身体がよろけた隙に、這《は》うようにしてベッドの反対側から降り、壁際まで退避する。

心臓が飛び出そうなほど激しく脈打っていた。胸を押さえ、肩で息をつきながら相手の様子を窺う。

黒沢さんはしばらく黙って私を見つめていたけれど、やがて淡々とした動作でTシャツを着て、椅子《いす》の背に掛けてあった作業着の上着を手に取った。

「料金の一万円、あとで桂輔から請求書が届くと思うから。そしたらよろしく」

それだけ告げて、彼は部屋を出ていった。

パタンとドアが閉まる音を合図に、私は脱力してその場に座り込む。

まだかすかに身体が震えていた。何が起こったのか、よくわからない。どうしてあれほどの激しい嫌悪に駆られたのか。あれは一体、何だったのか。

わからないけれど、ひとつ確かにわかることは――

自分を助けてくれた人を、たぶん一番やってはいけない方法で、私は傷つけてしまったということだった。

8

ひどく疲れた気分で、私は七〇七号室を後にした。

あの部屋に朝まで一人でいる気にはなれなかった。居場所がなくても、おじいちゃんとおばあちゃんのいる住み慣れた家に帰ったほうがまだマシだ。

エレベーターで一階に下り、ロビーを通ってフロントへ向かおうとしたところで、「奈々葉」と声をかけられた。

振り返ると、ロビーの中央に置かれたソファから腰を上げ、こちらを見ている弦の姿があった。

「弦？」

私は目をしばたたく。何度まばたきをしても消えないから、幻ではないらしい。

どうしてあいつがこんなところにいるのだろう。

「なんでここに？」

弦はばつが悪そうに頭を掻きながら、「迎えにきたんだ」とぶっきらぼうに答えた。

「どういうこと？　私がこのホテルにいるって、なんで知ってるの？」

「今日の昼間、白木さんて人から店に電話があって、教えてもらったんだよ」

私は今日も店に出させてもらえず、昼間はずっと自分の部屋に閉じこもっていたので、白木社長から電話があったことなど知らなかった。

「自分の問題を解決してほしいって、お前はあの人に頼んだんだろ。それで今夜、このホテルでそのための何かをすることになってるって」

「なんで弦にわざわざそんなことを……」

これは私の問題で、弦には関係ないことなのに。

「俺からも事情を聞きたかったんじゃないか？　実際、色々訊かれたし」

「色々って？」

「ここ最近の、お前のこととか」

弦は今度は顎を掻きながら、「で」と訊いてきた。

「どうなんだよ」

「どうって？」

「さっき……黒沢っていったっけか、この前うちの店にきた作業着の男。あいつが下りてきて、終わったから、たぶんお前ももうすぐ下りてくると思うって言われたんだ」

黒沢さんの名前が、心に痛い。

「俺はいまいち状況を理解しきれてないんだが、大丈夫だったのか？」

弦はおずおずと窺うように訊いてきた。

「大丈夫って、どういう心配？　私が彼と二人きりでホテルの部屋にいたから？」

「そうじゃなく……いや、その心配もないってわけじゃないけど。それに関してはお前自身の問題で、俺にどうこう言う権利はないし。もっとも、無理やりに何かされたってなら話は別だけどさ」

「……黒沢さんは、そんな人じゃない」

そう。彼はそんな人じゃなかった。私が軽率だったのだ。相手のことなんて何ひとつ知らないのに。軽々しく「好き」なんて言ってしまった。相手を受け入れる覚悟もないのに、簡単に相手に受け入れてもらおうとした。

「まあ、ひどいことをされたってわけじゃなければ、構わないんだけどな」

私を気遣《きづか》ってか、弦は黒沢さんについてはそれ以上、訊いてこなかった。

「それより、俺が気になってるのはお前のことだ。お前、思い出したのか？」

「思い出す？」

「わかばちゃんと、ヒカル君のことだよ」

わかばと、ヒカルのこと――

その瞬間。唐突に視界が開けたように、私の頭の中に夢の残響が広がった。

――奈々葉は結局、自分のことしか見えてないんだよ。

――僕は館平さんの運転手でも、召使いでもないよ。

ああ、そうだ。私は知っている。

あれは三ヵ月前の、無名のトンネルでの会話だった。

――何これ。なんで私の名前が書いてあるの？

夢の中では失われていた、私自身の言葉もよみがえってくる。

私は、見たのだった。

わかばとヒカルとともに訪れた、無名のトンネルの中で。赤い塗料で書きつけられた私の名前を。現実に、確かに見ていたのだった。

——どういうこと？　ねえ。わかば、ヒカル。これって二人のしわざ？

私が問い詰めると、二人は自分たちの行為をあっさり認めた。その態度がひどく軽く見えて、私は腹を立てた。

わかばはともかく、ヒカルまで積極的に加わるなんて許せない。私が弦の名前を書きに行くと宣言した時には「やめたほうがいいよ」なんて止めたくせに。私の名前はいいの？

今から思えば、あんなに腹を立てる必要などなかったのだ。二人としても、ちょっと意地悪ないたずらを仕掛けてみただけのつもりだったのだろうから。

だけど、どうしようもなく腹が立って。どうしても許せなくて。私は激しく二人を責めた。

すると、最初は笑いながら応じていた二人の表情もだんだんと冷めてきて——

——ずいぶん言いたいこと、言ってくれるよね。

耐えかねたように、わかばが反論してきた。

——こんなのただのイタズラでしょ。呪いなんてあり得ないって、いつも言ってるのは奈々葉じゃん。

そこに、ヒカルも加わった。

——そうだよ。そんなに怒るなんて。館平さん、おかしいよ。

冷えたトンネルの闇の中で、私たちの間には見る見る険悪なムードが漂い始めた。ひとたび不満が口からこぼれると、もう止まらない。二人は口々に私を責め立てた。

——っていうかさ。あたしたちだって結構、我慢して奈々葉のわがままに付き合ってるとこあるんだよ。奈々葉は当たり前って顔してるけど。

――館平さんは僕のことを、都合のいい存在としか思ってないよね。

――奈々葉は結局、自分のことしか見えてないんだよ。

――僕は館平さんの運転手でも、召使いでもないよ。

ムカムカした。なんで私ばっかりがそこまで言われなきゃならないのか。

だから私は、二人に向かって告げたのだ。

――もういい。あんたたちとは絶交する。

わかばとヒカルは、あっさりと去っていった。私を一人、トンネルに残して。

腹立ちが治まらないままトンネルから出てくると、二人の姿は車とともに消えていた。

私を置いて、彼らは先に帰ってしまったのだ。

もうすぐ十一時になろうという時刻。二月の深夜の空気は肌を突き刺すようだった。タクシーどころか車もめったに通らない寂しい場所に取り残され、仕方なく私は弦に電話をかけた。ぶつぶつと文句を言いながらも、弦は迎えにきてくれた。

だから弦は知っていたのだ。私が無名のトンネルへ行ったことを。

わかばとヒカルに対する怒りは、一晩経っても治まることがなかった。だけど翌朝、衝撃《しょうげき》的な知らせに私は凍りつくこととなる。

無名のトンネルから帰る途中、ヒカルの車は事故に遭っていたのだ。

居眠り運転のトラックと正面衝突をして、運転席と助手席に乗っていたヒカルとわかばは車体もろとも押《お》し潰《つぶ》され、ともに即死だった。

「……奈々葉は、二人が死んだことを認められなかったんだ」

現実の弦の声が、私の耳に静かに滑《すべ》り込んでくる。

「ただでさえお前は、子どもの頃に親父《おやじ》さんとお袋さんを車の事故で亡くしてる。その上、友達まで……しかもあんな形で別れた、すぐ後に」

それからだった。私が、あの夢を見るようになったのは。

恐ろしいものに追いかけられながら、暗いトンネルを延々とさ迷う悪夢。

私を追いかけてくるおぞましい怪物は、わかばとヒカルだった。

「お前はわかばちゃんとヒカル君が死んだことを忘れて、二人にメッセージを送ったり、電話をかけたりした。夜に一人で車を運転して、あのトンネルへ行ったことを知った時には、さすがに俺も心配になったよ。師匠とおかみさんにも注意してもらってたけど、お前は二人の目を盗んで夜中に家を抜け出して、何度もあのトンネルへ行こうとする」

私は取り戻したかった。やり直さなければならないと思った。

だから、あのトンネルへ行った。トンネルへ行けば、いつだってわかばとヒカルに会えたから。

季節が冬から春に変わっても、二人はあの日と同じ冬用のコートを着て、私を待っていた。

トンネルの中で、黒沢さんに会ったのは何度目の時だっただろう。

「壊れていくお前を見るのは、怖かった」

そっと触れた手から、弦の小さな震えが伝わった。

「だけど、二人が死んだっていう現実を教えたら、それこそお前の心は粉々に砕《くだ》けちまう気がした。だからって、このまま放っておいたらいけないのはわかってたけど。師匠もおかみさんも俺も、どうしていいのかわからなくて……」

だから弦は、店に出なくていいから休んでいろとしつこく私に言った。私の行動に目を光らせていた。

「でもやっぱり、俺もお前を追いつめていたんだよな」

悪かった、と謝罪を口にした弦の目が、黒沢さんと重なる。

部屋を出ていく前に、黙って私を見つめた彼が、瞳に浮かべていた悲しげな色。見ないふりをしたかったけど、見てしまった。

わかばの言う通りだ。私は、自分のことしか見えていない。

そしてみんなに、こうやって悲しくつらい思いをさせる。

「……やめてよ」

私はたまらずその場にうずくまる。ここがホテルのロビーであることも忘れ、膝の間に顔をうずめて嗚咽《おえつ》を漏らす。

「そんなふうに謝らないでよ。悪いのは私なのに。弱いのは私なのに。そうやって謝られたら、私はどうしていいかわからなくなる」

「奈々葉……」

弦が腰を屈め、ためらいがちに私の頭に手を伸ばす。不器用に撫でる仕草とぬくもりまでが黒沢さんに似ていて、ますます私を自己嫌悪に陥《おちい》らせる。

「帰ろう」

弦の声が優しく聞こえるのが、たまらなくつらかった。振りほどくように、私は首を振る。

「帰るとこなんてない」

「どうして。師匠もおかみさんも、奈々葉のことを心配して家で待ってる」

「言ったでしょ、弦にあげるって。全部あげるよ。お店も家も」

「奈々葉――」

苛立った声を出しかけて、弦が深く息をつく気配。抑えなくていいのに。腹が立ったなら怒ればいい。殴ったっていい。

自分のことしか見てなくて、人を傷つけてばかりの私は怒られて当然だ。誰かに心配される資格も、家に帰る資格もない。弦に優しくされる資格なんてもっとない。

「俺は、お前の居場所を奪うつもりなんてない。お前はあの家にだって、店にだっていていい――って、偉そうに言うのは違うな。奈々葉はあそこにいるべきだよ。お前はあの家も店も大好きなんだろ？それとも、もう嫌いになっちまったのか？」

「……嫌いになんて、なるわけないじゃん」

嫌いだったら、それこそ弦に押しつけてとっとと出ていっている。

「だけど、タテヒラにはもう弦がいる」

「俺がいたら、なんでお前がいられなくなるんだよ。ひとつしか席のない椅子取りゲームじゃあるまいし」

「おじいちゃんは、私にパンをつくらせてくれない。おばあちゃんは、私と弦を結婚させて弦を婿養子にしようとしてる。それってつまり、弦と結婚しなきゃ私はあの店にいる必要も資格もないってことでしょ」

「何なんだ、そのアバウトな論理は」

弦は大いに呆《あき》れた顔をした。

「夫婦じゃなきゃ一緒に店をやっちゃいけないって決まりはないだろ。俺だって、相手が誰であろうと結婚なんてまだ考えてないよ。師匠が引退したら、その時は俺とお前で今まで通り店を続けていけばいいじゃないか」

少し考えるふうにしてから「まあ」と弦は言葉を続ける。

「店主というリーダーは確かに必要かもしれないから、どっちがその座につくかは、その時になったら正々堂々と勝負して決めることになるだろうけど」

「……店主の座を譲る気はないわけね」

「タテヒラには、俺としても強い思い入れがあるからな」

「思い入れって？」

思えば、取り立てて有名店というわけでもないうちに、どうして弦が弟子入りを希望したのか、私は知らなかった。

うずくまっていた私をソファに座らせて、弦はゆっくりと語り始めた。

「俺の親父は、俺が生まれてすぐに死んじまったらしくてな。だからお袋が女手ひとつで俺を育ててくれたんだけど、裕福とはお世辞にも言えなくて。というか、はっきり言って貧乏だった」

子どもの頃の弦は、よくお腹をすかせていたらしい。そんな時、近所にあったパン屋のそばを通りかかると、いつもいい匂いがしたという。

「食いたかったけど、自分でパンを買う金なんてなかったし。だから野良犬みたいに店の裏に座り込んで、よく匂いだけ嗅《か》いでたんだ」

するとある時、ゴミ捨てのために裏口から出てきた店主と出くわした。なぜそんなところに座っているのか、尋ねられた弦は恥ずかしくて適当にごまかしたというけれど、たぶん向こうは自分のことを知っていたし、家庭の事情も承知していたと思う、と弦は話した。

その店主は、弦にパンをくれたという。

「形が崩れて店に出せないから、よければ食ってくれないかってさ。でないと処分することになるとか聞いたら、まあもらうよな」

実際のところ、形が崩れて店に出せないパンは後で家族で食べる。少なくとも、うちでは捨てたりしない。だからそれは、弦が気後れせずに受け取れるよう、店主が考えた方便だったに違いない。

それから店主は、たびたび弦にパンを渡すようになったらしい。

ある時は「売れ残ったから」と言い、ある時は「試作品なので食べて感想を聞かせてほしい」と言って。

「その近所のパン屋がうちで、店主っていうのはおじいちゃんだったたってわけね」

「そういうことだ」と弦は頷いて、

「中学に上がって引っ越したけど、それまで俺はあの近所に住んでたんだ」

「全然知らなかった」

「師匠はそういうの、いちいち話さない人だもんな。俺も別に、話す必要はないって思ってたよ。お互いが承知していれば、それでいいことだって」

でも、と弦の唇の端に、苦い後悔を含んだ笑みが浮かぶ。

「師匠はやっぱり、ちょっと言葉が足りないかもしれない。奈々葉には、ちゃんと言ってやるべきだったと思う」

「弦のことを？」

いや、と弦は首を振り、「パンのことだよ」と答えた。

「師匠が奈々葉に生地を触らせないのは、奈々葉の目が後ろばっかり向いてるからだ」

「……どういう意味？」

「お前はお客に喜んでもらうためじゃなく、自分のためにパンを焼こうとしてるだろ。奈々葉が焼きたがってるパンは、前に親父さんがつくってくれたやつだとか、自分とお袋さんがアイディアを出したやつだとか、自分の思い出のためにつくるパンだ」

その服も、と弦は、私が着ているワンピースを指差し、

「奈々葉がそういう服を好きだっていうのは全然構わないし、自分のポリシーとしてその格好で店に立つっていうなら、俺だって何も言わない。けど、お前が着てるのは全部お袋さんの形見だし、その服で店に立つのも、お袋さんと自分を重ね合わせるためだろ」

ワンピースの胸元を強く握りしめると、そこについたリボンの感触がちくりとした痛みをもたらした気がした。

私は、お母さんみたいになりたかった。

みんなを笑顔にできる魔法を持った、お母さんみたいな人になりたかった。

だけど、私の周りの人たちはいなくなってしまう。

お母さんも、お父さんも、わかばも、ヒカルも、みんないなくなってしまった。

そして、そばにいてくれる人たちまで傷つけて、悲しい顔をさせてしまう。

「そんなこと言われたって……わからないよ。どうしたらいいのか」

「俺は奈々葉には、他の誰でもない館平奈々葉のままでいてほしい」

帰ろう、といま一度、弦は言って私に手を差し伸べた。

「帰って一緒にこれからのタテヒラのことを考えよう。最初からそうするべきだった。奈々葉が気づいて前を向くのを待つんじゃなくて、一緒に考えながらやっていくべきだったんだ」

目の前に差し伸べられた手。その手を取る資格は、果たして私にあるのだろうか。

だけど、私は取った。資格とかそんなのはもういい。差し伸べてくれるというのは、それを取ってもいいということ。そう、自分に都合よく解釈することにした。

だって私は、その手を取りたかったから。

「――弦。私、つくりたいパンがある」

家へと向かう車中。運転席でハンドルを握る弦の隣で、窓の外を流れる景色を眺めながら、私はそっと囁《ささや》くように告げた。

目を閉じて、静かな夜の闇をまぶたの裏に閉じ込める。そうしてそこに、黒い獣の姿を浮かべた。

悪い夢を食べてくれる、パンが大好きな獣の姿を。

9

彼がタテヒラにやってきたのは、それから一週間後のこと。

平日の昼下がり。昼食を求めるお客さんも途切れて、慌《あわただ》しさもひと段落した頃だった。

カランとドアベルが鳴り、焼きたてのパンを棚に補充しながら「いらっしゃいませ」と私は反射的に声をかける。それから相手の姿を確認して「あ」と改めて声が出た。

仕立てのいいスーツに身を包み、姿勢よく立つその姿に、トレイとトングはやや不似合いだ。

「白木社長」

「こんにちは」

似合わないトレイとトングを手に、白木社長が応じる。あまり笑顔を見せないところは、イトコだと言っていたあの人と共通するものがある。白木社長はいつも生真面目そうだし、あの人はいつも気だるそうだった。

「以前より顔色がよさそうですね。その後、お加減はいかがですか」

丁寧な口調で白木社長は尋ねてくる。彼の装いや態度はどうにもきちんとしすぎていて、向き合っていると自然とこちらも背筋が伸びてしまう。

「トンネルの夢はもう見なくなったし、何となくスッキリした気がします。頭の中とか、身の回りとか、色んな意味で」

「それはよかった」

「白木社長は、今日は何か？」

「パンを買いにきました」

至極簡潔でもっともな答えに、強い既視感を覚えた。

「ついでに、これを渡しに」

そう言って彼が懐から取り出し、差し出してきたのは領収書だ。

先日、例の一万円の請求書が届いて、私は支払いをすませたばかりだった。

「ご利用ありがとうございました」

白木社長が丁寧に頭を下げたので、私もついつられて頭を下げてしまう。

「何も、直接届けにこなくても」

社長自らが領収書を手渡しにくるなんて、聞いたことがない。

「ですから、パンを買いにきたついでですよ。とてもおいしかったと黒沢が言っていたので。私もぜひ味わってみたいと思いまして」

クリームパンはあるかと訊かれたので、置いてある棚を教えた。あいにく今日は焼きたてではなかったけど、白木社長はトレイにクリームパンを二つ載せた。

ひとつは黒沢さんのぶんだろうかと、ちらと考えてしまう。

黒沢さんの存在は、小さなトゲとなって私の心に突き刺さったままだ。今はどうしているだろう。気にはなったけど、自分からその名前を口に出すのはためらわれた。

「黒沢は元気にしてますよ」

私の心を読み取ったように、白木社長が言った。

「というより、まあ、相変わらずです。あいつは」

「……そうですか」

それ以上、私には何も言えない。白木社長を介して謝るのも違う気がした。そもそも白木社長は、どこまで知っているのか。

「あなたのせいではないので、気にしないでください」

うつむいていた私は、彼の言葉に「え」と顔を上げる。

「白木の家系には、彼のような人間がたまに生まれるのです。『獏憑《ばくつ》き』と、我々は呼んでいるのですが」

「獏憑き……？」

「獏憑きが背中に負っている獏の痣は、見た相手に生理的な恐怖や嫌悪を与えます。本能を直接刺激してくるものなので、理屈や理性ではどうにもなりません」

白木社長は全部承知しているらしい。その上で、私にそれを伝えるためにやってきたのだ。

「彩人は充分に理解していながら、あなたに痣を見せた。だから、あなたが彩人に対して罪悪感や負い目を抱く必要はまったくありません。見せたあいつが悪いんです」

きっぱりと言い切りながらも、白木社長は苦痛を噛みしめるような、どこか切ない表情をしていた。

たぶん本人は気づいていないだろう。でも、だからこそ黒沢さんに対する思いが、「彩人」と変化した呼び名とともに、そこには窺える気がした。

「ありがとうございます」自然と、お礼の言葉が口をついて出た。

「大丈夫です。私、黒沢さんには感謝していますから。もちろん、白木社長にも」

「いや、俺は別に何も……」

とうとう一人称にまで素が出始めた白木社長に、私はこの上ない親しみを覚える。

「白木社長。実は私、パンづくりの修業を始めたんです」

自分がつくりたいパンをおじいちゃんに伝えたら、おじいちゃんは私にパンづくりを教えてくれるようになった。

だから私は最近、お店が終わってからコックコートを着て、生地をこねている。弦が横からあれこれ口出ししてきて、それがちょっとうるさいのだけど。

「私のパンがお店に並べてもらえるようになったら、バクの形をしたパンをつくりたいと思ってて」

「バク？」と白木社長は小首を傾《かし》げた。

「はい。マレーバク。中身はクリームにするかどうするか、まだ決めかねてるんですけど」

最初は夢を食べるほうの獏にしようと考えて、ネットで少し調べてみた。

獏というのは、ゾウの鼻にサイの目、身体がクマで尻尾はウシ、脚はトラという姿をした霊獣だと書かれていた。神様が他の動物のあまりものを寄せ集めてつくったらしい。

だけど私が見た黒沢さんは、ゾウの鼻にネコの目、身体がオオカミで尻尾はキツネ、脚とたてがみはライオンみたいで、墨を被《かぶ》ったような真っ黒い姿をしていた。

白木社長が「そのほうがわかりやすい」という理由で名刺のイラストをマレーバクにした気持ちが、今なら私にもちょっと理解できる。

「だから……黒沢さんに伝えてもらえませんか。完成したら、ぜひ買いにきてほしいって」

白木社長はふっと淡く微笑んだ。めったに笑顔を見せないぶん、笑うと思わずどきりとさせられる。

そんなところも、黒沢さんと白木社長はよく似ていた。

「必ず伝えておきます」

そう言ってくれた白木社長に、私はお土産のパンをサービスすることにした。

今日はメロンパンが焼きたてだ。あんパンもある。戸惑う白木社長を尻目《しりめ》に、私は袋に次々とパンを入れていく。

最後に、野菜サンドも加えた。

「たまには野菜も食べないと、栄養が偏りますからね」

すると白木社長は苦笑を滲ませながら、「まったくその通りです」と大きく頷いてみせた。

幕《まく》間《あい》　花の断片　I

「ねえ。獏憑きって、知ってる？」

満開の桜の木の下に、黒いひとつの影がある。

ダークカラーのパンツスーツを着て、長くまっすぐな黒髪をひとつに束《たば》ねた、ほっそりとした人影だ。

「獏憑きっていうのはね、白木のカケイに生まれてくる、特別な存在なんだって」

枝いっぱいに淡いピンクの花を咲かせる木の上を、人影は見上げている。太い幹をした、堂々たる佇まいの桜の木。幼《おさな》い声は、その木の上から降ってきていた。

「白木のご先祖は昔、ケガレを祓うことをナリワイにしてて、その際に触れたケガレが、長い年月のうちに少しずつチスジの中に染み込んでいって——ある時、生まれた赤ちゃんの身体に現れたの」

それが白木の獏と、獏憑きの始まりである——と、幼い声は大人ぶった口調をつくって言った。

木を見上げる人影は、くすりと笑う。

「よくご存じですね」

「お父さんから教えてもらったの」

枝が揺れ、淡いピンクの花びらが舞い散る。その花びらたちを従えて、ふわりと軽やかに地面に下りる、小柄《こがら》な影。

花と同じ色のワンピースを身にまとい、やわらかな髪の横に桜の花を挿した少女は、さながら桜の妖《よう》精《せい》のようだった。

「獏憑きは、白木のカケイに常に必ず一人だけ存在する」

少女はまだ十歳くらいと思われたが、大きな瞳に利発そうな光を宿していた。一方で手にはピンク色のゴムボールを持っていて、その幼いアイテムとのちぐはぐさが何やら少し滑稽《こっけい》で、微笑ましい。

「あなたが、その獏憑きなんでしょ？」

問われたパンツスーツの人影は、淡く微笑むように切れ長の目を細めた。少女は肯定の意味と取ったらしく「やっぱり」と嬉しそうに表情を輝かせる。

「だけど、お父さんの言うことはちょっと間違ってたみたい」

「と、言いますと？」

「お父さんはね、獏憑きはケガレだっていうの。ケガレだから、人のケガレを食べて祓うことができるんだって。えっと……毒をつかんで何とかってやつ」

「毒をもって毒を制す、ですか？」

「そう、それ！」少女は大きく頷き、

「獏憑きはケガレてるから、近づいちゃだめだってお父さんは言うんだよ」

「お父様の言葉は、正しいと思いますよ」

「全然正しくないよ。だって、あなたはケガレてなんかない。すごくキレイだもん」

不服そうに頬を膨らませる少女。パンツスーツの人影は虚を衝《つ》かれたように目をしばたたかせ、それからうっすらと微笑んでみせた。

「どうもありがとうございます。ところで、お嬢様はなぜ木の上にいらしたのですか？」

「居心地がいいんだよね。あと、このボールを取りたかったから」

少女は答え、手に持ったピンクのゴムボールを軽く宙に放ってキャッチした。

「この前、安永《やすなが》くんとキャッチボールして、枝に引っかかっちゃったの。安永くん、大人なのに下手《へた》なんだよ、キャッチボール」

「本人はそれなりに頑張ったと思うので、堪忍してやってください」

相手の物言いに、少女は不思議そうに首を傾げる。

「安永くんのこと、知ってるの？」

「彼は私の弟ですので」

「そうなんだ！」

すると「お嬢様ー」という男の呼び声が、その時、どこからか聞こえてきた。

「噂をすれば安永くんだ。さっきからずっと、わたしを捜してるの」

ふふっと少女はいたずらっぽく笑う。くるくるとよく動く表情が、見ていて楽しい。

「それならどうぞ、行ってやってください。私ももう帰りますので」

「また会える？」

「本家に来る機会は今後もあるかと思いますが。お父様がおっしゃるように、お嬢様が私と会うのは、あまり好ましくないことかと」

「好ましいか好ましくないかは、わたしが決めることだよ」

少女は言うと、手ぶりでもってパンツスーツの相手を屈ませた。自分の髪に挿していた桜の花を取り、相手の耳の横に挿す。

「わたしはまた会いたいから。忘れないで。これは、約束の印」

少女はにっこりと笑ってから、

「わたしは、花香《はなか》っていうの。白木花香。あなたは？」

自分の髪に挿された桜の花にそっと手を触れて、パンツスーツの人影は答えた。

「白木彬子《あきこ》と申します」

第二章　ドリームキャッチャー〈根津《ねづ》邦雄《くにお》の悪夢〉

1

「そもそも生き物っていうのは、子孫を残すという本能のもとに動いているわけですよ。いや、動いているんじゃない。動かされているんです。遺伝子によって」

何やら面倒臭いもんを持ち出してきやがった。何でもいいが、力説しすぎて唾《つば》が飛んでくるのは勘弁してもらいたい。

「遺伝子、ねえ」

「つまり、遺伝子のやつのわがままなんですよ。自分たちの種を滅ぼしたくないから、必死で子孫を残させるんです。人類なんて別に、滅んだっていいと僕は思うんですけどね。ええ、全然構いませんよ。そのほうが地球環境もよくなると思うし。人間なんて大概ロクなことしませんから。滅んだほうがいっそ清々する。でも、遺伝子のやつがそうさせないわけですよ。だからね、わかるでしょ、ドリーマーさん」

ドリーマーさんて何だ。わかりたくもねえよ、とはしかし、口が裂けても言えない。こっちは金をもらっている身だ。三千円分の奉仕をする義務がある。

「そうだな。しょうがねえよな。子孫を残すという、遺伝子のわがままに振り回されちまったんだもんな。けど、お前さんはその遺伝子のわがままに抗《あらが》おうとしてるんだろ？」

「え？　ええ、もちろん。今後はもう二度と同じあやまちは繰り返しません。誓《ちか》って」

「だったら、とっておきのもんを譲ってやる」

紫のクロスを掛けた机の下から、俺は黒猫のぬいぐるみを引っ張り出した。大きな金色の目をして、なかなか愛らしいつくりになっている。

「何ですか、そのぬいぐるみ」

「お前さんにハッピーをもたらしてくれるネコちゃんだ。こいつと一緒に家に帰って、カミさんに誠意をもって謝罪しな。途中で駅前のケーキ屋に寄って、マンゴーのムースケーキを買っていくのも忘れるなよ」

「どうしてうちの妻の好物を……」

「おいおい。俺を誰だと思ってるんだ」

「さすがはドリーマーさん。すべてお見通しというわけですね」

だから、ドリーマーさんて何だよ。俺はそんなおかしな名前じゃねえ。

机の上に置いたスマートフォンが音楽を鳴らし、二十分の鑑定時間の終了を告げた。

今回も時間配分は完璧《かんぺき》だった。ぬいぐるみを出したタイミングも悪くない。さすがは俺。

「ありがとうございました。おかげで妻とやり直せるような気がします」

黒猫のぬいぐるみを大切そうに抱え、男は大いに満足した様子で帰っていった。もちろん、ぬいぐるみの代金、四千円はしっかりといただいた。

七千円も稼がせてくれたありがたい相手なので、丁重に店の外までお見送りしてやる。

弁天寺《べんてんじ》駅から徒歩五分ほど。吉祥《きっしょう》公園のすぐ近くに建つ雑居ビルの一階に、俺がやっている占い屋《夢の糸》はある。

五階建てのビルには他に、歯医者とか、ネイルサロンとか、いつ開けているのかよくわからない隠れ家的バーとか、何をやっているのかいまいちよくわからない事務所なんかも入っているが、いずれも不景気なのか人の出入りはあまり多くなく、基本的には静かな——というよりさびれたビルだ。

にもかかわらずオーナーは、わざわざ清掃会社と契約して毎日ビルを磨《みが》かせている。よほど綺麗好きなのか、あるいは《白木清掃サービス》という会社に義理でもあるのか。店子《たなこ》には知る由《よし》もないし、さして興味もないことだ。

「あ、クニさん」

店に戻ろうとすると、廊下の先から現れた相手に声をかけられた。紺色の作業着が少々窮屈そうな、小柄で丸っこい体型をしたおばちゃんだ。

「今日も暑いねえ。もう九月も半ばだってのに。いつまで残暑が続くんだか」

片手にモップを持ち、おばちゃんは額に滲んだ汗を袖《そで》で拭う。彼女は件《くだん》の清掃会社から派遣されて、毎日ビルの掃除をしに来ている。おかげですっかり顔なじみだ。

とはいえ、気安い感じで「おばちゃん」などと呼ぼうものなら「クニさんにおばちゃんとか言われたくないよ！」と、般若《はんにゃ》のような形相で怒られる。

苗字は確か、青柳《あおやぎ》といったはずだ。このおばちゃん、俺と同い年というから驚いた。何が驚いたって、自分が五十三なんて年齢にいつの間にかなってしまっていたことだ。

「クニさん、少し痩《や》せたんじゃない？　ちゃんとご飯食べてるの？　クニさんはもともと細いんだから、ちゃんと食べないと。それ以上痩せたら倒れちゃうよ」

「食ってるよ。ただ、ここんとこあんまり寝られてないから。そのせいかもしれねえな」

「ああ、こう毎日暑いとねえ。だから、ちゃんと食べないと」

だから、食ってるって言ってるだろうが。寝られないのは暑さが原因でもなかったが、いちいち説明するのも面倒だ。「はいはい」と適当に応えておく。

「ところで今、クニさんのとこから男のお客さんが出ていくのを見たけど。またあくどい商売したんでしょ」

「失礼だねえ。うちはこの上なく善良な占い屋だぜ。会計も明瞭《めいりょう》だし、何なら気が向いた時には特製のハチミツ入りコーヒーも出してやる。今の客だって満足顔で出ていったろ」

「なんか、猫のぬいぐるみを抱えてたけど。あれって昨口、クニさんがクレーンゲームで二百円で取ったって自慢してたやつだよね」

「いやあ、いい善行をした」

その価値を大幅に上げてやったのだから、あのネコちゃんは大喜びだろう。

「ま、あたしも人の商売をとやかく言うつもりはないけどね。それより、彩人くん見なかった?」

「あ？　今日は見てねえな」

するとおばちゃんは、「はああ」と足元に盛大なため息を吐き散らした。

「トイレ掃除を任せて、ちょっと目を離したらいなくなっててさ。社長の身内だか何だか知らないけど、まったくどうしようもないよねえ。あの子は」

おばちゃんの愚痴《ぐち》を聞き始めたら、それこそ二十分じゃ終わらない。

あいにく俺は、無料で人の愚痴を聞くほど物好きでも暇でもなかった。いや、暇はあるかもしれないが、仕事の外でまで人の愚痴に付き合いたくはない。

「見つけたら、首根っこつかまえて連れてきてやるよ」

そう言って、俺はさっさと自分の店に戻った。

ささやかながらも、それなりに居心地のいい俺の城。奥に伸びた鰻《うなぎ》の寝床のような部屋は、真ん中で衝立《ついたて》によって仕切られている。

手前が客を占う営業用のスペースで、奥がバックヤードだ。もっとも、ここは俺の住居も兼ねているので、バックヤードは私室といっても過言ではない。

その私室もといバックヤードを覗くと、ベッドとしても役立ってくれているソファの上に、紺色の作業着を着た若い男が長々と寝そべっていた。

エアコンが吐き出す風が、少し癖のある黒い髪を涼しげに揺らしている。すっかりくつろいで居眠りをこいてやがる。腹の上に置かれた手には、食いかけの焼きそばパンが握られていた。

食いながら寝ちまうって、子どもかよ。

「おい、彩人くんよう」

俺は男の頭をそこそこの強さで引っぱたいてやった。

「いてっ」と声を上げ、男が目を覚ます。ぼんやりした様子で数回まばたきをしてから、手の中のパンに気づき、もそもそと食べ始めた。

何というマイペースなやつ。このまま本当に首根っこをつかんで、おばちゃんに進呈《しんてい》してやりたくなる。

「相棒のおばちゃんがご立腹だぜ」

「俺をかくまった、ドリーマーさんも共犯だな」

男はしれっと言い、テーブルの上に置いてあった牛乳のパックを取って、ストローに口をつけた。

「ドリーマーさんて誰だっつうの。おかしな名前で呼ぶんじゃねえ」

「ドリームキャッチャー・クニオってのも、大概おかしな名前だと思うけど」

「うるせえよ」

憎たらしい小僧だ。つーか、なんで俺がこいつをかくまうような真似をしなきゃなんねえんだ。ちょっと表の自動販売機へ飲み物を買いに出た隙に野良猫みたいに入り込まれて、居座られちまった俺はむしろ被害者だってのに。本物の猫なら大歓迎だが、憎たらしい小僧など論外。やっぱり、即刻おばちゃんの前に突き出してやるんだった。

これまでこのビルの掃除に来ていたのは青柳のおばちゃん一人だったのだが、今月に入って、この小僧も加わるようになった。

おばちゃんはパートだが、こいつは正社員らしい。ところがこいつは、とにかく仕事をサボる。だるそうに階段の手すりを拭《ふ》いてるなあと思えば、いつの間にか姿を消していて、吉祥公園のベンチで寝ていたりする。

そんなわけで、おばちゃんは大抵毎日こいつを捜してぷりぷりしているわけだ。彩人くん。紹介されてもいないのに、俺までしっかり名前を覚えちまった。

だけど、ぷりぷりしながらもおばちゃんは、一人の時より生き生きと仕事に励《はげ》んでいるように見える。何だかんだ若いイケメンに活力をもらっているのかもしれない。

「俺ももらいたいもんだね」

ぽつりと呟くと、「これを?」と彩人くんは飲みかけの牛乳のパックを示してきた。

「なわけねえだろ。人の飲みかけなんざ、誰がほしがるかよ」

残念ながら俺は無理そうだ。彩人くんの気だるそうなツラを見てると、活力をもらうどころか、こっちの正気とか生気とか肌の艶《つや》とか、大切なものを吸い取られる気がする。

「ドリーマーさんは、なんで奥さんの好みを知ってたわけ?」

ちゅーちゅーとストローで牛乳を吸いながら、彩人が訊いてくる。

「あ？　てか、ドリーマーさんて呼ぶのやめろ」

「おっさんは、なんでマンゴーのムースケーキがさっきの男の奥さんの好物だって知ってたんだよ」

今度はおっさんときたもんだ。しかも、寝ていたのかと思えば客とのやりとりをしっかりと聞いている。どこまでもお行儀のいい小僧だ。

けれど、いちいち目くじらを立てるのも大人げない。俺は寛容な心で許してやることにした。

「そりゃあ、お前。俺が凄腕《すごうで》の占い師だからに決まってんだろ」

「嘘《うそ》つけ。インチキ占い師のくせして」

寛容な心がうっかり飛び立っていきそうになるのを、俺は咄嗟につかんで引き止める。ついでに彩人の腕もつかんで、占い机のところまで引きずっていった。

彩人を椅子に座らせ、俺も向かいの席に腰を下ろす。

「俺がインチキ占い師かどうか証明してやる。お前、誕生日は？」

「四月二十七日」

「牡牛座《おうしざ》か。見るからにそんな感じだよ。おら、手を見せてみな」

右手に牛の絵が描かれたパックを握ったまま、彩人は面倒臭そうに空いている左手を出した。

「お前、手相うっすいな」全体的に線が薄くて、ものすごく見づらい。

「結婚線ねえし。生命線もこれ、やたら短いな」

「当たってる」

ぼそっとこぼれた彩人の呟きに、「あ？」と俺は顔を上げる。

「俺は結婚しないいし、長生きもしない。おっさんの占い、当たってるよ」

その物言いと、自分の手のひらに落とした彩人の目があまりにも無機質に乾いていて、俺はうっかり妙な慰めを口にしそうになった。

「……何言ってんだ。当たるも何も、見たまんまの手相を言っただけだろうが。まだ占ってねえよ」

「そう？　でも、当たってるぜ」

彩人は感心したふうに、自分の左手をしげしげと眺める。「寿命とか、手の皺なんかに出るもんなんだなあ」

「出ねえよ。皺はただの皺だ」

俺は彩人の左手をつかむと、ペン立てから黒いマジックを取り、その手のひらに思いきりよく線を引いてやった。

「何してんだよ！」

彩人が抗議するのもお構いなく、サービスして手首まで延ばしてやる。

「生命線を延ばしてやったんだよ。そんなに気になるってんならな。ついでに結婚線も書いてやろうか。太陽線と財運線もオマケしてやるよ。面倒だからいっそ、よさげなの全部書いちまうか。両手に」

「いらねえよ。おっさん、いい加減だな」

「手相ってのは、気に食わなかったら自分で書き加えちまってオッケーなんだよ」

「適当すぎるだろ」

「だから適当なもんなんだって。たかが手の皺だ」

「……インチキかどうか、証明するって話じゃなかったっけ」

延長された生命線を作業着の袖で拭い、「くそ」と彩人は忌々しそうに呟く。油性だからな。こすったり、石鹸《せっけん》で洗ったりするくらいでは落ちないだろう。

「大体、おっさんの専門って手相占いなのか？　最初に誕生日訊いてきた意味もよくわかんねえし。店名からして、夢占いでもすんのかと思ってた」

彩人はいかにも胡散臭《うさんくさ》そうな目で俺を見てきた。

胡散臭さという点においては、俺は自分にかなりの自信があった。そもそも、格好からして個性が光り輝いている。

奇妙な模様がのたくって、こんなの一体どこのどいつが着るんだと思うような、青とも緑とも紫ともつかない色合いのロングシャツを羽織り、両方の手首にけ重ね着けしたパワーストーンの腕輪。

変なシャツはたまたま立ち寄った古着屋で見つけたものだし、腕輪は雑貨屋のワゴンで叩き売りされていたやつだ。石の名前や効果は知らないし、興味もない。

そして、胸元に下げたドリームキャッチャー。

こいつは昔、北米へ旅行に行った際に買ってきたもの――は、訳あって手放してしまったので、似たやつをネットで見つけて購入した。俺のトレードマークで、ドリームキャッチャー・クニオにとっては肝心要《かなめ》の代物《しろもの》だ。

「夢占いもできなくはないぜ。師匠からは一応、ひと通り教わったからな。手相に占星術に四柱推命《しちゅうすいめい》。タロットに筮竹《ぜいちく》、おまけに花占いまで。その他にも色々とな。お前に合ったものを使えってさ」

教わるごとに授業料と称して金をむしり取られたのたから、あのジジイの金への執着はものすごかった。

「……おっさんの師匠も、相当いい加減だな」

「でもって最終的には、それらをブレンドして考案したオリジナルの占いが書かれた秘伝のノートを、免許皆伝つって俺は師匠から受け継いだんだ」

正確には、ぼろぼろの汚いノートを十万で売りつけられたのだったが。

「じゃあ、そのノートを使って占えよ。中途半端に手相なんか見ないで」

彩人は至極もっともなことを言う。

「俺としてもそうしたいところだが、師匠の字が達筆すぎて読めねえ上に、やたら細々してて老眼にはきついんだよ」

「…………」

彩人は無言で、ずずーっと音を立てて牛乳を飲み干した。

「おっさんの師匠って、今はどうしてんの？」

空になったパックを潰し、彩人は尋ねてくる。俺は手元に置いたスマートフォンに目をやりながら、

「空の上で、ゆっくりお休みしてんじゃねえかな」

「……そっか」

彩人は目を伏せた。こいつ意外とまつ毛が長いなあと思っていると、やがてスマートフォンが音楽を鳴らした。長いまつ毛が驚いたようにぱちぱちと動く。

「何、その曲」

「メンデルスゾーン。《夏の夜の夢》のスケルツォ」

答えながら音を止め、俺は彩人に手を差し出した。

「三千円な」

「は？」

「鑑定料。二十分三千円」

「俺、鑑定なんてしてもらった覚えねえけど？」

「手相を見て、生命線を延ばしてやっただろうが」

「勝手に人の手の皺見て、マジックで落書きしただけだろ。おっさんやっぱインチキ……つーか、詐欺《さぎ》じゃねえか」

「人の店に勝手に入り込んだ上に、居眠りまでしといて何言ってんだよ。お前、正社員で独《ひと》り身《み》なんだろうが。三千円くらい払えるだろ。ぐだぐだ言ってねえですぱっと出せよ」

彩人はぶつぶつと文句を口にしつつも、作業着のズボンのポケットから皺くちゃの千円札をつかみ出し、三枚、数えて机に置いた。素直なのはいいことだ。

「どうも。また来ていいぜ」

「来るかよ」

不服そうに店の出入り口へ向かう彩人を、俺はひらひらと手を振ってお見送りしてやる。

「ああ、そうだ。マンゴームースケーキの秘密、彩人くんには特別に教えてやろう」

ドアの取っ手に手をかけていた彩人は、興味を引かれたように振り返る。

「三日ぐらい前だったかな。客として来たんだよ。夫に浮気されて、どうしたらいいか悩んでるっていう、どこぞの奥さんが」

「……奥さんから直接聞いて知ってたわけか」

どこが凄腕の占い師だよ、と彩人は満面に呆れを滲ませる。

「最後まで聞け。ここからが俺のすごいところだ。彼女の話をひと通り聞いた俺は、あんたを幸せにしてくれる鍵《かぎ》は猫だとアドバイスしてやった」

「なんで猫？」

「家では夫婦の会話もろくになくて、気まずい空気が流れてるっていうからよ。猫を飼ったら、その空気も変わるだろうと思ってな。猫ってのは、とんでもなく人を癒《い》やしてくれるだろ。猫吸いしたり、肉球を触ったりしてえよな」

「おっさんの願望じゃねえか」

「世間一般の願望だ。でも彼女、猫アレルギーだっていうオチがあったんだけどな」

「もしかして、あの男に猫のぬいぐるみを売りつけたのは……」

「そのすぐ後に、旦那《だんな》のほうまで偶然うちに来るんだからすげえよな。しかも、ちょうど俺の手元には可愛い黒猫ちゃんがいた。幸運の鍵と、自分の好物を手にして帰ってきた旦那に平謝りされたら、奥さんもきっとうっかり許しちまう。ほらな、すげえだろ。俺の予知能力は」

「何が予知能力だよ。ただ偶然を利用しただけだろ。ほんとに適当だな、あんた」

「ただの偶然も、うまく活用すれば運命になる」

メモっていいぞと言うと、「メモらねえよ」と彩人は即座に返してきた。可愛くない小僧だ。

「なら、俺もおっさんに特別に教えてやる」

ドアを開け、こちらに向けられた彩人の瞳が一瞬、金色に光ったように見えたのは、たぶん照明の加減だろう。

「あんた、結構黒くなってるから。気をつけたほうがいいぜ」

2

黒くなってるってのは、どういうこった。

鏡には、ちょっと目つきが悪くて顎にうっすらと無精ひげを浮かせた、色黒の見慣れた顔が映っている。やや頰がこけた感があるのは、やはり寝不足のせいだろうか。

色黒なのはもともとで、この夏に張り切って日焼けをしたわけでもない。第一、わざわざ指摘されるほどの黒さでもないと思う。

「妙なこと言いやがって」

三千円取られた腹いせに、適当なことを吐いていっただけかもしれない。

何を考えてるのかよくわからない小僧だ。近頃の二十代は、みんなあんなものなのだろうか。

「俺の息子も、あんなふうになっちまってんのかねえ」

ため息まじりに呟く。たぶんもう、彩人くらいになっているはずだ。

想像してみたが、赤ん坊の顔に大人の男の身体がくっついた不気味なものにしかならなかった。まあ仕方がない。俺は赤ん坊の頃の息子しか知らないのだから。

別れ際、首にかけてやったドリームキャッチャー。小さな胸に載った輪がやたらと大きく見え、幸せをがんがん送り込んでくれそうだった。

それは、多分に俺の願いだったのだが――

ほろ苦いものが胸に込み上げる。当時の思い出はハチミツみたいなとろりとした甘さに包まれているのに、後味はこの上もなく苦い。

だけど仕方ない。全部、俺のせいだ。

「おっと、まずい」

うっかり後ろを向きすぎてしまった。俺は両手でぱちんと頰を叩き、自分の意識を目の前の現実に引き戻す。

これだから、夜はいけない。

時刻は午後九時を過ぎていた。《夢の糸》の営業はとうに終わっている。夕飯も適当にすませたし、ここからの退屈で長い夜をどこでどうやり過ごすか、今夜も考えなくてはならない。

飲み屋に、ゲーセンに、カラオケ。いずれも金がかかるのがネックだった。かといってあてもなく外をふらついていると、高確率で職務質問を受けるので煩わしい。

今の俺にとって、夜というのは危険な時間帯だ。

うっかりするとさっきのように意識が後ろを向いてしまう。自分の内側にあるものが溢れてきて、そいつを見つめすぎるとべろんと裏返しにめくれ、自分自身に呑み込まれてしまうような気がする。

眠りは、いよいよ自分の内側に頭を突っ込む行為だった。

夢の世界は、思い出したくない過去と、見たくもないねじくれたものたちのオンパレードだ。安らぎなんてこれっぽちももたらしてくれない。うなされて何度も飛び起き、朝になると心身ともにどっと疲れている。

だったら寝ないほうがマシというわけで、明け方まで外で時間を潰し、日が昇ったら店に戻って、二、三時間ばかり仮眠してから店を開ける。そんな生活を、俺はここ最近繰り返していた。

この商売を始めてからというもの、たまにこんなふうな状態に襲われる。

師匠は、網目に引っかかったものが原因だと言った。

ドリームキャッチャー・クニオという名の通り、俺はドリームキャッチャー的役割を果たしているのだそうだ。

ドリームキャッチャーは、ネイティブアメリカンに伝わる魔除《まよ》けのお守りだ。

輪に張られた糸は蜘蛛《くも》の巣《す》を模《も》していて、その網目でもって悪夢を引っかけ、網目の穴から良《い》い夢だけを通すといわれている。つまり、その網で悪いものを搦《から》め捕《と》るわけだ。

占い屋の看板を掲げてはいるものの、俺は自分に占いの才能がないことを自覚している。そもそもがあの食わせもののジジイにほとんど脅迫される形で弟子にされた。ほとんどというか、明らかな脅迫だ。自分の後継者にならなければ、俺の所業を警察にばらすと言われたのだから。

俺がいい加減な占いでごまかしても、客たちは意外に満足して帰っていく。常連客というのも、不思議なことにそれなりにいる。

そういうやつらは、実際のところ占いなんてどうでもよくて、愚痴を聞いてもらって、ちょっとしたアドバイスを受けられればそれで満足のようだ。でなきゃ、わざわざこんな胡散臭い占い師のところへなんか来ないと言われれば、ごもっともである。

愚痴聞き屋と割り切れば、こっちとしてもやりやすい。

二十分三千円で、俺は客がため込んでいるものをできるだけ吐き出させてやる。客が求めている言葉や、助言をおまけに添えてやれば完璧だ。三千円分のご奉仕である。

客が吐き出す悪いものを、俺は網目でもって搦め捕る。まさしくドリームキャッチャーだ。

しかし師匠が言うに、俺はその後始末がへたくそらしい。後始末というのは、悪いものが絡んだ網目の掃除だ。エアコンのフィルターなんかと同じく、掃除をしなきゃよごれはどんどんたまり、網目が詰まってくる。

つまりはそれが今の俺の状態。悪いものがたまって網目が詰まっているせいで、俺は夜になるとばんばん悪夢を見て、安眠を妨害される。

師匠がいた間は、師匠に始末をしてもらっていた。妙な匂いの香を焚《た》かれ、変な味の茶を飲まされながら、俺の愚痴を聞いてもらったりして。そのたびに掃除代とか言っていちいち金をふんだくられるから、とんだ悪徳ジジイだと俺はいつも内心悪態《あくたい》をついていたが。

だけど今、ジジイ――師匠はいない。だから自分でどうにかしなきゃいけないのだろうが、どうにもできないからこんなことになっているわけだ。

少なくとも、悪い夢を見すぎて死ぬというのは聞いたことがない。寝不足が過ぎれば死ぬかもしれないが、悪夢にうなされるのは決まって夜だから、いよいよ限界になったら店を閉めて、昼間たっぷりと眠ればいいんじゃないだろうか。

うん。何とかなるだろ。たぶん。

「そういうテキトーな生き方、すごく憧《あこが》れる」

俺の前には、緑とピンクの半々に髪を染めた若い女が座っていた。

昨夜は結局、ネットカフェで夜を明かし、俺は今日もいつものように店で客の相手をしている。

俺も瘦身《そうしん》といっていい体型だが、女の身体はそれこそ枝みたいに細くて、ちょっと足払いでもかけようものならポキンといってしまいそうだ。机の下でうっかり相手の足を蹴ってしまわないよう、俺は細心の注意を払っていた。

「そんなふうにテキトーな感じでも、人間て生きてられるんだね。生きてていいんだ」

聞きようによってはものすごく失礼なことを言われているが、腹を立てたりはしない。

何しろ、十五分ほど前まで彼女は「死にたい」という言葉ばかり繰り返していたのだ。信じていた彼氏に裏切られ、捨てられて。生きている意味がわからなくなった。どうしていいのかわからないと。

よくあること、なんてのはもちろん言わない。表面的にはよくあることに見えても、受け止め方や感じ方ってのは人それぞれで、当人たちしかわからないものだ。

時おり言葉を挟みながら話を聞いているうちに、相手の用いる単語が「死にたい」から「生きてられる」に変わったのは、結構な進歩といえるだろう。

「また来るね」と言って彼女が帰っていった後、休憩もそこそこに次の客がやってきた。

今日は千客万来だ。こんな胡散臭い占い師を訪ねてくるなんて、巷《ちまた》には物好きが溢れてるんだなあと他人事《ひとごと》のように思う。

「うちの会社がヤバくて。うちの上司もかなりヤバいし。僕ももう本当にヤバい感じで」

次の客は、サラリーマンと思しき若い男だった。スーツがまだあまり身体になじんでおらず、背伸びした学生のようにも見える。入社一年目といったところか。

とりあえずもうちょい語彙《ごい》を増やそうな、なんてお節介《せっかい》ももちろん俺は言わない。

「ヤバい」を多用しつつ、彼は今の会社がどれだけブラックで、自分が虐げられているかを訴えた。だんだん表情が暗くなってきて目が据わってきたので、なんかヤバいなと思っていたら、大切そうに抱えた鞄《かばん》から包丁を取り出したので、ほんとにヤバいとさすがに焦った。

ハチミツとミルクをたっぷり入れたコーヒーを飲ませてやって、特別に時間を十分延長して、どうにか相手を落ち着かせることができたが、とんだひと騒動だ。

「コーヒー、すごくおいしかったです。また来ます」

コーヒー代に包丁を置いて、青年は礼儀正しく帰っていった。

千客万来はありがたいが、なかなかにハードな客が続いたものだ。どっと疲れを覚える。結構なデカい塊が、俺の網には引っかかったんじゃなかろうか。

少し気分転換をしようと、店のドアに『休憩中』の札を下げた。

「ねえ、クニさん。彩人くん見なかった？」

店から出てきた俺の姿を目ざとく見つけ、スポンジと洗剤のボトルを手にしたおばちゃんが寄ってくる。昨日の今日で、また彩人くんはサボってるらしい。こりないやつだ。

今日は本当に見ていなかったので、「見てねえよ」と俺は答えてビルを出た。

コンビニで好物のスイーツを買って、吉祥公園の中に入る。

外を歩くとしつこい残暑が肌にまとわりついてきたが、公園内は木が多いためか、気温が一、二度は低く感じられた。敷地《しきち》の大部分を占める池も目に涼しげで、そよそよと吹いてくる風が心地いい。ミンミンジージーと、セミの声の騒々しさはちょっと勘弁してもらいたかったが。

コンビニの袋を提げ、腰を休める場所を探してぶらぶらと歩いていると、人けのない木陰《こかげ》のベンチに見慣れた姿を見つけた。

彩人だ。以前にも同じベンチで居眠りしているのを目にしたことがある。お気に入りの場所らしい。

作業着の上着を脱ぎ、黒いTシャツ姿で煙草をくゆらせる彩人の前には、見たことのない若い男が立っていた。

誰だろう。何となく気になって、俺は木の陰に身を隠して二人の様子を窺う。気配を消すのはお手のものだった。前の商売の時に鍛《きた》えた技だ。

男は白いシャツを羽織った見るからに爽やかそうなスタイルで、そのシャツに負けない爽やかな笑顔を彩人に向けていた。やわらかそうな茶色の髪に、柔和な目元が穏やかで優しげな印象だった。

にもかかわらず、彩人は妙に無愛想《ぶあいそう》に煙草を吹かしている。まあ、あの小僧は普段から無愛想ではあるが。それにしても、いつも以上に表情と身にまとう空気が硬いように思われる。

「こういう公園も、完全な禁煙にするべきだと僕は思うんだけどね」

爽やかな男がやんわりと嫌煙を主張するも、彩人はまったく意に介さず、煙草を消す素振りもない。

仕方なさそうに男は小さく息をつき、

「じゃあ、これ。今月も頼むよ」

二つ折りにされたA4サイズくらいの紙を彩人に差し出した。彩人はくわえ煙草で受け取ると、開いて中を確認することもなく、更に無造作に折りたたんで作業着のズボンの尻《しり》ポケットに突っ込んだ。

「それにしても、こんなところで堂々とサボっているとはね。もしかして、いつもそんなふうなのか？」

「ほっとけよ。お前には関係ないだろ」

普段以上にそっけなく答える彩人は、相手と目を合わせようともしない。コミュニケーションをとる上ではずいぶんと失礼な態度だが、男は気分を害したふうもなく、やれやれと言いたげに肩をすくめてみせる。

「確かに、そっちの会社も彩人も、桂輔の管轄ではあるけどね。彩人の手綱があまりにもゆるんでいるとなれば、僕も無視するわけにはいかないだろ」

彩人は黙って煙草を吹かしていた。短くなってしまうと地面でもみ消し、吸殻を携帯灰皿に押し込む。

「桂輔は飼い主として甘すぎる。もっとも、代わりに僕が飼い主になれと言われても、今更ごめんだけどね」

「こっちこそごめんだよ」

吐き捨てるように彩人が言った途端、ガンッとベンチが鋭い音を立てた。

男がいきなりベンチを蹴りつけたのだ。顔には変わらず爽やかな笑みを浮かべたまま。

「分をわきまえろよ、彩人」

優しい笑みをとどめながら、彩人を見下ろす男の目はぞっとするほど冷ややかだった。

彩人は無感動な目で男を見上げる。相手のいきなりの豹変《ひょうへん》に、まったく動じないのもなかなかの度胸だ。

「どんなに人間らしく装ったところで、お前は化け物だ。醜《みにく》くて穢れた獣。僕たちに見捨てられたら、お前は誰にも愛されず、孤独なまま穢れにまみれて死んでいくしかない。そういう存在だということを自覚しろ」

彩人は何も応えない。男を見上げたまま、膝の上に置いた拳を静かに握りしめている。

「まあ僕は、むしろそれで構わないけどね」

にこっと笑うと、男は踵《きびす》を返した。こちらに向かって歩いてくる。俺は慌てて、偶然その場を通りかかった体《てい》を装った。

こちとらいかにも胡散臭い風体の中年男。不審な眼差《まなざ》しを投げられてもおかしくなかったが、俺と目が合うと相手はやわらかな笑みを浮かべ、軽く会釈をしてその場を去っていった。あんな一幕さえ見なければ、愛想のいい好青年だなあと感心していただろう。

ベンチのほうに目をやると、彩人は大きなあくびをしていた。全然応えてないとすれば大したものだが、そんなことはないはずだ。

「よう、彩人くん。今日も元気にサボってんな」

近づいて声をかけると、彩人はポケットから取り出したセブンスターの箱を手に、気だるげに俺を見上げた。表面的にはいつもの調子を取り戻しているように見える。

「吸いすぎは身体に悪いぞ」

「そんなもん今更だ。俺はもっと身体に悪いもんと共生しながら、身体に悪いもんを喰いまくってる」

彩人は十中八九、一人暮らしだろうし、見るからにテキトーな生活を送っていそうだから、住環境や食生活が乱れまくっていたとしてもおかしくない。共生相手はゴキブリか、それともネズミだろうか。

俺も人のことは言えないけれど。

「せっかくだし、俺のおやつを分けてやろうと思ったんだが。いらねえか？」

「どうせまた、金を取る気なんだろ」

「今日は特別サービスだ。ま、どうしても払いたいってんなら喜んでもらってやるが」

ベンチの上にシュークリームとマンゴーパフェを並べて置くと、彩人はセブンスターをポケットにしまい、マンゴーパフェを手に取った。

俺がそっちを食べるつもりだったんだが。仕方ない。今回は特別大目に見てやろう。

「おっさん、見てたろ」

プラスチックの小さなスプーンでパフェをすくいながら、彩人が言った。俺が昨日延長してやった左手の生命線は、元通り短くなっている。一日でよく落ちたもんだ。さすがは清掃会社の社員。よごれを落とすのはお手のものか。

「何なんだ、あの兄ちゃんは。爽やかそうな顔して、えらい毒を吐いてたが」

俺は応え、シュークリームに食らいつく。こうなればもう立ち聞きしたことを隠す気もない。マンゴーパフェのぶん、事情くらい聞かせてもらったって罰《ばち》は当たらないはずだ。

「おっさんは貴重なもんを見たぜ。晃成《こうせい》は普段はめちゃくちゃ外面《そとづら》がいい。あいつを知ってる十人に訊けば、十人ともが『人当たりがいい好青年』って答えるだろうな」

「晃成くんていうのか。なかなか興味深い二面性だった」

「白木晃成。シラキの会社と本家の跡取りだ」

《株式会社シラキ》。あのでかい会社を将来背負《しょ》って立つわけか。大丈夫なのか？　あんなんで。自分にはまったく関係のない会社の未来をつい心配してしまう。いや、まったく関係なくもないか。もしシラキが潰れたら、俺は長年使い慣れた歯磨《はみが》きとシャンプーを失うことになる。

「お前のいる《白木清掃サービス》ってのは、シラキの子会社なんだろ。で、社長も白木の家の人間だとか」

しかも若くて、なかなかイイ男らしい。だからパートの応募を決めたのだと、前に青柳のおばちゃんが話していた。あの業務形態だと、社長と顔を合わせる機会なんてめったにないだろうに。

そしておばちゃんは、彩人は社長の身内だとも言っていた。

「桂輔は白木家の次男。晃成の弟だ」

社長の名前は桂輔くんというらしい。あの爽やか毒舌兄ちゃんこと白木晃成の口からも、その名は出ていた気がする。飼い主とか何だとか。

「で、白木彩人くんが三男か？」

「俺は白木じゃない。黒沢。黒沢彩人。それに、俺のほうが桂輔より年上だ。一日だけだけど」

白木兄弟の父親――シラキの現在の社長で白木家の当主だ――の妹が彩人の母親にあたるらしい。つまりは兄弟のイトコというわけか。

「化け物とか何とか、ひどい言われようだったが。お前はあの晃成ってのにずいぶん嫌われてんだな」

「晃成が言うことは間違っちゃいない。あいつが俺を嫌うのもごく自然なことだ」

「いやいや、間違ってるだろ。あいつとお前との間に何があったか、そりゃあ俺は知らねえけどさ。さっきのあいつは相当ゲスいこと言ってたぜ。いくら嫌いっつったって、言っていいことと悪いことがあるだろ」

「仕方がない。俺はそういうモノなんだ」

「なんでお前、そんなに自分を卑下《ひげ》すんだよ」

「卑下とかじゃなくて、事実なんだよ」

「どういう事実だ、そりゃ」

「うるせえな、おっさんは」

彩人は空になったパフェの容器を脇に置くと、空いた手で自分のTシャツをつかんだ。

「…………」

なぜかそのまま、じっと固まる。やがて「やっぱやめた」と言って、彩人はTシャツから手を離した。

「何なんだよ」訳がわからないやつだ。

「ごちそうさん」

空の容器と上着をつかんで、彩人はベンチから腰を上げた。

まだマンゴーパフェぶんの話は聞いてない。……いや、三百円だとあんなもんか？　心の内で計算をする俺の鼻先に、何かが突きつけられる。

「おい」

受け取ってみれば、名刺だった。《白木清掃サービス》という社名と住所に、携帯のものと思しき電話番号が記されている。社名の上には、白黒ツートンの動物のイラストが描かれていた。

「ブタか」

「バクだよ」

「なんで今更、こんなもんを渡してくるんだ。俺の店も掃除させろってか」

「名刺の下のほう、よく見てみな」

言われて確認すると、小さな文字で何やら書いてある。が、老眼にはキツい。

「もっとでかい字で書けよ」

「あー、おっさん老眼だったっけか。今度桂輔に言っとく。『悪夢の相談承ります』って書いてあるんだけどな」

「悪夢……？」

「おっさん、悪い夢に悩まされたりしてるんじゃないか？　もしそうなら、そこへ連絡してみろよ」

「どういうことだよ。ここ、お前が働いてる清掃会社だろ」

それに、俺が悪い夢に悩まされているということを、どうしてこいつは知ってるんだ。

「まどろっこしくて面倒なんだけどな。桂輔を通さないで俺が勝手に仕事を受けると、あいつすげえ怒るんだ」

「答えになってねえよ」

「とにかく、その名刺はおっさんにやる。おやつを分けてもらった礼だ」

じゃあな、と言って彩人は去っていった。とことん自分のペースを崩さないやつだ。

しばらくベンチで休んでからビルに戻ると、珍しく真面目《まじめ》にモップで床を磨く彩人の姿があった。

意外にもやつはまっすぐ職場に戻ったらしい。こりゃあ明日は雪が降るかもな、などと考えながら俺も自分の仕事に戻った。

さすがに、九月に雪は降らなかった。

けれど翌日から、彩人はビルの掃除にやってこなくなった。

3

俺の店には、客がよくやってくるようになった。

緑とピンクの髪をした元死にたがり娘と、諸々《もろもろ》ヤバかった元包丁青年は常連になりつつあったし、初めての客も続々と訪ねてくる。

何だってこんな胡散臭い店が繁盛するのか。我ながら不可解だ。どっかで妙な噂にでもなっているのだろうか。

彩人の姿を見なくなって五日が経っていたが、そんなわけで俺は気にする余裕もなかった。もともとあいつは色んな現場を転々としているようなので、単に別の現場へ行ったのだろうと考えてもいた。

「あたしは聞いてないし、彩人くんから何の挨拶《あいさつ》もなかったよ」と、青柳のおばちゃんはぷりぷり怒りながら嘆いていたが。

客の相手で忙しいので、俺はおばちゃんにも構っていられない。

「彼女と結婚するべきかどうか、悩んでいるんです」

黒いキャップを目深に被った男は、うつむき加減にそう言った。

キャップのつばで陰になって、目元はよく見えない。やや鷲鼻《わしばな》で、顎にはまだらに無精ひげが生《は》えている。浅黒い肌は健康的な日焼けの結果というよりは、昏《くら》い影に縁取られているかのような、どこか不健康そうな印象を受けた。

この客は、昨日も店にやってきた。「今の仕事を続けるべきかどうか悩んでいるんです」と、昨日は言っていたはずだ。悩み多き年頃らしい。実際に何歳なのかは知らないが。

こちらの言葉をじっと待つだけで、この客はそれ以上は何も語ろうとしない。そうなると、アドバイスできることもたかが知れている。占い師なら当ててみせろということなのかもしれないが、超能力者じゃあるまいし、おかしな期待をされても困る。まして俺が得意とするのは、占いではなく愚痴を聞くことだ。

今日も相手は「悩んでいるんです」と言った後はだんまりを続けていたので、俺はタロットをめくりつつ、一方的に適当な話をして二十分を過ごした。時間になると男はすっと腰を上げ、「また明日来ます」と言って帰っていった。正直、ちょっと不気味な客だ。

男が出ていったばかりの入り口のドアの向こうで、青柳のおばちゃんの妙にテンションの高い声が聞こえた。

何だ？　間もなくしてドアベルの涼しげな音とともに店に入ってきたのは、おばちゃんではなく、身なりのいい若い男だった。

質のよさそうなスーツに身を包み、髪もきっちりと撫でつけた、三十前後と思しき男だ。見栄えは悪くないが、頭のてっぺんからつま先まで、堅苦しいほどに整えられた外見からは、生真面目そうな性格が充分すぎるほど窺い知れた。

日頃からやたらと自分を厳しく律し、融通が利かないタイプと見た。あいにく俺は、この手のタイプとはあまり相性がよろしくない。

うちの店にはあまり来そうもないタイプなのだが。やっぱり何かおかしな噂が立っているのだろうか。たとえば、俺の姿を見ると金運が上がる、とか？

「もしかして、お休み中でしたでしょうか？」

開口一番、男はそんなことを問うてきた。寝ぼけ面に見えただろうか。どちらかと言えば、寝不足なのだが。

「いや。ちょうど今、前のお客が帰ったところです」

この手のタイプは、ぞんざいな態度で接すると「客に向かってその態度は何だ」などと憤慨《ふんがい》しがちなので、俺も一応敬語を使う。

それでも相手の眉間にはわずかな皺が刻まれた。椅子から腰を上げたことで、俺の胡散臭い全身が見えたせいかもしれない。

「根津邦雄さんですよね？」

気を取り直したように、男は尋ねてきた。今度は俺の眉間に皺が寄る番だった。この店にきて、いきなり俺の本名を口にする客はまずいない。

「そうですが。お宅さんは？」

「失礼しました。私は、《白木清掃サービス》の白木桂輔と申します」

男は折り目正しく頭を下げ、懐から取り出した名刺を渡してきた。『代表取締役　白木桂輔』と確かに書かれている。ブタみたいなバクの絵も、細々とした奇妙な一文もなく、至ってシンプルなデザインの名刺だった。

まさかの社長のお出ましだ。さっきのおばちゃんのハイテンションな声は、「若くてなかなかイイ男」の社長がやってきたからか。

「先日は、お電話をどうもありがとうございました」

姿勢を正し、白木桂輔は言った。

バクの絵が描かれた名刺を彩人から受け取った翌日、俺は書かれていた番号に電話をかけてみたのだった。

とはいえ、仕事を依頼するためではない。単に興味があったからだ。『悪夢の相談承ります』というのはどういう意味なのか。悪夢に悩んでいる人間に、清掃会社が何をしてくれるというのか。

電話に出たのが社長だったので驚いたが、悪夢の相談とはどういうことなのかと訊いてみると、「獏が悪夢を食べて解決する」などというメルヘンチックな答えが真面目くさった口調で返ってきたから更に驚いた。バクの名刺を持っているのなら料金は一万円だとも告げられ、その金額だけが妙にリアルだった。

《白木清掃サービス》は普通の清掃業の裏で、どうもおかしな商売をしているらしい。もとより冷やかしではあったものの、一万円などと言われたらなおさら頼む気も起きない。適当に話を切り上げて通話を終えたのだったが、こっちの名前と住所は先方に教えることになった。まさか、それで社長自らがやってくるとは。

俺は改めて、目の前の生真面目そうな男を見る。こいつが白木桂輔。あの爽やか毒舌兄ちゃんの弟か。どっちかというと、こっちのほうが兄貴に見える。きっちりとした装いや佇まいから、実年齢よりも上に見られることは多いに違いない。

「わざわざ訪ねてきてもらって申し訳ないんですがね。俺は獏に夢を食ってもらおうとか、そういうのは考えてないんで」

自分で言っててておかしくなる。獏に夢を食べてもらうって。五十過ぎの男が口にすることじゃないだろう。

すると白木桂輔は、真面目くさった顔で「いえ」と首を振った。

「今日伺ったのは、そのことではないのです。うちの黒沢のことで、少しお尋ねしたいことがありまして」

「黒沢って、彩人くん？」

「ええ。今、青柳からも話を聞いてきたところなのですが。黒沢は、こちらでは根津さんと親しくしていたということなので」

「別に、親しくしてたってほどじゃないですよ。ま、ちょっと話したりはしましたがね」

おばちゃんは何をもって俺と彩人を「親しい」と判断したのか。ひょっとすると、俺があいつをかくまったことに気づいていたのかもしれない。

「根津さんは、黒沢のおかしな様子や行動などを目にすることはありませんでしたか？」

もとより彩人はおかしなやつではあったから、様子や行動のすべてがおかしいといえばおかしかった。だが、白木桂輔が訊きたいのはそういうことではないだろう。

しかし、そんなことを訊いてくる理由がわからない。

「なんで俺にそんなことを？」

「五日ほど前から、現場に来ていないという話なので。本人からは何も連絡がありませんし、こちらから連絡をとろうとしても返事をよこさないものですから」

「ここへ来なくなったのは、現場が変わったってことじゃないんですか？」

「黒沢は今月いっぱい、こちらのビルを担当することになっています」

「じゃああいつは、無断欠勤して行方をくらませてるってことですか」

まさか、そんなことになっているとは思いもしなかった。

「まあ……ここ最近の黒沢にはたまにあることですし、数日すると何事もなかったように戻ってきますので、今回も大騒ぎをする必要はないと思います。ただ、現場でともに作業をする人間には、やはり迷惑がかかりますから」

放浪癖でもあるのだろうか。人騒がせな野郎だ。

しかしあいにく、俺は言われるほど彩人と親しかったわけじゃない。あいつの行き先も、行方をくらます理由も知るはずはなかったが、彩人が姿を見せなくなる前にあったことといえば、すぐに思い出されるのは白木晃成との一件だ。

吉祥公園で彩人が白木晃成とともにいるのを見たこと。彼から化け物がどうのと罵《ののし》られていたことを話すと、白木桂輔は険《けわ》しい顔つきになった。「どうして晃成がわざわざこんなところに」と小さく呟いて唇を噛む。

もしかして、白木兄弟の仲はあまりよくないのだろうか。

彩人が相手から二つ折りにされた紙を受け取っていたことも思い出し、続けて話そうとしたが、

「事情はよくわかりました。大変見苦しいところをお見せしたようで、申し訳ありません」

白木桂輔は深々と頭を下げて、会話を切り上げた。晃成にそれほど嫌な思いをさせられたら、行方をくらませたくなっても仕方がないとでも考えたか。

「根津さんのほうも、どうかお気をつけください」

頭を上げた白木桂輔に言われ、「俺?」と俺は自分の顔を指差す。

「黒沢が戻ってこないことには、悪夢の処理をお引き受けすることもできませんので」

「いやだから、それは別にいいって」

「そうですか。ではせめて、身体を休めるようにしてください。青柳もずいぶん心配していましたから」

お大事に、と病人をいたわるような言葉を残し、白木桂輔は帰っていった。

おばちゃんも心配してたって? そんなに俺の顔色は悪いだろうか。

一人きりになった店の中で、鏡を覗《のぞ》き込《こ》んでみる。

「いつも通りの男前だな。うん」

寝不足のせいで目の下にうっすらとくまができてはいたが、問題ない。俺は元気だ。

シャランとドアベルが音を立てた。新たな客が来たようだ。

商売繁盛でありがたい。

4

商売繁盛は、翌日も続いてくれた。

ありがたいが、忙しすぎてろくに休む暇もない。店を開けている間、俺はずっと客の相手をし続けていた。一体いつから《夢の糸》はこんな人気店になったのだろう。

店には色んな客がやってきたが、パンダがきた時はさすがに度肝を抜かれた。

だってパンダだ。動物園で人気の、あの白黒のパンダ。すっかり人気店となったうちに、みんなの人気者のパンダまでがやってきた。

そんな馬鹿な、と目をこすってよくよく見ると、普通の若い女だった。

どういう見間違いだよ。大体、なんでパンダなんだ。

自分の生き方と子育てに悩んでいるという彼女に、つい「動物園に行け」なんていうアドバイスをしてしまったのは、パンダのインパクトがあまりにも強かったせいだろう。自分でも何を言ってるんだと思ったが、言ってしまったものは仕方ない。ここで引いたら俺はただの頭のおかしい変人と見なされ、占い屋としての信用はゼロになる。

「あんたの悩みを解決する鍵は動物園にある！」と勢いで押すと、首を傾げながらも女は一応納得し、金を払って帰っていった。

あれで納得するって、奇跡もいいところだ。

それにしても、あんな幻覚を見るとは。さすがに俺も疲れているのかもしれない。疲れていないほうがおかしい。とにかくひっきりなしに客がきて、まともに休憩時間をとることもままならないのだから。

しかし、こんなに後から後から客がくるわりに、稼ぎがあまり増えていないのが不思議だった。もしかして俺は、うっかり料金をもらい忘れているのか？ まさか、そんな馬鹿なことはないはずだが。

とりあえずコーヒーを飲んで落ち着くことにした。疲れた時は、ハチミツをたっぷり入れた甘いコーヒーに限る。椅子から腰を上げかけると、またシャランとドアベルが鳴る。

くそ。コーヒーの一杯も飲ませてくれないのか。

「子どもができたんですけど。彼女に自分の仕事を打ち明けるべきかどうか、悩んでいるんです」

今日もそいつは黒いキャップを目深に被り、うつむき加減で座っていた。

もう子どもができたって早すぎないか？ 彼女と結婚するかどうか悩んでいると言ったのは、つい昨日のことじゃないか。

「あんたの仕事って――」

尋ねかけて、男が被る黒いキャップに目が釘《くぎ》づけになる。変な顔をしたカエルのピンバッジが横の部分についていた。

俺も昔、よく似たキャップを被っていた。カエルのバッジは、彼女につけられたものだ。片目の部分がこすれて、ウインクしてるみたいに見えるところまで同じだった。

「……お前、誰だ」

男の目元はつばの陰に隠れたまま、にちゃりと音がしそうな粘着質な笑みがその口元に浮かぶ。浅黒い輪郭の中央に鎮座《ちんざ》する鷲鼻。顎にうっすらと浮いた無精ひげ。なぜ気づかなかったのだろう。

よく似た顔を、俺は毎日鏡の中で見ていたというのに。

「子どもができたんですけど。彼女に自分の仕事を打ち明けるべきかどうか、悩んでいるんです」

男は繰り返した。何の仕事なのかはもう、訊く必要もない。俺はよく知っている。男が口にするのは、かつての俺自身の悩みだ。

俺は手を伸ばし、男の頭からキャップを取り去った。

その下に、顔はなかった。ただ真っ黒で、うつろな穴が開いているだけだった。

何だこれは。こいつは現実じゃない。現実ではあり得ない。

手からキャップが滑《すべ》り落《お》ち、ピンバッジの小さなカエルが、俺を嘲笑《あざわら》うように床の上でケロケロと鳴く。

パンダに続いて、俺はまた幻覚を見ているらしい。目を閉じ、意識して深い呼吸を繰り返す。落ち着け。現実を取り戻せ。大丈夫、俺は正常だ。

ゆっくりと目を開ける。

男の姿もカエルの声も消えていた。しかしその代わりに、目の前の椅子にはおかしな黒い獣が座っていた。

鋭い爪のある両前足を占い机にかけ、座りにくそうな体勢で椅子に腰かけている。そもそも四つ足の獣が座るようにはつくられていないのだから、座りにくいのは当然だ。

ふさふさしたたてがみと、少し長い鼻と、ぴんと立った耳。金色の瞳に俺を映しながら、黒い獣は長い尻尾をふんわりと揺らしていた。

……だめだ。全然大丈夫じゃない。俺は本格的にいかれちまったらしい。

「ライオンなんだか、イヌなんだか、ゾウなんだか。せめてはっきりしてくれ」

「獏だよ」

獣が答えた。どこかで聞き覚えのあるような、若い男の声だった。

「っていうか、おっさん。俺だよ、俺」

オレオレ詐欺かよ、と返したくなったが、「おっさん」という呼ばれ方にはたと気づく。

「彩人なのか？」

ああ、と頷く彩人は、目をこすって何度確認してみても、黒い獣のままだった。

「俺は何だか、おかしくなっちまったみたいでな。さっきのパンダの女に続いて、今はお前の姿が変な獣に見える」

「変な獣って、失礼だな。獏だって言ってんだろ。パンダの女は知らないけど、俺の姿はおっさんの頭のせいでも、老眼のせいでもないから安心しろよ。ここはあんたの夢の中だ」

「夢？」

夢だから女がパンダに見えたり、昔の俺が客として訪ねてきたりしたのか？

いや、待てよ——

「あのキャップの男は、ここんとこ毎日うちの店に来てたんだ。あれが全部夢だったっていうなら、お前んとこの社長が昨日、うちに来たのも夢だったのかよ？」

俺の頭は激しく混乱していた。一体、どこからが夢だっていうんだ。大体、自分が眠ったという自覚も俺にはない。

「桂輔がおっさんの店に来たのは現実だよ」

「お前が行方不明になってるって聞いたぞ」

「行方不明ってのは大げさだ。ちょっと別の用事をすませてただけなのに、戻ってきたら桂輔のやつがうるさくてさ。晃成のこと、おっさんに口止めしとくんだったよ」

　大きな肉球のある前足で頰杖《ほおづえ》をつき、ふう、と黒い獣は人間くさいため息をつく。

　獏だとか主張してたが、獏ってのはこんな姿だったっけか？　俺が知ってるのとは少々違う気がする。

「おっさんの様子がおかしいって桂輔が言うから、見にきてみたんだ。そしたらおっさん、誰もいない店の中で虚空を見つめて、一人でぶつぶつなんか言ってるし」

「何だよ、そりゃ」俺はまったく身に覚えがない。

「おっさんは最近、ずっとそんな状態だったんだよ。だからおばちゃんは心配してたし、桂輔も昨日店に行った時に、客なんて出てきた気配もないのにちょうど前の客が帰ったとこだとかおっさんが言うから、これはまずい状態なんじゃないかって思ったみたいだ」

　白木桂輔が昨日、俺に対して怪訝な顔をしてみせたり、病人をいたわるような言葉を残して帰っていったのは、そういうわけか。

「って、待て待て。客が出てきた気配がないって、ここんとこうちの店は客がひっきりなしに来て、商売繁盛で、だから俺はゆっくり飯を食う暇もなかったんだぞ」

「おっさんについた穢れが濃くなりすぎて、夢と現実の境が曖昧になってたんだろうな。おっさんは無自覚のうちに白昼夢を見てたんだよ」

「白昼夢？　あの客たちは全部、幻だったたっていうのか？」

「桂輔が来たのは現実だから、客も何人かは本物だったと思うけど。つーか、普通に考えて、おっさんの店がそんな繁盛するとかあり得ないだろ」

　失敬な野郎だ。だが、幻だったと考えれば、客があんなに来たわりに稼ぎがあまり増えてなかったことにも納得がいく。幻の客は、金を置いていってはくれないだろうから。

「俺が店を訪ねたら、おっさんはまさにその白昼夢を見てる状態だったんだ。で、声をかけたらいきなり落ちた」

「落ちた？」

「完全に眠りに入っちまった。寝不足が限界にきてたのかもな。まだ夕方だし、夢祓いするにはちょっと時間が早かったけど、仕方ないから俺も入ってやったよ。おっさん、依頼したんだろ。おっさんから電話があったって、桂輔が言ってた」

「電話はしたが、依頼はしてねえぞ。一万円なんて払う気なかったからな」

しかも、獏に夢を食ってもらうとか、訳がわからなかったし。その獏とやらが今、俺の目の前にいるわけだが。

「マジかよ」彩人はあちゃーという顔で額に手をあてた。獣の姿なので、どうにも仕草が滑稽に映る。

「てっきり依頼されたもんだと思って入っちまった」

ゆらゆらと尻尾を揺らして、どうしたものかと彩人はしばらく考えていたが、

「ま、しょうがない。もう入っちまったんだし。せっかくだからちょっと喰ってくよ」

寿司《すし》屋に来たから一貫食ってく、みたいなノリで言って、椅子から飛び下りた。

「行くぞ、おっさん」

5

「行くって、どこへ行くんだよ」

こんなおかしな動物が外へ出ていったら、大騒ぎになるんじゃなかろうか。この状況においてもなお、俺の思考の一部はいまだ現実世界にしがみついていた。

「もっと深いとこ。ここはまだ入り口で、喰えるもんはいないから」

獣らしく彩人は四つ足で歩き、出入り口のドアのほうへ向かう。開けてくれ、と言われて、ドアを開けた。

店のドアの向こうには、掃除だけは行き届いた狭いビルの廊下が、左右にまっすぐ伸びているはずだった。

しかし――

「何だこりゃ」

ドアの向こうには、確かに廊下があった。けれども薄暗くて何とも陰気で、左手に向かって大きなカーブを描いている。床には黒ずんだゴミが散らばり、壁には所々に蜘蛛の巣が張っていた。丸々と太った大きな芋虫が、何匹も引っかかってもがいている。

ぞわりと総毛立つ。俺は芋虫とか毛虫とか、うねうねした虫が何より苦手だ。

蜘蛛の巣にはどういうわけかそんな虫ばかりが搦め捕られ、そちこちでピクピクもぞもぞと身体をくねらせていた。

気持ち悪ぃ。こんな廊下を歩くだけで、俺にとっちゃ最低の悪夢だ。

「汚《きた》ねえ廊下だなあ」

言うなり彩人は、手近な蜘蛛の巣に引っかかっていた芋虫にバクッと食らいついた。俺は「ぎゃっ」と悲鳴を上げる。

「な、何してんだ、お前」

「喰ってんだよ」

もぐもぐと口を動かしながら、平然と彩人は答える。喉を鳴らして飲み込むと、次の一匹に食らいついた。そうして蜘蛛の巣にかかった虫たちを次々に食べながら、彩人は廊下を進んでいく。

俺はもちろんドン引きだ。信じらんねえ。なんであんなもんが食えるんだ。

カーブした廊下は、螺旋《らせん》状に下へと続いているようだった。底を目指しながら、彩人は気味の悪い虫どもをばくばく食っていく。俺の背筋の寒気は止まらない。悪夢だ。これを悪夢と言わずして、一体何と言うのか。

「なんか、甘い匂いがする」

長い鼻をひくつかせる彩人の口の端からは、緑とピンクのツートンカラーをしたミミズみたいな虫がはみ出て、のたくっていた。

ほんと勘弁してくれ。けど、あの虫はどこかで見た覚えがあるような気もする。その前に彩人が食っていた、包丁みたいに尖ったおかしな形をした虫も。

「つーか、ここのやつらってみんな後味が甘ったるくて。胸焼けしそうだ」

緑とピンクの虫を麺《めん》みたいにすすり、彩人は右の前足でふっさりとしたたてがみに覆われた胸元をさする。

「あんなもんをたらふく食えば、甘かろうとそうでなかろうと、そりゃ胸焼けもするだろうよ」

あの気味悪い虫どもを、彩人はもう五十匹は食っている。味の感想なんて聞きたくもない。

彩人が言う甘い匂いとやらは、俺には感じられなかった。獣の鼻は敏感なのだろう。虫どもを片づけながら、彩人は匂いをたどって螺旋状の廊下を下っていく。蜘蛛の巣から虫がいなくなるたび、清涼な風がどこからか吹いて、床のゴミやよごれを消していくのが不思議だった。

そうしてたどり着いた螺旋の底には、一軒の家が建っていた。黒い瓦屋根《かわらやね》が立派な、木造二階建ての日本家屋だ。

「ここがゴールみたいだな。この中から甘い匂いがする」

彩人は前足の爪でカリカリと玄関ドアを引っかいた。

「ここは……」

俺はその家に見覚えがあった。表札はなかったが、間違いない。

ここは、あのジジイの家だ。

「開かない。おっさん、開けてくれ」

つかんだドアノブには強い抵抗があった。鍵がかかっているようだ。ごく単純なディスクシリンダー型の鍵。鍵穴の形状を確認するまでもなく、俺は知っていた。

手が自然とポケットを探る。懐かしい感触が当たり前のように指先に触れた。手に慣れた、自作のピッキングツール。

もう十年以上も昔に手放したもののなのに。当時の感覚がよみがえり、考える必要もなく指先が動いた。ツールを鍵穴に差し入れ、一分とかからずに鍵が開く。

あの時もこうして、俺はこの家に入っていった。

夜の七時を過ぎた頃だった。閑静な住宅街は、各家庭から漂う夕餉《ゆうげ》の匂いに包まれていた。人通りはあまりなく、特にこの家は袋小路《ふくろこうじ》に位置していたため、通りかかる人間などまずいなかった。

ジイさんが一人で住んでいることも、玄関の鍵がちょろいディスクシリンダー錠であることも、事前の下見でチェックしていた。

家は真っ暗で、門灯もついておらず、留守なのは一目瞭然《いちもくりょうぜん》だった。イケると思った。だから、俺は入ったのだ。

「おっさん、おっさん」

彩人の呼び声に意識を引き戻される。

見れば、彩人は開いたドアから既に中に入っていて、玄関に待ち構えるように存在していた巨大な蜘蛛の巣にとらわれていた。こちらに腹を見せ、じたばたともがいている。

「何やってんだ、お前」

「引っかかった」

逃れようと彩人は懸命に四本の脚を動かすが、粘ついた糸はもがけばもがくほど黒い毛に絡みつき、彩人はどんどんおかしな格好になっていく。

「ああもう、取ってやるから動くな」

毛に絡んだ糸を、一本一本苦労して外してやる。多少動けるようになると、彩人は残る糸を噛みちぎって、蜘蛛の巣から逃れた。

「なんでこんなとこにトラップを仕掛けてんだよ」

毛に残ったネバネバを舌で舐め取りながら、彩人が恨めしげな目を向けてくる。こちとら身に覚えがないので理不尽の感を禁じえなかったが、俺の夢の中のことである以上は、俺のせいということになるのだろう。

「で、ここはおっさんの実家とか？」

彩人が尋ねてきたので、「いや」と俺は答えた。

「師匠の家だ。つっても、俺がこの家に入った時はまだ師匠でも何でもなく、ただの獲物のジイさんだったけどな」

占い師なんていう、インチキ臭い仕事をしていることまでは知らなかった。ただ、金をため込んでいそうな匂いはぷんぷんしたので、ターゲットに定めたのだ。

「獲物って？」

「今の商売をする前、俺は空き巣狙《ねら》いで飯を食ってたんだよ」

「おっさん、泥棒だったのかよ」

「もう十年以上前のことだ。この家に空き巣に入って。で、運悪く見つけちまった」

「何を」

「居間で倒れてるジイさんを」

電気がついていなかったのでてっきり留守だと思い込んだが、そうではなかった。

倒れたジイさんに息があることを確認し、俺は慌てて救急車を呼んだ。自分の立場も状況も、その時は考える余裕などなかった。

幸い、ジイさんは大事には至らなかった。脳梗塞《のうこうそく》だったらしいが、発見が早かったこともあり、後遺症も残らず見事回復を果たしたのだ。

「運がよかったな」

「向こうにとってはな。俺にとっちゃ最悪だ。食わせもののジジイだったんだよ。周りには俺のことを友達の息子だとか言って、泥棒の事実は黙っててくれたんだがな。代わりにまんまとインチキ臭い占い師の後継ぎにさせられちまった」

弟子として色々と教わる間、あのジジイからはとにかく金をしぼり取られた。文句を言うと、「ブタ箱に入りたいか」などと脅してきた。どっちが悪人だかわかりゃしない。

「この甘い匂いは、居間のほうからするみたいだけど。じゃあ、ジイさんがいんのかな」

そんな馬鹿な。でも、ここは俺の夢の中だというから、そう考えるとあり得ないことではないのかもしれない。

「亡きお師匠サマとの、感動の再会だな」

「あのな――」

返しかけた言葉が止まる。ふわりと甘い匂いが、ここに来て俺の鼻にもようやく感じられた。

甘いというよりも甘ったるい。急激に、強烈に主張してくる。味わってもいないのに味覚までが刺激された。舌に広がるのはしかし、甘味ではなく、ちりちりとした痛みにも似た苦味だった。

ジジイじゃない。この匂いの先、居間にいるのはたぶん――

一足先に居間にたどり着いた彩人が、「おおっ」と声を上げる。

「なんか、すげえのがいる」

八畳の和室の中央にそびえ立つように存在していたのは、巨大な植物だった。

なめらかな曲線を描く太い茎は、人の身体のようにも見えた。頭部にあたる部分がぱっくりと開いて、肉厚で赤い大きな花を咲かせている。花の中央には女の姿をした雌しべがあり、甘ったるい匂いはそこから発せられているようだ。

「確かに、すげえな」

こいつは俺も予想外だ。

「何だかエロい花だな。おっさんの夢っぽい」

彩人が失礼なことをほざく。「うるせえよ」と返しながら、俺の目は甘い匂いを放つ赤い花に釘づけになっていた。

あの雌しべの女の姿――間違いない。やっぱりあいつだ。

――もう何も聞きたくない。無理よ。あなたとはもう一緒にいられない。

脳裏に浮かんでくるのは、赤ん坊を抱いて俺を睨みつけたあいつの顔。いつも明るく、楽しげに輝いていた大きな目が、あの時は失望と悲しみで曇り、濡れていた。

――空き巣なんて。信じられない。

俺はずっと、自分の仕事をあいつに隠してきた。言えるわけがない。泥棒だなんて知られれば、拒絶されるのはわかりきっている。

罪悪感は当然、常に抱えていたし、結婚を決める時や子どもができたと知らされた時は、大いに迷い、悩みもした。

けど結局、俺はあいつを騙《だま》し続けた。手放したくなかったからだ。あいつと、生まれたばかりの赤ん坊と、ともに過ごす日々は幸せすぎた。とろけるように甘くてふんわりとした、この上なく優しい時間。ずっとそこに身を浸していたいと、俺は願ったのだ。

もちろん、足を洗ってまともな仕事に就こうとはした。でも、無理だった。まっとうな仕事を続けることがどうしてもできない。そんな人間も、世の中にはいるのだ。

結果的に、俺が空き巣狙いをしていることはあいつにバレた。あいつだって馬鹿じゃない。いつまでも素直に騙されてくれているはずがなかった。

――私の夫と、この子の父親は死んだ。そう思うことにする。

あいつは、そう俺に告げた。

――もしあなたが、私たちに対して申し訳ないという気持ちを少しでも持っているのなら。もう私たちには関わらないで。綺麗な思い出になってほしい。

ひどく残酷な言葉だった。でも、俺にはそれを残酷だと言う資格はなかった。

俺はすべて彼女に従った。慰謝《いしゃ》料も養育費もいらないと、あいつは言った。人から盗んだお金でこの子を育てる気はないからと。俺には返す言葉もなかった。

赤ん坊の小さな胸に、ドリームキャッチャーを『形見』として残してきた。それだけが唯一、俺に許されたことだった。

以降は、あいつにも息子にも会っていない。どこでどうしているのかも知らない。知りたくないと言えば大嘘になるが、知るつもりはなかった。

あいつらの夫であり、父親である根津邦雄は死んだ。綺麗な思い出になると、俺は決めたのだから。

「これが原因だな」

彩人の声が、過去に沈んでいた俺の意識をすくい上げる。

「原因？」

「このエロい花は、おっさんの中に根づいた穢れだ。発酵して、強烈な匂いを放つことで外の穢れを引き寄せてる。だからおっさんのもとには穢れを抱えた人間が寄ってきやすいし、おっさんはその穢れを吸着しちまうんだ」

俺がドリームキャッチャー的役割を果たしているのは、この花のせいということか。

「じゃ、喰うわ。匂いからして、今までのやつより相当甘ったるそうだけど」

「ちょっと待て」

太い茎に喰らいつこうとする彩人を、俺は尻尾をつかんで引き止めた。「いてえよ」と彩人は抗議する。

「これは食わなくていい」

「けど、こいつをこのままにしとくと、おっさんは今後も穢れを吸着し続けて、蜘蛛の巣がまた虫だらけになるぜ」

想像して、思わずぞっとする。それでも、この花は失いたくなかった。

この花と向き合っていると、別れ際にあいつが放った言葉が、鋭く苦いトゲとなって心に突き刺さってくる。強烈なまでの甘い匂いを発しているが、この花の味はたぶん、涙がこぼれるほど苦いはずだ。

これはあいつが俺に残していったもの。優しくも、甘くもない。でも、だからこそ手放したくない。失うわけにはいかない。

「いいんだ。こいつはそのままで」

いいよな、と俺はあいつに語りかける。これくらい抱えていても。抱えさせてくれていても、いいだろう？

「これがなくなったら、俺の商売あがったりになっちまうだろ。だから、いいんだ」

「おっさんがそう言うなら、いいけどさ」

甘い匂いを放つ苦い花を居間に残して、俺たちは家の外へ出た。

「とりあえず蜘蛛の巣にかかってたやつらは全部喰ったから、だいぶ風通しはよくなったな」

螺旋の底から上方へ、爽やかな風が吹き抜けていた。その風に身をゆだねていると、なぜか少し泣きたいような気持ちになった。

「帰ろうぜ――っておっさん、何泣いてんだよ」

「泣いてねえよ」

「貘吸い、させてやろうか？」

「何だよ、貘吸いって」

訳わかんねえ、と言いながら俺は素早く目元を拭う。

「おっさんの願望だろ。動物の身体に吸いついて、肉球を揉みしだきたいって」

「人を変態みたいに言うんじゃねえよ。俺が吸いたいのは猫だし、触りたいのは猫の肉球だ」

俺は猫派なんだと主張すると、「ん」と彩人が、つややかな肉球のある右前足を突き出してきた。全身真っ黒なくせに、なぜか肉球だけはピンク色をしていて、ひそかに俺はずっと気になっていたのだ。

「この足はたぶん、ネコ科のもんだと思う」

たぶんて何だ、たぶんて。それでも好奇心と誘惑には逆《さか》らえず、俺は指先でピンクの肉球に触れてみる。

ぷにぷにとやわらかな感触に、不覚にも少し癒やされた。

6

目を開くと、見慣れた店の風景があった。

どうやら俺は、占い机に突っ伏して寝ていたらしい。頭の下敷きになっていた腕が軽くしびれている。

「おはよう、おっさん」

向かいの椅子には彩人の姿があった。黒い獣ではなく、気だるそうなツラをした作業着の小僧の姿だ。

「っていうか、もうすぐ夜だけどな」

スマートフォンを取り出して確認すると、午後五時半を過ぎたところだった。しびれる腕をさすりながら、記憶をたどる。

「あれは夢……だったんだよな？」

どこからが夢だったのか、いまいちはっきりとしない。ここ数日の記憶は、霧の中に半分身を浸していたように所々がひどくおぼろげだ。

けれど不思議と、頭と身体がすっきりと軽くなっているような気がした。

「ああ、夢だ」と彩人は答える。

「お前、おかしな獣の姿になって、気味の悪い虫どもを食いまくってたけど」

思い出したら軽い吐き気が込み上げてきた。獣の姿をした彩人と一緒にいた夢に限り、やけにリアルかつ鮮明に脳内に残っている。できればあの虫については、忘却の彼方《かなた》に葬り去りたいのだが。

「おっさんの中にたまった悪いもんを喰ってやったんだ。すっきりしたろ？」

「……やっぱり、そういうことなのかよ」

ただの夢ではなかった。獏が悪夢を食べて解決する。白木桂輔が言っていたのは、こういうことだったらしい。

それにしても――

「お前は一体、何なんだ？」

人の夢に入って悪いものを食べるなんて。普通の人間にできる芸当じゃない。

すると彩人は、占い机の上に視線を落として「獏憑き」とひと言、答えた。

「獏憑き？　何だそりゃ」

「そういうもんだとしか言えねえよ。説明すんの、めんどくせえし」

ふいと横を向いた彩人の顔は、それ以上は訊くなと告げている。「ま、いいけどな」と俺は、椅子の背もたれに身体を預け、

「悪いもんを食ってもらえたんなら、俺としてはラッキーだ。けど、俺は依頼したわけじゃないからな。一万円は払わねえぞ」

そこははっきりと主張しておかなくてはならない。「わかってるよ」と彩人は、不服そうにしながらも頷いた。

「こっちの勘違いもあるしな。今回はボランティアだ。でも俺が喰ってやらなきゃ、おっさんは近いうちにたまった穢れに押し潰されて、心か身体がぶっ壊れてたんだから。そこんとこは感謝しろよな」

「まあ、そうなる前に師匠にどうにかしてもらってたけどな」

「師匠って――」

シャランとベルの音がして、俺と彩人の顔がそろって入り口のドアのほうを向く。

頭にカンカン帽を載せ、ド派手なアロハシャツを着た小柄な年寄りが、レトロな旅行鞄を片手に入ってきた。長く伸ばした白い顎ひげが仙人じみているが、いかんせん全身から漂う雰囲気が胡散臭すぎる。外はもう薄暗くなり始めているというのに、サングラスをかけているのもよくわからない。

俺は自分の胡散臭さには自信があるが、さすがにこのジジイにはかなわない。それにしても、はかったようなタイミングで現れたものだ。

「よっ」とジジイは俺に向かって、日に焼けたミイラのような片手を上げる。それから彩人のほうを見て、

「商売繁盛、まことに結構」

欠けた歯をむき出し、満足そうにニマリと笑ってみせた。

「誰、この猿の干物みたいなジジイさん」

なかなかうまい表現をしてくれる。「俺の師匠」と答えると、彩人は目を丸くして俺とジジイとを見

比べた。

「師匠って、死んだんじゃなかったのかよ」

「死んだなんて、俺はひと言も言ってねえぞ」

　彩人が勘違いをしているらしいことは、俺も何となく気づいてはいたが。

「空の上でゆっくり休んでるとか、前に言っただろ」

「飛行機の中で休んでるって意味だ。あの時はジジイから『これから飛行機に乗るなう』とかいうメッセージが届いてたからな」

「なう」の使い方が微妙におかしいのは毎度のことだ。そもそも「なう」なんて使う人間も、今となっては貴重だろう。

「バリ島からシンガポールへ向かう時だな」

　ジジイが脇から言葉を挟んでくる。彩人は唖然《あぜん》と口を開けて、何とも間抜けなツラを晒していた。

「俺に店を継がせてからというもの、ジジイは年に一、二回、日本を飛び出ちまうんだ。で、しばらく色んな国をふらついて、こうしてひょっこり帰ってくる」

「クニオのよごれを掃除してやると、こっちも汚いもんを背負い込むことになるからな。ワシも自分の掃除をきちんとせんといかん。リフレッシュ休暇というやつじゃ」

　自分のことを「ワシ」という年寄りに、俺は師匠以外お目にかかったことがない。どこまでも胡散臭いジジイである。

「ジジイが戻ってくるまで耐えときゃ、俺の体調も何とかなると思ったんだ」

　だから、一万円も出して《白木清掃サービス》に依頼をする必要性を俺は感じなかった。

「……喰うんじゃなかった」

ぼそりと呟き、彩人は椅子から腰を上げた。「帰る」

「おう、お疲れ。また来いよ」

「来ねーよ」

吐き捨てるように言葉を投げつけ、乱暴にドアを閉めて彩人は出ていった。

あいつはああ言うが、今月いっぱいはこのビルの担当になっているということだし、サボりの場所を提供するくらいはしてやってもいい。何しろ、タダで悪いもんを喰ってもらったのだから。

「おい、クニオ」

ジジイが俺の名を呼び、片手を突き出してきた。千円札が握られている。

「あ？　俺にくれんのかよ」

「違う。あの兄ちゃんを追いかけて渡してやれ。うまいもんでも食って帰れってな」

「うまいもんって……」

千円でか？　そもそも、夢の中で気味の悪い虫どもをたらふく食ったのに。あいつは腹なんて減っているだろうか。

「ほら、早くしろ」

ジジイは俺の手に千円札を押しつけてくる。金額はあまりにもケチくさいが、筋金入りのドケチでがめついこのジジイが自分から金を出すというのは極めて珍しい。明日は雪どころじゃなく、とんでもないものが降ってくるかもしれない。というか、ジジイの正気と健康を案ずるレベルだ。

彩人が乱暴に閉めていったドアを、ジジイはじっと見つめていた。

サングラスを外した瞳はいつになく真剣で、憐憫《れんびん》のようなものさえ浮かんでいる。師匠のそうした目はしゃれにならない。俺の胸に不吉なものが滲む。

師匠は彩人に何かを見たのかもしれない。金を渡して「うまいもんを食っていけ」と言いたくなる何か。言わずにはいられない、何かを。

——俺はもっと身体に悪いもんと共生しながら、身体に悪いもんを喰いまくってる。

いつか聞いた、彩人の言葉が思い出された。

俺は千円札をつかみ、店を飛び出した。胸に滲んでくるものを振り払うようにして。

彩人の姿は、ビルの外にあった。

街灯が寂しく光を落とす道を、ゆっくりと歩きながら遠ざかっていく。アスファルトに長く影を伸ばす背中は、ひどく孤独に見えた。

あいつには帰る場所がちゃんとあるのだろうか。ふと、そんなことを考える。

うまいもんを食わせてやりたいと、俺も思った。たとえ腹が減っていなくても。あんなもんを食ったのだから、口直しは必要だ。もう千円——いや、三千円くらいなら出してやってもいい。

「おーい。待てよ、彩人」

夜の衣をまとい始めた空。その闇にまぎれようとする背中に、俺は声をかけた。

幕間　花の断片　Ⅱ

満開の桜の木の下に座る花香は、ずいぶんと大きくなっていた。

中学生か、あるいはもう高校生になっているのかもしれない。成長した身体に合った桜色のワンピースを身に着け、太い木の幹にもたれて、彼女は一枚の紙を眺めている。

紙には、真っ黒い色の動物が描かれていた。四本足の獣のようだが、それ以上の判断は難しい。形が複雑だというのではなく、単純に描き手の画力の問題だ。

「なかなか味のある絵ですね」

頭上から穏やかな声が降りかかり、花香は顔を上げる。

彬子がそこに立っていた。やはりダークカラーのパンツスーツを身にまとい、長くまっすぐな黒髪をひとつに束ねて、声と同様の穏やかな眼差しを花香に向けている。服装だけでなく、彼女のほうは顔の印象もほとんど変わっていなかった。

「気を遣わなくても、素直にヘタって言っていいよ」

「でも、独特の味わいがありますし。まだ充分に上達する余地はあるかと」

「じゃあ、弟くんにそう言ってあげて」

一拍の空白の後、彬子はゆっくりとひとつまばたきをした。

「安永が描いた絵ですか」

「そう。安永くんは子どもの頃、獏に悪い夢を食べてもらったことがあるんだって。だから、その時に見た獏の姿を描いてもらったの」

　黒い動物の絵を彬子に向けて掲げ、「似てる?」と花香は問うた。

「残念ながら、似ているかどうかを問う以前の問題ですね」

「だよねえ」

　花香は肩をすくめ、紙を二つに折りたたんだ。腰を上げ、ワンピースの尻のよごれを手で払う。立ち上がると、ずいぶんと身長も伸びたのがわかる。彬子とそうそう変わらない。

「ねえ、わたしの夢に入ってくれないかな?」

　花香の唐突な申し出を受け、彬子の黒い瞳が一瞬、金の光を放った。

「……見たところ花香さんは、獏に食べてもらうような悪夢には悩まされていないようですが?」

「うん。悪夢を食べてもらいたいんじゃなくて、獏の姿を見てみたいの」

「夢祓いの必要がない人間の夢には入りません」

　きっぱりと彬子に断られ、「えー」と花香は頬を膨らませる。ずいぶん大人っぽくなったと思ったが、そういう顔をすると幼い頃と変わらない。

「この桜は、今年もとても綺麗に咲きましたね」

　彬子は言って、枝いっぱいに花をつけた桜の木を見上げた。いまだ不満を顔に残していた花香は、話題を変えられて仕方なさそうに頬にためた空気を吐き出す。

「彬子さんは、いつもこの桜が咲く時季にうちに来るよね」

「これだけ見事な桜ですからね。毎年、咲くのを楽しみにしているんです。この花が見られるのも今年で最後かもしれないと思うと、ひときわ美しく感じられます」

　さらりと口にした彬子の言葉が、花香の表情を曇らせる。

「今年で最後って、どういう意味？」

「私ももう四十になりますので。獏憑きの平均寿命は、四十年といわれているのです」

まるで自分自身の寿命を宣告されたように、花香はひどく傷ついた顔をした。

「彬子さんは全然そんな歳には見えないし、元気そうだよ」

「花香さんの目にはそうでしょうが、私の目には確実に黒くなっているのが見えます」

「黒く……？」

「獏憑きは、身に宿る獏の穢れに常に侵されているのです。ひと言で言うならば、自家中毒というものですね。人の肉体は本来、穢れを浄化することができない。だからこそ、獏憑きは夢祓いによって人の穢れを引き受けます。けれど獏憑き自身も人の肉体を持つゆえに、引き受けた穢れを完全に浄化することはできません。結果、浄化しきれずに残ったものが少しずつ身を蝕んでいくことにもなる。そうした諸々《もろもろ》の理由から、獏憑きとして生まれた者はあまり長生きができないといわれています」

淡々と落ち着いた口調で、まるで他人事のように彬子は自らの事情を語った。

「そういえば、安永くんが言ってた気がする。獏憑きの自家中毒がどうのって」

そういう意味だったんだ、と納得したふうな花香に対し、「安永が……」と彬子は小さな声を落とした。

「あまり花香さんに余計なことを話さないよう、安永には注意をしておくべきですね」

「余計なことじゃないよ」

拳を握り、花香は力強く訴える。

「安永くんは本当は彬子さんのそばにいて、力になりたいと思ってるんだよ。うちで働くことを決めたのは、獏憑きの境遇をどうにかしたいと考えたからだって、安永くん言ってたもの。だけど本家の執事として、安永くんはお父さんの言いつけや白木家のルールには背けない。それが、悲しいんだよ」

その悲しみを満面に映し、うつむく花香。彬子はそっと手を伸ばし、彼女の髪を優しく撫でた。

「安永は私の背の痣を見たことがないので、そうした純粋な情を私に対して寄せてくれるのでしょう。花香さんと同じです。余計な心配をさせているのならば、いっそ見せてしまったほうがいいのかもしれませんね。ひとたび目にすれば、本能的な恐怖や嫌悪が先に立ち、そのような想《おも》いも薄れるはずですから」

「見たとしても、きっと安永くんは変わらないよ。そんな本能は、理性で抑え込んじゃう」

「無理ですよ」

「そんなことない」

頑固な幼子《おさなご》のように、花香はぶんぶんと首を左右に振る。

「どちらにしても、執事として働く安永ならば理解しているはずです。たとえ肉親であろうとも、獏憑きには深く関わらないほうが賢明だと」

「そんなことないってば」

「花香さんもきっと、そのうちにわかります」

首を振り続ける花香に、彬子は淡く微笑んでみせた。それは、はかなく寂しげな笑みだったが、同時に深い慈愛が込められてもいた。

「こちらを訪れるのは、今日で最後にさせていただこうと思います」

花香は首の動きをぴたりと止め、「えっ」と声を上げる。

「お互いのためにも、そうするべきです」

凪《な》いだ瞳と声でもって、自らに言い聞かせるように彬子は告げた。

第三章　夢負い人〈笑原《えみはら》香苗《かなえ》の悪夢〉

1

飲み物の入った紙コップを二つ、手に持ってベンチに戻ると、ユメが消えていた。

慌てて辺りを見回す。平日の昼過ぎの動物園に、人の姿はまばらだ。目の前にはモルモットと触れ合えるコーナーがあり、数人の子どもたちの姿があったけれど、私の娘のユメはいなかった。

どこへ行ったのだろう。動かずに待っているよう言っておいたのに。

視線をいくら巡らせても、ユメの姿はどこにもない。近くにあるトイレの建物も確認してみたけれど、個室はすべて空だった。洗面台で手を洗っていた若い女性が、両手に飲み物を持ったまま個室を覗く私に不審な目を投げてくる。「すみません」と謝って、そそくさと外に出た。

ユメがいなくなってしまった。どうしよう。

右手に熱いコーヒーと、左手に冷たいオレンジジュース。紙の容器を通して、手のひらにちぐはぐな温度が伝わる。

しばらくうろうろと辺りをさ迷っていると、マレーバクが飼育されている柵《さく》の前に、ようやくユメの姿を見つけた。

ユメは紺色の作業着を着た男性と、何やら楽しげに話していた。飼育員だろうか。人懐《ひとなつ》こいユメは、話しかけられると知らない人でも平気で応じてしまう。

「じゃあ、このバクさんは悪い夢を食べてくれないの？」

「残念ながら、こいつはマレーバクだからなあ」

柵の向こうで寝そべる白黒の動物を並んで眺めながら、男性がユメの問いに答えている。

「マレーバクはだめ？　じゃあ、なんのバクなら悪い夢を食べてくれる？」

「嬢ちゃん、悪い夢を食べてほしいのか？」

「ジョーじゃないよ。笑原ユメだよ」

どうしてあの子は、知らない相手に簡単に名乗ってしまうのか。

そこで私は、はたと気づく。ここの職員は皆、園のロゴマークがプリントされたシャツや作業着を身にまとっている。けれど、ユメと話している男性の作業着には、どこにもロゴが入っていない。

冷たい焦りが背筋を這った。あの男は、飼育員じゃない。

「ふうん。ユメっていうのか」

「うん。でもね、『悪いゆめ』っていうのはユメのことじゃないよ。寝ると見る夢のことだよ」

「俺は、寝ても夢は見ないんだよな」

男は作業着のポケットから小さな包みを取り出すと、「飴玉《あめだま》いる？」とユメに差し出した。

ユメは、何の抵抗もなく受け取ろうとする。

「だめよ、ユメ！」

私は声を上げ、娘のもとへ駆けていった。小さな手に飴玉を握りしめ、ユメはびっくりした顔で私を見る。両手が飲み物のコップで塞がっていなかったら、私はユメの手から飴を引ったくっていただろう。

「知らない人からものをもらっちゃだめって、言ってあるでしょ」

「でも……」

「でも、じゃないの。返しなさい」

ユメは仕方なさそうに飴玉を男に返した。男は特に何を感じるふうでもなく、返された飴を元通りポケットにしまう。

若い男だった。私より少し下——二十代の半ばくらいだろうか。整った顔立ちをしていたけれど、表情や仕草からはあまり感情が窺えず、どこか気だるげな雰囲気を漂わせている。ごく普通の子ども好きで親切な人、という印象はあまり持てない。

「あなたも、他人の子どもに勝手に話しかけないでください」

行くよ、とユメに声をかけてその場を離れる。後ろ髪を引かれるように、ユメは振り返りながら後をついてきた。

「どうして勝手なことをするのよ。ベンチで待ってるように言ったでしょう」

言いながら、オレンジジュースの紙コップをユメの胸に押しつける。ジュースの氷は少し溶けていたし、私のコーヒーも少し冷めてしまっていた。

「だって……」

「だって、じゃないでしょ。まず言うことは？」

ジュースのカップを両手で持ってうつむき、「ごめんなさい」とユメは小さな声で言った。

四歳ぐらいになると、子どもが反抗的になってくるという話は聞いていたけれど。四歳になったうちのユメも、私の言うことを聞かずに勝手な行動をとることが多くなってきた。以前は叱《しか》るとすぐに謝ったのに、この頃は「でも」とか「だって」とか、まず言い訳を口にしようとする。

冷めたコーヒーはまずかった。私の心にどろりとしたものが溜《た》まる。

ユメはずっとうつむいたまま、手に持ったジュースを飲もうとしない。蓋《ふた》もない紙コップだ。そのうちこぼすんじゃないかと思っていたら、よりにもよってユメは手からコップを落とした。

コンクリートの上に、溶けた氷まじりの液体が広がる。こぼれたジュースは、ユメのお気に入りのピンク色のスニーカーも濡らしていた。

「ああもう。何やってるのよ」

じっと唇を噛んでいたユメは、そのうちくすんくすんと鼻を鳴らし始めた。こういう時、この子は大声で泣かない。静かに、はばかるようにして泣く。私の心は、ますますささくれ立っていく。

「あらあら、こぼしちゃったの」

明るいグリーンの作業着を着た中年の女性が、笑顔で近寄ってきた。胸元に園のロゴマークがプリントされている。「大丈夫よ」と女性はユメににっこりと笑いかけ、

「すぐに掃除するからね。ほら、これをあげるから泣かないで」

腰につけたポーチからレッサーパンダのシールを取り出し、差し出してくれた。

「……ありがとう」

ちらと私のほうを窺って、ユメはシールを受け取る。女性は優しくユメの頭を撫でてから、その笑顔を私にも向けた。

「ほら、お母さんも笑って」

優しく笑って、「大丈夫よ」と頭を撫でてやる。とても簡単なことのはずなのに。

どうしてだろう。そんな簡単なことが、私にはなぜかできない。

自身の言動を反省し、その夜はユメの大好きなオムライスを夕食につくった。

玉子の上にケチャップで絵を描くと、ユメはとても喜ぶ。何を描いてほしいかを訊くと、いつもは大抵パンダと答えるのに、その日は「バクさん」という答えが返ってきた。

なかなか難しい注文だ。バクなんて描いたことがないし、そもそも私はあまり絵が得意でもない。頑張って描いてみたけれど、ブタのできそこないみたいなおかしな動物の絵になってしまった。それでも、ユメはきゃっきゃと笑って喜んだ。

「どうしてそんなにバクが気に入ったの？」

おいしそうにオムライスを食べる娘に私は尋ねた。口の周りについたケチャップを、ティッシュで拭ってやる。

「バクさんはね、悪い夢を食べてくれるんだって。りん先生が教えてくれたんだ」

りん先生というのは、ユメが通う保育園の先生だ。なるほど、と私は納得する。

「だから本物のバクが見たくなって、ベンチでじっとしていられなかったのね」

ユメを待たせていたベンチのすぐ近くには、園内の地図看板があった。たぶんユメはあれを見て近くにバクがいることを知り、いても立ってもいられなくなったのだろう。

「ユメね、バクさんにお願いしたかったの。でも、バクさん寝てて。ちっとも起きてくれなくて」

「お願いしたかったたって、何を？」

「ママの悪い夢、食べてくださいって」

スプーンを握りしめ、「ねえ」とユメは、幼いながらも真剣な目を向けてくる。

「マレーバクはだめって、あのお兄ちゃんは言ったけど。あのバクさんは白黒で、パンダみたいだったよ。パンダとお友達なら、お願いすればママの悪い夢、食べてくれるんじゃないかな」

私は近頃、よく嫌な夢を見る。はっと目を覚ますと、隣で寝ているユメがぱっちりと目を開けて、こちらを見ていることがたまにあった。

夢を見ている間、私はうなされているのかもしれない。だからユメも心配して、幼い子どもなりにどうにかしようと考えたのかもしれなかった。

そう思うと、娘がいとしくてたまらなくなった。小さな身体をぎゅっと抱きしめる。

「ごめんね。ユメがそんなこと考えてくれてたなんて。ママ、知らなかった」

「ユメはね、ママのことが大好きだよ」

私の腕の中で、ユメが言った。「だからね、だいじょうぶだよ」

うん、と私は頷く。私は大丈夫だ。私はこの子を愛してる。ちゃんと、愛している。

あの占い師に言われた通り、動物園へ行ってよかった。おかげで、こんな温かい気持ちをユメからもらえた。

それまで、占い師に占ってもらったことなんて一度もなかったし、興味もなかったはずなのに。嫌な夢を見るようになってから、仕事帰りにいつも目にする占い屋の看板が無性に気になるようになった。《夢の糸》という、店名のせいもあったかもしれない。

意を決して入ってみたのは、先月のこと。見るからに胡散臭そうな相手の風貌《ふうぼう》に少し後悔したけれど、その占い師は私を見るなりいきなり「パンダ」と言ったのだ。そして、「あんたの悩みを解決する鍵は動物園にある」という、奇妙なアドバイスを私によこした。

普通なら従おうなんて思わないのかもしれない。だけど十月に入り、ようやく過ごしやすい気候になって、ふとアドバイスに従ってみようかという気になったのだ。私たちが住む月野《つきの》市内には、夕林《ゆうりん》動物公園という都営の動物園がある。ユメを遊ばせるにも、ちょうどいいと思った。

あまり繁盛している店には見えなかったけど、実はすごい占い師だったのかもしれない。

「ありがとう。ママも、ユメのことが大好きだよ」

ふっくらとした娘の頬に自分の頬を寄せ、そのやわらかさとぬくもりを確かめる。そこに、自分の本心があることを確かめる。

「動物園、また行こうね。今度はパンダがいるところ」

「うん」とユメは満面の笑みで頷いた。

大丈夫。私はちゃんと、娘を愛している。

ユメをお風呂《ふろ》に入れて寝かしつけた後、スマートフォンを確認すると、一件のメッセージが届いていた。

琴《こと》という相手の名に、反射的に心が強張《こわば》る。

見てはいけない。少なくとも、今は。せっかく温かい気持ちになれているのだから。

けれど私の指は勝手に動いて、ディスプレイに相手のメッセージを表示させてしまう。

『香苗、最近どう？　わたしのほうはちょうど仕事がひと段落したところなんだけど。よかったら近いうち、一緒にご飯を食べない？』

何の装飾もないただの黒い文字のはずなのに。私の目には、きらきらと明るく輝いて見える。

その輝きは私の心に、よごれた暗い影を落とす。

2

「なあ、パンダ。踊って踊って」

野球帽を被った腕白そうな男の子にリクエストされ、私は軽快なステップを披露してみせた。大きな身振りもまじえると、男の子は大喜びで拍手をする。

「おー、すげえ。ほんとにキレッキレじゃん」

更にサービスして本気のダンスを見せると、近くにいた子どもたちまでが集まってきた。笑いながら手を叩く子、真似して身体を動かす子。喜ぶ子どもたちの姿を、親たちも楽しそうに眺めている。

私の仕事は、パンダだ。

弁天寺駅からほど近く、吉祥公園のそばにひっそりと存在する、《ドリームパーク》という小さな遊園地で、パンダの着ぐるみを着てパフォーマンスをしている。

最初はやってくる子どもたちに手を振ったり、風船を渡したりといった程度の仕事だったのだが、ある時、転んで泣きじゃくる子どもを慰めようと踊ってみせたところ、思わぬ大喜びをされた。そこでたまに踊りを披露するようになったら、そのうちに「めっちゃ踊りがうまいパンダ」とか「キレッキレパンダ」などと、ＳＮＳに投稿されるようになったのだ。

今では私のパンダは、《ドリームパーク》のちょっとした名物になっている。

お客さんたちが私のダンスを見て喜び、楽しんでくれるなら、私もとても嬉しい。

ユメも、私の仕事を喜んでくれている。「ユメのママはパンダなんだよ」と、保育園でも誇らしげに語っているそうだ。

私はこの仕事が嫌いじゃない。お給料はお世辞にもいいとは言えないけど、ユメの父親が定期的に振り込んでくれるお金もあるので、余裕こそないものの母子《おやこ》二人で何とか食べていくことはできている。

だから、今の生活に不満はない。

半年前までの自分なら、何のためらいもなくそう言いきれたはずだ。

それなのに――

子どもたちの輪の向こう、ベンチの上に女性の姿を見つけてはっとする。

一瞬、身体の動きが止まりかけた。慌ててカバーしたためおかしな動きになってしまったが、子どもたちはかえって喜んだ。ここでは正確でカッコイイ振りつけよりも、楽しい動きのほうが歓迎される。

私が気づいたことに、相手も気づいたらしい。女性は小さく手を振ってくる。

間違いない。琴だった。

三日前、ユメと動物園へ行った夜に彼女からメッセージが届いて、結局私はその日のうちに返信した。そして今日、一緒に食事をすることになったのだ。

『久しぶりにタコパしようよ。昔、お互いの家でよくやったよね。香苗のとこ、たこ焼き器あるんでしょ？　材料はわたしが買っていくから』

彼女はそんなことを言って、七時頃にうちを訪ねてくることになっていた。

だけど今は七時どころか、私の終業時間である五時にもまだ一時間ばかりある。大体、どうしてこんなところまでやってきたのか。

そんなことを考えているうちに、琴の姿はベンチから消えていた。仕事の邪魔をしないよう気を遣ったのだろう。

終業時間になってスマホを確認すると、『園内で待ってるから。仕事が終わったら連絡ちょうだい』という琴からのメッセージが入っていた。

パーク内の一角にあるバラ園のベンチで、琴と合流した。ささやかな庭園だが、今の時季は秋バラが美しく咲いている。

「お疲れさま、香苗」

やってきた私を、琴はにこやかに迎えた。

「どうしてここに？　今日は、七時にうちに来ることになってたでしょ」

「うん。でも、香苗が仕事してる姿を見てみたくなっちゃって。わたしのほうは暇だったから」

ショートヘアに丸い眼鏡《めがね》。いつもにこにことして人懐こい彼女の印象は、出会った頃とちっとも変わらない。

彼女――鬼塚《おにづか》琴は、中学時代の同級生だった。

一年から三年までずっと同じクラスだったこともあり、いつも一緒に行動していた。琴は頭がよかったので私はよく勉強を教えてもらっていたし、一方でちょっとドジで頼りないところがある琴を、私がフォローすることも多かった。

最高の親友だったけど、学力の差やその他諸々の事情で、高校は別々のところへ進学することになった。初めこそ頻繁に連絡を取り合っていたものの、自然とお互い新たな環境のほうへ目が向くようになり、やりとりの間隔がだんだんと空いていって、気づけば完全に途絶えてしまっていた。

その交流が期せずして復活したのは、つい半年前のことだ。中学の同窓会で、私たちは十数年ぶりの再会を果たした。

「香苗、すごいね。着ぐるみ着ててもあんなに踊れるなんて。しかも、すごい人気者」

中学の頃と変わらない、人懐こく無邪気な笑顔で琴はほめてくれたけど。皮肉だろうかと、私はつい勘繰ってしまう。

どうしても、考えずにはいられない。こんなちっぽけな遊園地で、薄汚れたパンダの着ぐるみを着て踊る私の姿は、琴の目には実際どのように映っていたのだろうと。

「お客さんの誰かが、動画を撮ってSNSに投稿したらしくて。キレッキレパンダを見にきたっていうお客さんが来るようになったんだ。で、踊るパンダがすっかり定着しちゃったの。着ぐるみで踊るのって、結構ハードなんだけど。でも、お客さんが喜んでくれると嬉しいし、私も楽しいから」

努《つと》めて明るい口調でもって、私は自分の仕事を精いっぱいきらきらと輝かせようとする。

「そっか。よかったね」

にっこり微笑んで返してきた琴の言葉が、私の心に小さな穴を開ける。そこからじわりと、よごれた黒いものが滲んでくる。

「……琴は、仕事がひと段落したところなんだっけ？」

「うん。雑誌に連載してた小説の挿絵、次の号で連載が終わるから」

「もう終わっちゃうんだ。琴の絵が見れるの、毎回楽しみにしてたのに」

「もしかして香苗、あの雑誌買ってくれてたの？　漫画じゃないのに」

「もしかしてって何？　琴の絵が載ってるんだから、買うに決まってるじゃん」

琴と話していると、自然と意識が中学時代に戻っていく。だからこそ、ふとした拍子《ひょうし》に自分たちが立つ場所の落差に気づいて、愕然《がくぜん》とする。

私と琴が立っているのは、もう同じ平地の上ではない。卒業から十四年が経ち、私たちは来年、三十歳になる。その現実に、くっきりと分かれた明暗の差を認識させられる。

三十歳になる自分たちの姿なんて、まだ想像もつかなかった中学の頃。私たちはよく、お互いの夢について語り合った。

私は小さな頃から踊ることが大好きで、将来はプロのダンサーになりたいと思っていた。

一方の琴は、絵を描くのがとても上手で、空想を膨らませて物語を紡ぐのが得意だったため、将来は漫画家になりたいと望んでいた。

夢の話をするのは楽しかった。自分たちの未来の姿を、私たちは自由に思い描いた。その姿を現実のものとすることに、何の疑問も不安も抱かなかった。それは私たちにとって、当然あるべき未来だったのだ。

「絶対に夢を叶《かな》えようね」

そう誓い合うことで、私たちの夢の実現は保証されたような気がしていた。

でもそんなのは、世間を知らない子どもの浅はかな考え。眠って見る夢と、大して変わりはしない。

だけど、琴は違ったのだ。彼女は、夢を現実にする力を持っていた。

「これ、わたしのデビュー作なんだ」

同窓会で十数年ぶりに再会した琴は、中学時代とまるで変わらない顔で言い、少し恥ずかしそうに、けれどとても誇らしそうに、私に漫画の単行本を差し出してきた。

『鬼塚こと』と、表紙に記された作者名を見た時。私の胸に込み上げてきた感情はとても複雑で、ひと言で言い表すのは難しい。

……いや、違う。複雑と思いたいだけで、実際にはとても単純だった。

悔《くや》しい。ただそのひと言に尽きたのだから。

けれど私は、自分の狭量さを認めたくなかった。「おめでとう」と口先だけで紡いだ自分の言葉を、本物の祝福だと信じようとした。

「ありがとう」と、返ってきた琴の笑顔がまぶしかった。

夢を叶え、光り輝く琴の姿はあまりにもまぶしくて。私は、その後ろに濃く長く伸びる自分の影を見てしまったのだ。

私だって、夢を叶えるために努力したのに。

一時は、華やかな舞台のほんの片隅《かたすみ》に立つこともできたのに。

人気アーティストのバックダンサーとして、全国ツアーに同行できた時は嬉しかった。求める光はもうすぐそばにあって、次は自分が照らされる番だと思った。

だけど現実は、そううまくはいかない。

私の番はなかなか回ってこないまま、もがいているうちに、当時付き合っていた男性との間に子どもができた。私と同じように、夢を追って努力を続けていた、売れないミュージシャン。

人生というのはなかなか思い通りにいかないものだけど、その一方で、幸運というものがひょんなタイミングで突然に舞い込んできたりもする。

アメリカに住んでいるという音楽プロデューサーが、ネットにアップしていた彼の歌を気に入って、こっちで活動してみないかと声をかけてきたのは、私のお腹が大きくなって、もうすぐユメが生まれるという頃だった。

私は自分のことのように喜んだ。悔しさなんて微塵《みじん》もなくて、彼の幸運をただ素直に祝福した。彼と一緒に、私もアメリカへ行くつもりでいたからだ。向こうへ行けば、私の夢もまた叶うかもしれない。海の向こうに、新たな夢を思い描いた。

でも、私の夢はやっぱり、眠って見る以上の夢にはならなかった。

私たちを一緒に連れていくという選択肢なんて、彼の中には初めから存在しなかった。幸運の切符は彼だけのものであり、それをつかんだ時点で彼はユメではなく、自分の夢を選んでいた。

一人でアメリカに渡った彼がその後、どうしているのかは知らない。

彼とはもう会うことも、連絡を取ることもしていない。でも、さほど多くはないながらも、毎月きちんと振り込んでくれるお金を見るに、それなりに生活はできているのだろう。

彼は、最低限の誠意を今も示してくれている。だから私は、彼のことを恨んではいない。それに、子育てと夢とを両立させることの困難さを、今は私も身をもって知っている。

ユメが生まれてから、私にも一度だけチャンスが舞い込んできたことがあった。ミュージカルダンサーとして活躍しているかつての仲間が、次の舞台に出てみないかと声をかけてくれたのだ。小さな役ではあったけど、飛び上がるほど嬉しかった。だけど全国の劇場を回ると聞いて、断らざるを得なかった。幼い子どもを抱えて、地方回りなんてできない。

私には、選ぶことなんてできなかった。既にユメがいるのだから。自分の夢はもうあきらめるしかない。

それでも、踊ることはどうしてもあきらめられなくて。ユメを抱えたまま、少しでも輝ける場所として見つけたのが、テーマパークのダンサーの仕事だった。

ところが今度は、私のもうひとつの欠点が邪魔をした。

『笑原』という名前にもかかわらず、私は昔から笑顔が苦手だった。中学の頃は、よくそれで周りにからかわれたものだ。いつもにこにこしている『鬼塚』と、無愛想な『笑原』。名前を取り替えたらいいのにと。

その欠点は、それまでは特に問題にはならなかった。むしろ「クールでカッコイイ」などと好意的に受け止められてもいた。しかしテーマパークでは、どんなにダンスがうまくても、笑顔を振りまけなければ失格だ。

いくつものテーマパークや遊園地を転々とした後、行き着いたのが《ドリームパーク》。笑顔を振りまけない自分の顔をパンダの笑顔で隠して、私は今、働いている。

パンダを着ても踊れる。子どもたちも喜んでくれる。ユメだって、パンダという母親の仕事を自慢にしてくれている。

何も不満はない。かつて描いた夢とは、形がだいぶ違うけど。私は現状に満足している。

そのはずだったのに――

「わあ。コトちゃん、すごくじょうず」

ユメがはしゃいだ声を上げる。「ママ見て」とこちらに見せてきた画用紙には、愛らしい親子のパンダの絵が描かれていた。

月野駅から徒歩十分のところにある、築三十年の賃貸マンション。子どもがいる生活がありありと窺える狭い1Kの部屋は、琴の目にはどんなふうに映っているのだろう。

落差をこれ以上見せつけられるのが嫌で、私は彼女のうちには行ったことがないけれど、漫画家として活躍している彼女はたぶん、もっと広くておしゃれな部屋に住んでいるはずだ。

座布団代わりのクッションに座り、琴は画用紙とペンを持って、ユメにねだられるまま絵を描いている。

たこ焼きパーティーは既にほぼ終了していた。テーブルの上には、微妙に中身が残った惣菜《そうざい》のパックがいくつも中途半端に放置されている。

琴が《ドリームパーク》までやってきたために、その後は一緒に保育園へユメを迎えに行き、帰りにスーパーへ寄ってたこ焼きの材料を買うことになった。ついでに琴が惣菜屋にも立ち寄ったのだ。

駅前に最近できたその惣菜屋は、店構えがとてもおしゃれで、売っている惣菜もスーパーのものよりおしゃれな印象だった。そのぶん値段もちょっと高めなので、興味はあっても買ったことはない。琴は値段なんて気にせず、目についたものを躊躇《ちゅうちょ》なく買った。

結果として、たこ焼き器を真ん中に、食べきれないほどの料理が狭いテーブルに並ぶことになった。

昔から琴は、お腹より目のほうが大きい人間だ。どちらかと言えば少食のくせに、あれこれとほしがって、結果的に自分のお腹の容量以上の食べものを並べることになる。余りものを処理するのは、いつも私の役目だった。

　でも、私だってそんなに大食いというわけじゃない。こんなに食べ散らかして、どうしたらいいんだろう。

　たこ焼き器の中には、食べきれなかったたこ焼きも残っている。タコの代わりに様々な具材を入れ、琴はユメと一緒にはしゃぎながら調子に乗って次々とたこ焼きをつくった。食べられるぶんだけにしてくれと、私は注意したのに。

「コトちゃん、すごく絵がじょうずだね」

「琴はプロなんだから。上手に決まってるでしょ」

　尖った感情が、つい口から出てしまいそうになる。ぐっと呑み込んで、キッチンから持ってきたお皿に余った惣菜を移す。片づけないと、ケーキを置けない。琴は途中でケーキ屋にも寄って、「どれがいい？」とユメに選ばせてチョコレートのケーキを買った。誕生日やクリスマスにしか買わないような、丸いケーキだ。

「そっかあ。コトちゃん、すごーい」

　ユメは無邪気に琴をほめた。琴も嬉しそうに笑っていた。

　片づけたテーブルにケーキを置く。三人で食べきるには――まして一人は幼い子どもだ――どう考えても大きすぎるケーキだった。なのに琴は「お腹がいっぱい」と言って一切れしか食べなかった。ユメだって、そんなにたくさんは食べない。そもそも食べさせるつもりもない。ケーキもまた、残ってしまう。

　もっと量を考えて買ってほしかった。「そんなにいっぱいいらないよ」と私は言ったのに。「いいのいいの。わたしが買いたいだけだから」と、琴は笑って会計をすませてしまった。私に一円も出すことを許さずに。一円も出してない私には、文句を言う権利はない。

「ケーキ、おいしいね」

琴が笑う。応じてユメも笑う。さっきからずっと、一人は笑っている。私だけが笑顔になれない。

パンダの着ぐるみがほしいと、切実に思った。

口の周りをチョコだらけにしてケーキを食べていたユメが、ケーキのかけらを床に落とした。床には、買ったばかりのラグが敷かれていた。綺麗な桜色に魅せられ、ちょっと奮発して買った、お気に入りのラグだった。

よごしてはまずいという認識が、ユメにもあったのだろう。かけらを拾った後、自分のスカートの裾《すそ》でラグにこびりついたチョコレートを拭った。

茶色いよごれはますます広がり、ユメのスカートにも付着する。

「やめて！」

私は声を上げ、ユメの腕をつかんだ。

「香苗」と咄嗟に琴が間に入ってくる。「大丈夫だよ」とユメに微笑みかける。

ユメは怯えた目で私を見ていた。私につかまれているのとは逆の手で、顔を庇《かば》うようにして。

私のもう片方の手は、大きく振りかざされていた。

ああ――振りかざした自分の手を、意識して下ろす。

い、い、いい、いい、い、い、い。

また、やってしまうところだった。

未然に防げた安堵《あんど》とともに、自己嫌悪が胸いっぱいに膨らむ。

そんな私の耳に、「大丈夫だから」と、琴の穏やかな声が入ってくる。

「これくらいのよごれ、ちゃんと落ちるから。ユメちゃんのスカートも、洗えば大丈夫。だから怒らないで。ユメちゃんだって、よごすつもりでわざとやったわけじゃないんだから」

ね？　と琴に笑顔と言葉を向けられると、「ごめんなさい」とユメは涙声で謝った。

ああ、どうして私はこうなんだろう。パンダの着ぐるみがほしい。いや、もういっそ本物のパンダになってしまいたかった。

「香苗。これ、あげる」

帰り際、そう言って琴が私に差し出してきたのは、画用紙に描かれた一枚の絵だった。あの後、自己嫌悪に耐えかねた私は、片づけと称してしばらくキッチンに引っ込んだ。その時に描いたものだろう。ゾウのように長い鼻と牙《きば》を持つ、けれどもゾウとは明らかに異なる奇妙な動物が、そこには描かれていた。

「獏だよ」と琴は言った。

「悪い夢を食べてくれる獏。ユメちゃんから聞いたけど、香苗は近頃、悪い夢をよく見るんだって？　だからユメちゃんは、動物園にいるバクにママの悪い夢を食べてくれるようお願いしようとしたって」

だからこれ、と琴は、獏の絵が描かれた画用紙を私の手に握らせる。

「中国では獏は、悪い気を祓ってくれる霊獣って言われてるんだよ。悪い夢を食べるっていうのは、日本でできた特性らしくてね。獏の皮を敷いて寝ると邪気を避けてくれるんだって。獏の絵を描いて邪気を祓うっていう風習も、向こうにはあったらしいから」

琴はやけに詳しい。漫画の資料などで調べたことがあるのかもしれない。

「わたしの絵なんかで効果があるかはわからないけど。枕《まくら》の下に入れて寝たら、もしかすると悪いものを祓ってくれるかもしれないよ」

琴が言う「悪いもの」とは、悪い夢だけではなく、私の心の内にあるものも示しているのだろう。琴はたぶん、気づいただろうから。さっき、ユメがケーキを落とした際の私たちの言動を見て。ああいうことは初めてではないと、理解したに違いない。

この半年の間に、私は何度もユメに手を上げそうになっている。実際に三度ほど、叩いてしまったこともある。そのたびに、ひどい後悔と罪悪感にさいなまれた。ユメが私を責めないので余計だった。

「一人であんまり思い詰めないほうがいいよ」

琴はにっこりと笑う。私を励まし、なだめるように。でも、私から悪いものを取り除こうというのなら、そんなふうに私を照らさないでほしい。

光が当たれば、そこには影が生まれてしまうから。

3

その夜、私は夢を見た。

私は、大きなパンダになっていた。着ぐるみではない。白黒のふわふわの毛を持つ、本物のパンダだ。

そこに、ユメがやってきた。「ママ!」と、大喜びで私のもとに駆けてくる。私は両手を広げ、ユメの小さな身体を受け止めた。

ふわふわの私の胸に顔をうずめ、ユメは幸せそうに微笑む。私も幸せだった。腕の中のぬくもりを、目いっぱいにいとおしむ。

すると、前方に光が見えた。きらきらと輝いて、とても美しい光だった。

その光のもとへ行きたいと、私は思った。だけど、ユメが強くしがみついて離れない。ユメはなぜかとても重たくて、抱えて運ぶこともかなわない。

光はどこまでも美しく、私を誘うように輝いている。

あっちへ行きたいのに。この子が邪魔だ。

私は、ユメの首に手をかけた。鋭い爪を持つ両手が、ユメの華奢《きゃしゃ》な首に食い込む。苦しそうにユメがもがいても、構わず両手に力を込めた。

涙をいっぱいにためたユメの目が、やがてぐるんと裏返る。口からは泡《あわ》を吹き、流れたよだれが私の手を濡らす。汚いな、とただ思った。

ユメの身体がぐったりと力を失い、動かなくなった。私の手の中で、急速にぬくもりを失っていく。

ああ、いなくなった。邪魔なものはなくなった。

これで私は向こうへ行かれる。あの明るくて、綺麗な光のもとへ行くことができる。

光に向かって進む私の身体から、白黒の毛皮が剝《は》がれ、落ちていく。

もう私はパンダでなくていい。暑苦しい毛皮を脱ぎ捨てて、思う存分に踊れる。

もっともっと上手に、軽やかに踊って、光り輝いてみせる。

私は、自由だ――


目を覚まし、そこが現実の自分の部屋であることを認識すると、私は慌てて隣の子ども用布団に寝ているユメの様子を確認した。

ユメは静かに眠っていた。そっと手を伸ばし、きちんと呼吸していることを確かめて安堵する。

暑くもないのに、全身にびっしょりと汗をかいていた。そのくせ指先はひどく震えている。

ユメの首をしめた感触が、あまりにもリアルに手の中に残っていた。本当にしめてしまったのかと思うほどに。

常夜灯のささやかな明かりがともる薄闇に、深い息を落とす。立てた膝に顔をうずめ、声を殺して少し泣いた。

私は、ユメを愛しているのに。

琴の獏の絵を思い出す。彼女が帰った後、すぐに破いてゴミ箱に捨ててしまった。

琴の光に照らされると、私の心は冥《くら》い底なしの淵《ふち》へと沈んでいく。

なのに、私はその光に近づくことをやめられない。琴と会わなければいいと思うのに。彼女からメッセージが届くと、どうしても応じてしまう。連絡を取るのをやめればいいと思うのに。

私は自分が怖い。

このままでは私は、大事なものを自らの手で壊してしまう。

大切なユメのことを傷つけ、壊してしまう。

4

翌日。ユメをいつも通り保育園に預けると、私は職場ではなく夕林動物公園へ行った。

昨夜のあの後は寝られず、体調はあまりよくなかった。

頭はぼんやりとしていたし、身体も少しふらふらした。仕事へ行く気になれず、だからといってうちに帰って布団に横になったところで、また恐ろしい夢を見てしまいそうな気がして。目的を見失った足が、自然と動物園に向かったのだ。

秋晴れの穏やかな空気に包まれ、のんびりと過ごしている動物たちを眺めていると、私の心にも少し安らぎが訪れた。動物園に一人で来るなんて、思えば初めてかもしれない。

ゆっくりと園内を歩き、マレーバクの柵の前を通りかかると、紺色の作業着の後ろ姿が目に入った。

あの男だ。前にここへ来た時、ユメに勝手に話しかけていた男。

ここの職員ではなさそうなのに、なぜ今日もいるのだろう。近所に住んでいるのだろうか。でも、どうしてまた作業着姿で？

声をかけるのはためらわれ、けれど何となく気になって少し離れたところから眺めていると、不意に相手の背中が動いた。

身体を丸めるようにして、男はその場に屈み込んだ。そのままの体勢でじっとしている。

どうしたのだろう。具合でも悪いのだろうか。彼はなかなか身体を起こさない。さすがに心配になって、私は近づいていった。

「大丈夫ですか？」

声をかけると、相手は屈み込んだまま私を見上げた。顔色は真っ青で、額には脂汗が浮いている。左手で胸の辺りを押さえていた。

「……あんた、この間の」

苦しそうな息の合間に、彼は言葉を発した。やはり体調が悪そうだ。

「職員の人に頼んで、救急車を呼んでもらいましょうか」

「必要ない」

彼はゆらりと立ち上がり、そばにあるベンチへ向かった。ひどく億劫《おっくう》そうな動作で腰を下ろす。

「ちょっと休んでれば治る」

「でも……」

「自分の身体のことは、自分が一番よくわかってるから」

「それなら、飲み物でも買ってきましょうか」

お節介かもしれないとは思ったけど、そのまま立ち去る気にはなれなかった。やはり心配だ。彼の顔色はまだ青白くて、あまり大丈夫そうには見えない。

「じゃあ、なんか冷たいもの……いや、あったかいもんのほうがいいか」

「わかりました。すぐ買ってきますから、ここで待っててください」

売店のほうへ向かおうとした私の背に、「もうひとつ」と、彼の声がかけられる。

「シナモンロール。売店に売ってるから。ついでに買ってきて」

食欲があるのなら、とりあえずは大丈夫か。

私が売店で買ってきたシナモンロールとホットミルクを、彼はゆっくりと口に運んだ。顔色も少しよくなっている。

なるべく身体に優しいものがいいと思って、ホットミルクを選んだ。やっぱり冷たいもののほうがいいと言われた場合も考えて、一応、冷たいお茶も。彼はミルクを受け取ったので、お茶のほうは私が飲む。

「ユメは?」

唐突に彼が尋ねてきた。一瞬、自分の夢を訊かれたのかと勘違いし、「夢は」と答えかけて、すぐに娘のことだと気づく。

「ユメは保育園へ行ってます。私は今日、仕事を休んだので」

「サボりか」

サボりと言われれば、確かにそうかもしれない。体調は悪かったけど、かといってどうしても仕事に行けないというほどではなかったから。

「そう言うあなたは？」

「今月はこの動物園の近くにあるマンションと、建設会社のビルを担当してる」

「担当って？」

「掃除。《白木清掃サービス》って会社」

清掃会社の社員というわけか。作業着姿なのはそれで納得ができたけど、根本的な疑問はいまだ残っている。

「ここにいるのはどうして？」

「あんた知ってるか？　ここの年間パスって、四回来るだけでもとが取れるんだ。だから俺は、今月に入ってほぼ毎日通ってる」

いまいち会話がかみ合っていないような。でも、この時間帯に仕事の装いのまま、毎日のように通っているというのは、つまり――

「あなたもサボりというわけね」

「そうとも言う」

そうとしか言わないだろうに。何だか変わった人だ。だけど、嫌な感じはしない。私の口元には自然と小さな笑みが浮かび、言葉もいつしか砕けたものになっていた。

「私は、笑原香苗というの」

遅ればせながらに私は名乗り、「あなたは？」と訊いた。

「黒沢彩人」

「黒沢さんか」

ほぼ初対面であるにもかかわらず、相手に奇妙な親近感を抱くのは、彼が愛想笑いというものをしないせいかもしれない。私と同じ。特に嬉しくもおかしくもないのに、笑みなんてものは出てこない。

「バクに悪い夢を食べてもらいにきたのか？」

黒沢さんの問いは、どうにも唐突だった。その瞳は私ではなく、柵の向こうのバクを映している。白黒のバクは今日は起きていて、のんびりと葉っぱを食べていた。

「ここにいるバクは、夢は食べてくれないでしょ」

「あれはマレーバクだからな」

先日、ユメに言っていたのと同じようなことを黒沢さんは言った。

「けどあんたは、喰ってもらえるなら喰ってもらいたいって心境だろ。だから、ユメはバクに頼みにきた」

温かいミルクが入ったカップに口をつけ、何気ないふうに言ってのけた彼の横顔を、私はまじまじと見つめる。

「ユメがそう言ったの？」

「いや。けど、黒いのはユメじゃなくて、あんたのほうだったから」

黒沢さんの静かな瞳がこちらを向く。深い黒色をしているはずの彼の瞳が、なぜか一瞬、金色に光って見えた。

「黒いって――」

「喰ってもいいぜ」

私の言葉に被せるように黒沢さんは言い、シナモンロールの最後のかけらを口に放り込む。

「え？」

「ホットミルクとシナモンロールをおごってもらったからな。その礼だ」

おごったつもりはなかったけど、よく考えてみると確かに私は、彼から代金を受け取っていなかった。

「どういうこと？　喰ってもいいって」

「悪い夢を食べる獏」

そいつは俺のことだ、と黒沢さんは言った。

5

数日後。黒沢さんはうちにやってきた。

先日の動物園での別れ際に、私は彼と連絡先を交換した。いくら親近感を抱いたとはいえ、会ったばかりの人、それも自分が獏だなんておかしなことを言う人なのに。どうしてあっさりと携帯の番号を教えてしまったのか、自分でも不思議でならない。

しかも電話で約束を取りつけ、自宅の場所まで教えてしまった。さすがにちょっとまずかったかもしれないと、私は少々不安を抱えていたのだが——

「バクのお兄ちゃん！」

そんな私の不安など知る由《よし》もなく、ユメは彼を大歓迎した。「黒沢さんというのよ」と教えると、「クロさん」と呼んで、仔犬《こいぬ》のように彼にまとわりつき始める。

「よう。また会ったな」

黒沢さんは迷惑がる様子もなく応えて、「これ土産《みやげ》」と小脇《こわき》に抱えていたマレーバクのぬいぐるみをユメに渡した。

「わあ、バクさん！」

ユメは大喜びでぬいぐるみを抱きしめる。「ありがとう、クロさん」

「何だか気を遣わせちゃったみたいで。ごめんなさい」

「別に気は遣ってない。あの動物園で売ってるのを見て、懐かしくなって買っただけだから」

黒沢さんにとってあの動物園は、単なるサボりの場ではなくて、懐かしい思い出や深い思い入れがある場所でもあるのかもしれない。

クッションの上に彼があぐらをかくと、バクのぬいぐるみを抱えたユメが隣にちょこんと座った。放っておくとそのまま膝の上に乗りそうな勢いだ。

人見知りせず、人懐こい子ではあるけれど。いきなりここまで懐くというのも珍しい。既に何度も会っている琴にだって、これほどすり寄ってはいかないのに。

「ユメはずいぶん黒沢さんのことを気に入ったのね」

「うん。ユメ、クロさんのこと好きだよ」

「俺は特別、子どもに好かれるタイプでもないんだけどな」

黒沢さんも不思議そうに頭を掻いている。

「動物園で会ったからかも。ユメは動物が好きだから」

出会ったのがバクの柵の前だったというのも、ユメにとっては親近感を抱く大きな理由になったのかもしれない。

「動物好きか」なるほどな、と黒沢さんは頷く。

もしかすると父親の存在を求めているのかもしれないという考えには、あえて目を向けないことにした。

「黒沢さん、お腹はすいてない？」

時刻はもうすぐ午後九時になる。私とユメはもちろんとうに夕食を終えていたし、彼もたぶんすませているだろうと思ったけど、一応訊いてみた。

仕事を終えてそのままやってきたのか、彼は今日も紺色の作業着姿だ。先日は具合が悪いところに行き合ったが、今は元気そうに見える。といって顔色がいいかと問われれば、微妙なところではあったけれど。

「んー、一応パンは食ってきたけど」

先日のシナモンロールがちらと脳裏をかすめた。まさか、ああいうパンを食事にしているわけではないだろう。でも、彼の場合は何となくあり得そうな気もしてしまう。

「残りものでよかったら、食べる？」

彼は少し考えてから、じゃあと頷いた。「せっかくだから、食べる」

キッチンで支度《したく》をしていると、ユメと彼の会話が部屋のほうから聞こえてきた。

「クロさんは、うちに泊まってく？」

「いや。用がすんだら帰る」

用って何だっけ。味噌汁《みそしる》を温めながら考える。ご飯を食べること、なわけがない。そうだ。私の悪い夢を食べてくれるという話だったっけ。でも、どうやって？

「えー。泊まってってよう」

ユメはいつになく積極的だ。やはり、父親という存在が恋しいのだろうか。

「それよりお前、寝なくていいのかよ。もう九時過ぎてるぞ」

「まだ眠くないもん。それに寝る前には、おフロに入んなきゃいけないんだよ」

「じゃあ早く入れよ……って、一人じゃ無理か」

「クロさん、いっしょに入ろ」

聞いている私は内心ぎょっとしたけど、ユメはどこまでも無邪気だ。「ユメが背中洗ってあげる。ユメ、じょうずだよ。いつもママの背中、洗ってあげてるもん」

黒沢さんはきっと、戸惑っているに違いない。助け舟を出してあげよう。料理を載せたお盆を手に、私は二人が話している部屋のほうへ戻る。

「風呂なんか、一緒に入れるわけねえだろ」

黒沢さんが答えていた。私は思わず足を止めてしまう。

彼の顔は、異様なまでに強張っていた。そこに浮かぶのは戸惑いや照れではなく、激しい恐怖にも似たものだった。なぜかはわからない。でもとにかく、その場の空気を変える必要があると思った。

「ユメ、無理を言わないの」

私の声に反応し、黒沢さんの顔から強張りが消える。私は何も見なかったふり、気づかなかったふりをして、テーブルの上に料理の器を並べていく。

ちょっと目を離していた間に、ユメは本当に黒沢さんの膝の上に乗っていた。不服そうに頰を膨らませ、彼の腕にバクのぬいぐるみの鼻先をぐりぐりと押しつけている。

「今日はお風呂は入らなくていいから。黒沢さんがご飯を食べ終わったら、ユメは歯磨きをして寝るのよ。布団を敷いてあげるから」

黒沢さんがいる状態で、さすがにお風呂は入れない。ユメはやっぱり不満そうだったけど、それ以上のわがままは言わずに頷いた。

　あまりわがままを言うと、また私に叩かれると思っているのかもしれない。だとしたら申し訳なくて切なくなる。

「俺が飯を食ってると、ユメは寝られないんだな」

　お世辞にも広いとはいえない1Kの部屋は、居間と食堂と寝室を兼ねている。寝る時にはいつも、テーブルを部屋の隅にどかして布団を敷いていた。

「気にしないで。ユメは普段から、放っておくと十時くらいまで起きてるし。逆に眠くなったら、構わず寝ちゃうから」

　九時半までには寝かせたいといつも思っているのだけど、なかなか寝てくれなくて苦労している。そのくせいざ眠くなると、スイッチを切ったようにコテンとその場で眠ってしまうのだから、幼い子どもというのは正直なものだとつくづく思う。

　黒沢さんが食事をしている間も、ユメはそばを離れなかった。彼はやはり迷惑がるふうもなく、テーブルに並んだ料理を黙々と口に運ぶ。

　料理といっても夕食の残りは、ご飯とお味噌汁と煮物しかない。それだけだとあんまりなので、簡単な炒《いた》め物をつくった。

「こういうちゃんとした飯を食うのって、久しぶりだ」

　こっちとしては粗末《そまつ》で恥ずかしいくらいなのに、黒沢さんはそんなことを言う。皮肉ではなく、本心から出た言葉のようだった。

「ちゃんとなんて、全然してないじゃない」

「手づくりの家庭料理って時点で、充分ちゃんとしてる」

カボチャの煮物を咀嚼して「これうまい」とほめてくれる。本当はもっと色々な具材が入った煮物をつくりたいのだけど、カボチャ以外だとユメはあまり食べてくれないのだ。

「お代わりあるけど、いる？」と訊くと、「いる」と答えたので、お鍋《なべ》に残っていたカボチャを黒沢さんの器によそった。

何だか新鮮で不思議な心地だった。うちに男の人がいて、私がつくった料理を食べている。

もし、ユメの父親が自分の夢ではなくて、私たちを選んでくれていたら——親子三人でこんなふうに食卓を囲んでいたのだろうか。考えても意味のないことを、つい考えてしまう。

「なんか、おかしな感じだな」

黒沢さんの口からも、同様の言葉が出た。

「おかしいって？」私はあえて尋ねてみる。

「こういう……家庭的っていうのか？　そんな雰囲気」

「黒沢さんは、一人暮らし？」

「ああ」と答えが返ってきて、そうだろうなと思う。彼には、家庭の匂いがまったくといっていいほど感じられない。

孤高。そんな言葉がよく似合う雰囲気が、彼にはある。

「結婚したいと思ったことは？」

「したいとも、したくないとも思ったことない」

「でも、子どもは嫌いじゃないでしょう？」

現にユメは、こんなに黒沢さんに懐いている。子ども嫌いの大人に、子どもはあまり近寄ろうとはしないものだ。

「好きも嫌いもないな。結婚もそうだけど、自分には縁のないものって感じだ」

「縁のないもの……？」

「俺は子どもをつくれないし、家庭もつくれない」

彼は病気を抱えていて、そのせいで子どもをつくることもできないのだろうか。

「子どもがつくれなくても、家庭をつくることはできると思う」

「それだけが原因だったらな」

それ以外の原因についてはしかし、彼は口にしなかった。私もそれ以上は訊かなかった。誰にだって、訊かれたくないことはある。

黒沢さんが食事を終える頃には、ユメはもう寝ていた。バクのぬいぐるみを大切そうに抱きしめ、ぴったりと彼に身を寄せて。幸せそうに眠っていた。

テーブルをどけてユメの布団を敷くと、黒沢さんはユメの身体を抱き上げて布団に寝かせてくれた。その仕草が優しくて、彼はやっぱり子どもが嫌いではないのだと感じた。

自分ではつくれないからこそ、子どもという存在に寄せる特別な想いが、彼にはあるのかもしれない。

「あんたも寝ろよ」

言われて、私は「え？」と彼を見る。

「寝てもらわなきゃ、あんたの夢が喰えない」

「夢を喰うって、どういうことなの？」

私はまだ、その意味をよく理解できていない。

「そのまんまだよ。あんたの夢に入って、悪夢のもととなっている穢れ――悪いもんを喰うんだ」

「夢に入るって、そんなことできるわけないじゃない」

「俺にはできるんだよ。どうやってとか、どうしてとかは訊くなよ。いちいち説明すんのはめんどくせえから。妙なことをされるんじゃないかって心配なら、縛ってくれてもいい」

「縛る？」

「手でも足でも、動けないようにさ。あんたのそばに転がしておいてくれるなら、身体が動かなくても夢に入ることはできる」

本当に夢に入るつもりなのだろうか。そんなことが、果たして可能なのか。

「これ以上はもう、信じてくれと言うしかないな。正直言うと俺は、あんたを助けるというよりも、ユメの頼みを聞いてやりたいんだ」

「ユメの？」

「あいつ、寝てるマレーバクに懸命に声をかけてた。あんたの悪い夢を食べてもらうためにさ。母親を助けたくて、幼いなりに必死なんだ」

偶然にも、本物の貘がそれを見ていたというわけか。いや、本物の貘なんているはずがない。いるはずがないのに——

信じてみたくなった。

ユメを想ってくれる黒沢さんの瞳には、嘘などないように見えたから。

6

気がつくと、私は動物園にいた。

一見して夕林動物公園によく似ていたけど、どこかが微妙に異なっているような気もする。

周りには誰もいない。他のお客さんも職員の人も、そしてユメも。私は一人きりだった。

檻《おり》や柵の向こうには、動物たちが存在している。ゾウにライオン。キリンにチーター。ごく当たり前の動物たちにまぎれて、いきなり人間が現れてぎくりとする。

若い男性が、檻の中にいた。

ぽつんとひとつ置かれた椅子に座り、ギターを爪弾《つまび》きながら歌を歌っている。檻についたプレートには、かつて愛した懐かしい名前が記されていて、その下に『霊長目ヒト科』と添えられているのが、どこか滑稽でもの悲しい感じがした。

どうしてこんなところにいるの？　あなたはアメリカにいるはずでしょう？

彼は無反応だ。私のほうを見ることもなく、ただギターを鳴らして歌っている。

「あれって、ユメの父親？」

間近でいきなり声がして、驚いて顔を向けると、黒い獣がいつの間にか隣にいた。

ゾウのような、ライオンのような、オオカミのような。何科の動物なのか、まったく判断がつかない。様々な動物のパーツを組み合わせてつくったような奇妙な獣だ。

そういえば、琴が描いた絵の獏もまた、色んな動物を寄せ集めたような不思議な姿をしていたっけ。この黒い獣とは、少し形が違った気もするけれど。

「……もしかして、獏なの？」

おずおずと尋ねると、「正解」と黒い獣は答えた。光を閉じ込めたような、金色の目をしていた。

「その声、黒沢さんみたい」

「それも正解」

両前足を檻にかけ、長い尻尾をゆらゆらと揺らして、黒い獣は中を覗き込む。獣が後ろ足で立って檻の中の人間を見物しているというのは、なかなかシュールで寓話《ぐうわ》めいた光景だ。

本当に黒沢さんなのだろうか。手を伸ばし、そっとたてがみに触れてみる。ふんわりとした毛が温かかった。

「すごい。ふわふわ」ライオンのたてがみは、もっとごわごわしていそうなのに。

「肉球も触ってみる？」

獣の姿をした黒沢さんは言って、大きな肉球がついた右の前足を突き出してくる。真っ黒な身体の中で、その肉球だけが可愛らしいピンク色をしていた。

人差し指でつついてみると、ふにふにとした感触が伝わった。すごく気持ちいい。黒沢さんは、少しくすぐったそうにする。

「肉球ってこんな感触なんだ。一度触ってみたいって、ずっと思ってたんだけど」

私は今までペットを飼ったことがなかったし、犬や猫と触れ合う機会にもあまり恵まれなかった。

「気がすむまで触らせてやりたいとこだけど、あんまり長いこと俺が夢ん中に居座るとあんたの負担になるから。早いとこ悪夢のもとを探さないとな」

あいつは違うみたいだし、と言って、黒沢さんは霊長日ヒト科の檻から身を離す。

「悪夢のもとって、よくわからないけど。悪いものがいるとしたら、たぶんパンダだと思う。嫌な夢を見る時、私はいつもパンダになってユメを襲うの」

この間は、ついにユメを殺してしまった。細い首をしめる感触は、あまりにもリアルだった。

現実の夕林動物公園にはパンダはいないけど、ここにはきっといるはずだ。私には確信が持てた。そしてその居場所も、何となくわかる気がした。

マレーバクの柵の前。予想通りの場所に、私たちはその姿を見つけた。

着ぐるみではないのに二本足で立ち、軽快に手足を動かして、パンダは踊っている。観客は誰もいないのに、一人でダンスを披露し続ける姿は悲しいまでに滑稽だ。

「すげえキレッキレだな」

興味津々といった様子で、黒沢さんは踊るパンダを眺める。相手のダンスのリズムに合わせて尻尾が揺れているのは、たぶん無意識なのだろう。

パンダが背にする柵の向こうには、何の動物もいなかった。マレーバクのプレートはついているのに、肝心のバクの姿はない。まさか、パンダに食べられてしまったのだろうか。

「ママ！」

弾むような明るい声がして、振り返るとユメがいた。「ママー」と笑顔を輝かせてこちらへ駆けてくる。

腰を屈めて迎えようとすると、ユメは私の横を駆け抜けていった。「ママ」と呼びながらユメが向かっていく先は、私ではなくパンダのもとだ。

「だめよ、ユメ！」

そのパンダは危険だと、注意をしてもユメは止まらない。伸ばした手も届かない。追いかけようとした足は、急に動かし方を忘れてしまったかのように、うまく動いてくれなかった。

パンダが踊りをやめ、ユメに向かって両手を広げる。嬉しそうに飛び込んでいくユメを、パンダはしっかりと抱きしめた。とてもしっかりと。ユメの小さな身体を潰してしまいそうなほど、強く。

ユメの顔が苦痛に歪んだ。「ママ」と悲痛な声で私を呼ぶ。いや、私じゃない。ユメにとって、ママはあのパンダなのだ。

どうにか足を動かそうと必死にもがく私の横で、黒沢さんが地面を蹴った。しなやかな獣の身体が宙を舞い、パンダ目がけて突っ込んでいく。まるで黒い流星みたいだった。

彼の体当たりをまともに受けたパンダは大きくよろけ、ユメの身体が地面に崩れ落ちる。黒沢さんは犬の子みたいにユメの襟首をくわえ、パンダのもとから引き離した。

すぐにユメの泣き声が聞こえた。私は大きく息をつく。よかった、生きている。

そばへ行って抱きしめたいのに、私の足はどうしても動いてくれない。「ママ、ママ」と泣きじゃくるユメの頬を、黒沢さんがそっと舐める。

その黒沢さんの視線が、つと私のほうに向けられた。一方でユメを奪われたパンダは、恨めしそうな目を彼に向けている。

「黒沢さん、早くパンダを」

あいつをどうにかしないと、またユメを襲おうとする。だけど黒沢さんは動かない。金色の瞳でもって、じっと私を見つめたまま。その中に浮かんだ悲痛の色が、私をひどく不安な気持ちにさせる。

「パンダじゃない」

静かな声で、彼は告げた。

「あんたの悪夢のもとは、パンダじゃなくてこっちだ」

足元で泣くユメを、黒沢さんの視線が示した。

この夢に存在する悪いものは、パンダではなくユメだというの？　そんな、馬鹿な。

でも、もし、それが真実だとしたら――

「まさか、ユメを食べるわけじゃないわよね？」

獏は悪い夢を食べてくれる生き物だ。黒沢さんも、そのためにここにいる。

「こいつは、あくまであんたの夢の中のもの。喰ったところで現実のユメに影響はない」

「だからって、ユメを食べるなんて」そんなこと、させられるはずがない。

するといい、ユメが初めて私のほうに顔を向けた。思わず私は悲鳴を上げる。

ユメのふっくらとした頬が片方、溶けて崩れていた。その下からは、黒くぬめぬめとした、到底人間のものとは思えない不気味な皮膚が覗いている。

「……ユメじゃない」

「こいつは穢れだ。ただし、他人から放たれたものじゃない。あんた自身の内側から生じたものだ」

「私自身の内側から……？」

「こいつを喰えば、あんたは悪夢から解放される」

「本当に？」

だったら早く食べてほしい。顔が半分崩れたユメ。あんなのはひどい。あんなおぞましいものをこれ以上、見ていたくない。

「こいつはあんたの一部だ。だから、喰えばあんたの心の一部も消えることになる。あんたが今まで必死に隠し、否定し続けてきた、ユメに対する黒々とした感情も」

黒沢さんの言葉に呼応するように、私の心の奥底から込み上げてくる。黒くて、どろりとした感情が。絶対に、認めてはいけない感情が。

――こんなふうになるのなら、産まなければよかった。

周囲の反対を押し切って、親との関係まで壊して、私はユメを産んだ。

だけど、もしあの時、産むのをやめていたら。私は、自分の夢だけを見て走り続けることができた。

そして私も、光り輝く場所に立てていたかもしれない。

ユメがいなければ、私はもっと大切なものを手に入れられたかもしれない。

もっと、もっと、幸せになれたかもしれない。

ユメさえ、いなければ——

「早く食べて！」

耳を塞ぎ、私は叫んだ。こんな感情は、決してあってはならない。ユメは私にとって大切な存在。間違っても、そんなことを思ってはいけないのだ。

「けど、こいつを喰えば、ユメに対するあんたの愛情も消えることになる」

また、胸に込み上げてくる。

今度は、切なくなるほどのいとおしさだった。

生まれたばかりのユメを、初めて腕に抱いた瞬間に感じたぬくもり。頼りないほど小さくて。でも、その命はとても熱く、強く光り輝いていた。

何よりも大切なものだと感じた。どんなことがあっても、たとえ自分の命を懸けてでも、守らなければならないものだと——守りたいものだと思った。

相反する二つの感情が、私の内で激しくぶつかり合う。どちらが正しい？　どちらが本物？　わからない。

「どっちも、嘘偽りないあんたの感情だ」

黒沢さんの声がした。混乱する私の耳と心に、すうっと染み込んでいく。

「何よりも大切な存在であるからこそ、ユメを抱えたあんたの手には他のものが入る余地がない。ユメをそれほど大切に思うのも、そのせいでうとましく感じるのも、根っこは同じ。どっちも正しくて本物だ。こいつは表裏一体で、切り離すことはできない。だからこいつを喰えば、あんたの心からは両方があ消える」

「消えたら……どうなるの？」

「無だ。あんたはもうユメに何の感情も持たなくなる。思い煩うことも、罪悪感を抱くこともなく、あんたはあんた自身の夢を追えるようになる」

それは一瞬、とても魅力的な響きをもって私の耳を撫でた。でも、そんなことができるわけがない。だって——

「私の心からユメが消えても、現実にユメがいなくなるわけじゃない。私はやっぱり、ユメを育てていかなきゃならない。代わりに育ててくれる人なんていないもの」

「現実のユメのことは心配しなくていい。俺が何とかする」

「何とかするって……」

「悪いようにはしない。だから大丈夫だ」

いつの間にか、辺りには静寂が降りていた。ユメは泣くのをやめていたし、パンダもだらんと両腕を垂らして、私たちの動向を見守っている。

黒沢さんが、獣の口を大きく開いた。鋭く尖った細かい歯がずらりと並び、その歯でもってユメに喰らいつこうとする。

ユメではない。あれは私の心だ。あれがなくなれば、私はまた自分の夢を追いかけられる。自由になれる。

だから——

だから、私は——

「待って！」

叫んだ。叫んで、駆けた。うまく動かなかった足が不思議とすんなり動いた。懸命に駆けてユメに手を伸ばす。黒沢さんの足元から、ユメの身体を取り戻す。

「だめ。そんなことはさせない！」

ユメの身体をしっかりと抱いた。顔の半分が崩れている。黒く不気味な皮膚が覗いている。でも構わない。これは私の大事なユメだ。

「失いたくない。ユメは、私の大切な娘だもの」

ママ、と小さな声を発して、ユメは私に抱きついてくる。私も抱き返した。しっかりと、強く。けれど、決して潰してしまわないように。

「それが、あんたの選択だな」

黒沢さんの声は穏やかだった。ほんの少し、寂しげでもあった。

「あんたは選んだんだ。自分の夢より、娘のユメを」

私は選んだ。夢よりも、ユメを。自分の意志で。

選ぶことができなかったなんて言い訳はもう、通用しない。

「ええ。私はユメを選んだ」

だから、自分には負けない。誰かの光に照らされても、もう自分の影を見たりはしない。

たとえこの先、また悪夢にさいなまれることがあったとしても。私は、私の力で自分とユメを守ってみせる。

「ごめんなさい、黒沢さん。あなたは、夢を食べるためにここへ来てくれたのに」

「獏が喰う夢がないってんなら、それに越したことはないさ」

そう言って、黒沢さんは笑った。黒い獣の姿のままだったけど。それでも、笑ったように私には見えた。

目覚めた時、部屋に黒沢さんの姿はなかった。まるで、彼がうちにやってきたこと自体、夢か幻だったように。

だけど、隣で穏やかな寝息を立てているユメの手には、しっかりと白黒のバクのぬいぐるみが握られていた。

「ユメ」

私はそっと娘の名を呼び、やわらかな髪を撫でる。

夢じゃない——いや、夢だったけど、幻ではない。

私は、確かに選んだのだ。

いとしい娘の身体をしっかりと抱きしめる。

大切なぬくもりを、深く心に刻み込むように。

7

「——で、その母親は結局、自分の夢より娘を選んでめでたしめでたし、というわけか」

桂輔の声は、明らかに不機嫌だった。

だからこいつには話す気なんてなかったのに。人のスマホにかかってきた電話に勝手に出やがって。

もっとも、昨日の帰りにスマホをうっかり社長室のソファに置き忘れた俺にも、非はあったのだが。

大体あの母親も、わざわざ礼の電話なんてしてこなくたってよかったのに。

今朝、忘れたスマホを取りに会社に来たら、「どういうことだ」と桂輔に詰問されて、一から十まで説明するはめになった。

笑原香苗の夢に入ったのは、おとといの夜のこと。俺にとってはもう過去だ。本来なら今日は休みのはずだったのに。おかげでこの社長室で、既に一時間ばかり桂輔の相手をさせられている。

「もし彼女が、自分の夢のほうを選んでいたらどうするつもりだったんだ。娘はいきなり母親に捨てられることになる」

「そん時は、こっちで引き取って白木の家でどうにかしてもらおうかなって」

答えながら、俺はセブンスターの煙をふうっと吹かす。「いつだったか桂輔、兄よりも妹がほしかったとか言ってただろ。ま、妹じゃなくて娘にしたっていいけどさ」

「そんなのは昔の話だろうが。まったく、勝手なことを……」

大体お前は――と、桂輔の小言が続く。くどくどとうるせえ。桂輔はよく俺に、パンばかりじゃなく野菜も食え、なんて言うが、そう言う自分はカルシウムが不足してるんじゃないだろうか。今度、骨でも持ってきてやろうか。

「本当は、お前が引き取りたかったんじゃないのか？」

かと思えば、いきなりトーンダウンしてそんなことを言ってくる。煙草をくわえたまま、俺は「あ？」と問い返した。

「その、ユメとかいう子。お前は、自分で引き取りたかったんだろう？」

「何言ってんだよ」

「子どもがつくれないからといって、親になれないわけじゃない。誰かの子を引き取って育てることはできる。家族を持ちたいという望みをお前が抱いたとしても、それは当然のことだと俺は思う」

「俺は思わねえよ」

「彩人。獏憑きにだって、人として幸せに生きる権利というものはあるんだ」

「権利とかじゃない。現実問題として、できねえんだよ」

「そんなことは――」

「仮に俺がユメを引き取ったとして、俺はずっとあいつに背中を見られないようにしながら生活しなきゃならない。それができたところで、ユメが二十歳になる頃には、俺はもうこの世にいない」

二十歳なんて、ずいぶんと大目に見たもんだなと我ながら思う。だが、ここまで言ってもまだ桂輔は、「しかし」とか何とか反論を続けようとする。俺よりずっと頭はいいはずなのに。この話題になると、何だってこいつはしつこく言葉を重ねてくるのだろう。

やはり同情心か。獏憑きは、人であって人とは明らかに異なる存在だ。背中の痣は見た相手に激しい嫌悪を与えるし、金色に光る目も不気味がられることが多い。そして人との間に、子どもをつくることもできない。

白木の一族の内においても、異物として扱われるのは変わらない。依頼の窓口となって、獏憑きに夢祓いをさせる役目の者を『飼い主』と呼ぶところにも、それは表れている。

しかし、獏憑きとはそういうものだ。飼い主という立場になった以上、同情などするべきではないのに。桂輔は俺の背中の痣を見たことがないから、そんな中途半端なものを抱えているのだ。

「どのみち、母親は娘を選んだ。俺は何も喰わなかったんだから、それでいいだろ」

ローテーブルの上に置かれた灰皿で煙草をもみ消し、俺は強制的に会話を終わらせた。これ以上は本当に勘弁してもらいたい。身体がだるくて仕方なかった。さっさと家に帰って休もうと思ったけど、もういいや。ここで少し寝ていこう。

俺はソファの上に身を横たえる。

「おい、彩人」

目を閉じたところで、桂輔がまた言葉を投げてきた。ああ、ほんとにうるせえ。少しくらい休ませろよ。

「お前、体調が悪いんじゃないのか？」

渋々目を開けると、桂輔がすぐそばに立っていて、窺うように俺を見下ろしていた。

「……笑原香苗から、なんか聞いたのか？」

「いや。だが、このところ前にも増してお前のサボりがひどいと、社員たちから苦情が入っている。それに、今だってひどくだるそうだ。顔色もあまりよくない」

「まあ、良好とは言いがたいな。けど、それはどうしようもない。桂輔だってわかってるだろうが」

貘憑きは、貘の穢れに常に身を蝕まれている。自家中毒は貘憑きの宿命とも言うべきものだ。飼い主である桂輔は、当然それを承知し、理解している。

そのはずなのに、桂輔の眉間には深い皺が刻まれた。そんな不服そうな顔をされたって、俺にだってどうにもできないっていうのに。

「どうしてそんなに進行が早いんだ。いくら貘憑きが短命とはいえ、お前はまだ二十四だろう」

「知らねえよ。個人差だろ」

なんで進行がこんなに早いのか。心当たりがないでもなかったが、全部ひっくるめて宿命であり寿命だと、俺は考えることにしている。

「それにしたって早すぎる。俺はちゃんと調整して、お前に夢祓いをさせているつもりだ。今回みたいに、俺に黙って引き受けた仕事が他にもあったんじゃないのか？」

「さあな。すんだ仕事のことなんて、いちいち覚えてねえよ」

「彩人！」

桂輔の怒声に、プルルルという電子音が重なった。俺のスマホの着信音だ。いいタイミングで、誰かが電話をかけてきてくれたらしい。

ディスプレイを見ると、笑原香苗と表示されていた。今度は何だと訝りながら電話に出る。

〈クロさん〉

聞こえてきたのは、ユメの声だった。小さくしゃくり上げながら、クロさん、クロさんと繰り返す。

「どうした。何かあったのか？」

〈ママがね、ママが……〉

端末の向こうで、ユメが本格的に泣き声を上げ始めた。続く言葉がなかなか出てこない。ソファから身体を起こし、俺はもどかしさを呑み込みながらユメに呼びかける。

「おい、ユメ。落ち着け。ママがどうした？」

〈ママが、起きないの〉

ユメからどうにか聞き出したところによると、今朝、起きる時間になっても笑原香苗は目を覚まさず、何度呼びかけても反応がないという。ユメはどうしていいかわからず、母親のスマホを使って俺に電話をかけてきた。なぜ俺だったかといえば、履歴の一番上に出てきたのが俺の番号だったからだ。

ユメに確認させた限りでは、笑原香苗はとりあえずちゃんと呼吸はしているようだ。

「わかった。すぐにそっちへ行くから、待ってろ」

「何だ。どうしたんだ」

通話を終えると、すかさず桂輔が尋ねてきた。面倒だったが、俺は簡単に説明してやる。

「救急車を呼んだほうがいいんじゃないか？」

「とにかく行ってみる。ユメも一人で不安がってるし。俺が夢に入った影響ってのも、否定できないからな」

部屋を出ていこうとすると、「おい」と桂輔の声が飛んできた。

「お前、体調が悪いんだろう」

「少し休んだら治った」

もちろん嘘だ。依然として身体はだるくて仕方なかったが、この状況でそんなことも言ってられない。

「夢祓いはするんじゃないぞ。少なくとも、今日のところは」

はいはいと適当に返事をして、俺は社長室を後にした。

8

仕事でも使っている軽バンを飛ばして、月野市の笑原母子の住まいへ向かう。

「クロさん！」

チャイムを鳴らすと、すぐにドアが開いてユメが飛びついてきた。涙と鼻水で顔がぐしゃぐしゃになっている。座川市の会社から、可能な限り急いで十分ほどで到着したが、一向に目覚めない母親と二人きりの時間は不安で心細く、ユメとしては長く感じたことだろう。

「待たせて悪かったな。もう大丈夫だ」

ユメの頭を撫でて中に入る。テーブルは脇に寄せられ、部屋の真ん中には布団が二つ、並べて敷かれていた。そのひとつに、笑原香苗が横たわっている。

きちんと掛布団をかけて、彼女は静かに眠っていた。特に苦しそうでもなく、一見すると普通に寝ているとしか思えない。

だが、俺の目には見えた。真っ黒いもやのような穢れが、笑原香苗の全身を取り巻いている。

「こいつは……」

どうしていきなりこんな状態になったのだろう。少なくとも、おとといの夜はこんな兆候はなかった。俺は何も喰わずに夢を出てきたので、彼女についた穢れが消えたわけではなかったが、彼女が自分の心ときちんと向き合ったことで、小康状態を保《たも》ってはいたはずだ。

「ママ、クロさんが来たよ。おきて」

ユメが母親の身体を揺する。けれど笑原香苗の目は閉ざされたまま、まぶたがぴくりと動くこともない。

やはり、入るしかないか。夢祓いはするなと桂輔に言われたが、そんな悠長なことを言っている場合ではなさそうだ。この真っ黒な状態で、眠りに落ちたままというのはまずい。場合によっては、心停止に陥ってしまうこともあり得る。

「ユメ。俺は今から、ママの夢に入る。ママをこっちの世界に連れ戻すためにな」

「ママ、夢のなかで迷子になってるの？」

「もしかすると、悪い夢に閉じ込められて出られなくなってるのかもしれない。だから助けてくる。俺もママと一緒に眠ることになるけど、戻ってくるまでユメはいい子で待ってられるよな？」

うん、とユメは涙を拭って頷いた。

「クロさんがママを助けてくれるなら。ユメ、ちゃんと待ってる」

子どもは素直でとてもいい。「夢に入るとはどういうことだ」なんて、無意味かつ面倒な質問はしてこない。

「クロさんは、バクさんなんだね」

そして子どもは、とても賢い生き物だ。

9

夢の世界は、宇宙に似ていると思う。

もちろん、宇宙なんて実際に行ったことはないけれど。真っ暗な闇の中に、様々な記憶や感情が漂って存在している様は、まさに宇宙に散らばる星のようだった。

二度目となる笑原香苗の夢の中。便宜上「夢」と呼んではいるが、俺が入り込んでいるのは、正確には相手の意識の中だ。

意識の宇宙をゆっくりと泳ぎながら、俺はターゲットを探す。

この宇宙を侵し、汚染しようとする穢れ。その匂いをたどって、星のひとつに降り立つ。

そこは、灰色の四角い部屋だった。家具も何もない無機質な部屋の真ん中に、こんもりと白い小さな山がある。

近づいてみると、山の正体は紙だった。たくさんの画用紙が降り積もって、山をつくっている。その下には、何かが埋まっているようだ。

画用紙にはすべて、同じ動物の絵が描かれていた。ゾウのような鼻を持ち、けれどゾウとは明らかに異なる形をした、奇妙な動物だった。

「獏か」

とはいえ、俺とはちょっと姿が違う。いわゆる、世間一般に伝わる獏。ゾウの鼻と、サイの目と、クマの身体と、ウシの尻尾と、トラの脚をしたやつだ。

「ずんぐりしてて、鈍臭そうだよな」

俺のほうが俊敏だし、カッコイイと思う。たてがみがふわふわで、毛並みもいいし。

もっとも白木の獏に関しては、人の夢に入って悪いものを喰うというやり方が伝説上の獏を思わせるため、『獏』と呼ぶようになった経緯があるらしいから、そもそも別物だと言われてしまえばそれまでだが。

鈍臭そうな獏の絵が描かれた画用紙の山は、真っ黒な穢れを放っていた。こいつがターゲットに間違いない。

「よし、喰うか」共食いみたいで、少々複雑な感じもするけれど。

とりあえず一枚、爪で引っかけて口に入れてみる。見た目は画用紙だが、食べた感じは薄い板チョコみたいだ。噛むとパリンと割れて、舌の上でじわりと溶ける。苦くて、後味がぴりりと辛《から》い。お世辞にもうまいとはいえないが、構わず俺は呑み込む。

――こんなはずじゃ、なかった。

味とともに、穢れに込められた強い負の感情が、舌を伝って俺の心に落ちてくる。

――わたしは、夢を叶えたのに。何も変わらない。わたしの手の中には、何もない。

笑原香苗とは匂いが違う。これは、別の人間が彼女に向けて放った穢れだ。

それにしても、こいつも『夢』か。

板チョコみたいな画用紙を、俺は一枚、また一枚と口に運んでいく。笑原香苗に向かって放たれた何者かの負の感情を、次々と呑み込んでいく――

子どもの頃から抱き続けた漫画家の夢を、わたしは叶えた。誇らしかった。みんなもすごいと言ってくれて。自分が描いた漫画が本という形になったことが、とても嬉しかった。

でも、思うように売れなくて。次の漫画は、なかなか本にしてもらえなかった。

わたしのことをすごいと言ってくれた人たちは、みんなそれぞれ結婚したり、子どもを持ったり、職場で重要なポジションを任されたりして、少しずつ色んなものを手に入れながら、大人になっていく。

わたしは、みんなよりもずっと大きなものを手に入れたと思っていた。でも、ふと周りを見ると、みんなは小さなものを積み重ねて、わたしよりずっと大きなものを腕に抱えていた。

同窓会で再会した香苗は、シングルマザーになっていた。小さな娘を抱えて、今は遊園地でパンダの着ぐるみに入って働いているという。

中学の頃、一緒に夢を語り合った親友の香苗。

いつも夢みたいなことばかり考えていたわたしに対し、香苗は中学の頃からしっかり者で、わたしはいつも彼女に助けてもらっていた。それは嬉しかったけど、同時に少し悔しくもあって。だから、夢を叶えるという形で香苗に勝てたことが、ちょっぴり嬉しかった。ようやく香苗と対等になれた気がした。

だけど、実際には全然対等なんかじゃなかった。母親になった香苗は、しっかりとユメちゃんを育てていた。その姿はわたしの目に、とても立派な『大人』として映った。

遊園地でパンダの着ぐるみ姿で踊る香苗は、子どもたちに囲まれてとても楽しそうだった。きらきらと光って見えた。

夢に破れた姿というのは、もっと惨《みじ》めなものだと思っていたのに。誰より惨めなのは、そんなふうに考えて香苗の姿を見に行った、わたし自身。

自分がとても醜くて、情けなく思えた。だけど、認められなかった。香苗に見下されたくなかった。わたしは香苗と対等でありたかった。だから、精いっぱいの見栄《みえ》を張った。

香苗のうちの小さなテーブルに、食べものをいっぱい並べた。おしゃれなお店のお惣菜に大きなケーキ。香苗の今の生活では贅沢《ぜいたく》に違いない食べものを、たくさん買ってみせた。

本当は、わたしにだって贅沢だ。知人のコネで何とか得られた雑誌の挿絵の仕事は終わってしまい、次の仕事の依頼は入っていない。

わたしは、本当は漫画家なんかじゃない。漫画は描いても全然本にならないし。居酒屋のアルバイトのほうが、今はもう本業になってしまっている。

来年、三十歳になるのに。わたしには何もない。

香苗と久しぶりにやったタコパは、ユメちゃんがいたこともあってそれなりに楽しかったけど、わたしがちょっと変わった具を入れようとすると、香苗はすかさず注意を飛ばしてきた。「ちゃんと自分が食べられるものを入れて」とか、「食べられる量だけつくってよ」とか。すっかり母親の顔をして。

わたしが知っている香苗は、普段はわりとクールなのに、タコパの時はなぜかいつも妙にハイテンションになった。率先しておかしな具を入れようとするのは、いつだって香苗のほうだったし、つくるのが楽しくなってどんどん焼いちゃうのも、香苗のほうだったのに。

大人になった香苗は、そういうことを忘れてしまったみたいだった。

彼女はちゃんと大人に成長して、母親にもなって。対してわたしは、子どもの頃のまま。何も変わっていない。変われないままでいる。

香苗との差は開くばかりで、わたしはもう、見上げなければ彼女の姿を見ることができない。

中途半端に夢なんて叶わなければ、わたしもちゃんと大人になれたのかな？　香苗と同じ場所に並べたのかな？

わたしはわたしなりに、夢を叶えるために一生懸命やってきたつもりなのに。一体、何が間違っていたんだろう。

香苗が羨《うらや》ましい。可愛いユメちゃんがそばにいて、仕事もあんなに楽しそうで。子育ては色々と大変そうだけど、ユメちゃんはいつだって香苗のことが大好きだ。絶対的な香苗の味方。香苗のために、悪い夢を食べる獏を探してくれる。

わたしには、今の現実が悪い夢みたいだ。光らなくなった夢の石ころを、それでも宝石と信じて抱え続けている。

できることなら、中学の頃に戻りたい。香苗と二人で、無邪気に夢を語っていたあの頃に。

もしも本当に獏がいるのなら、この現実を食べてほしい。

それが無理ならせめて、あの頃みたいに無邪気に話し合える、香苗の存在を取り戻させてほしい――

最後の一枚を喰うと、その下から笑原香苗が現れた。画用紙の山の下に埋まっていたのは、彼女だったらしい。

笑原香苗は静かに横たわり、眠っている。

「夢の中でも眠ってるって、ずいぶんだな」

おい、と俺は、前足の先でちょいちょいと彼女の頬をつつく。

「起きろ」

かすかなうめき声を発し、笑原香苗は目を開けた。ぼんやりとした様子で何度かまばたきを繰り返した後、俺に気づいて目を丸くする。

「黒沢、さん？」

確かめるように手を伸ばし、俺のたてがみに触れた彼女は、「ふわふわ」と言って嬉しそうに微笑んだ。

その笑顔は妙にあどけなくて、ユメにとてもよく似ていた。

10

黒沢さんには、二度もお世話になってしまった。

自分の身に起こったことを、私はいまいち把握しきれていない。だけど、彼に助けてもらったのは確からしい。

その状態の原因には、どうやら琴が関係していたようだ。

「けど、たぶん向こうには、自分の穢れであんたを苦しめたという自覚はない。だから、そのことで相手を責めても無駄だろう」

そう私に説明した後に、黒沢さんは続けて言った。

「あんたも親友も、夢ってもんをやたらでっかくして背負いすぎだ。つまらない見栄なんて張るのはやめて、本音で話してみろよ。そうすれば、お互いにちっとは背中が軽くなると思うぜ」

そんな忠告を受けた上で、私は初めて自分から琴に連絡をとった。見栄を張っておしゃれな店を探したりすることはせず、駅前にあるファミリーレストランで会うことにした。

やってきた琴にはやはり、私を悪夢に閉じ込めたという自覚はなさそうだった。でも、私としてもそのことを責めるつもりはないし、あえて口にするつもりもない。

それよりも私は、琴とちゃんと話をしたかった。黒沢さんのおかげで、私はいつになく素直な気持ちになれていて、今なら自分の正直な思いをきちんと相手に伝えられるような気がした。逆に言えば、今を逃せばもう永遠に伝えられない気がする。

「あのね、琴。私、本当は——」

自分の嫌な部分を認めるのは苦しいし、口に出すのは恥ずかしくて情けない。こんなのは自己満足かもしれないという思いが、頭の隅をかすめもする。

だけど、私は打ち明けた。夢を叶えた琴が、とてもまぶしく見えたこと。羨ましくて、負けたことが悔しくて。自分の持っているものが、とてもちっぽけに見えたこと。

琴は黙って私の話を聞いていた。私が話し終えてもしばらく口を開かず、自分が頼んだアイスティーのストローを指先でもてあそんでいた。

笑みが完全に消え、暗く翳《かげ》った琴の顔は、私が初めて目にするものだった。重い沈黙に耐えかねて、私は口を開こうとする。「いきなり変な話をしちゃってごめん」と謝ろうとした。でも、それが言葉として出るより早く、

「実は、わたしもそうなんだ」

琴が言った。表情を翳らせたまま、うつむき加減にぽつりぽつりと話し始める。

その様子はとても苦しそうで、恥ずかしそうで。でも、私は思わず笑ってしまった。

だって、私とあまりにも同じだったから。

勝手に相手に輝く光を見て、自分たちの影を深めて。それを隠すために、見栄を張っていた。そして、相手が張るそんな見栄さえも、私たちは輝く光としてとらえていた。

互いの間に勝手に落差を感じ、勝手に相手を見上げて落ち込んでいた。

「なんか、馬鹿みたいだね」

笑いながら私が言うと、「そうだね」と琴も少し笑った。

「ほんとに、馬鹿みたいだと思う」

私たちはそっくりだ。だから、私たちが立つ場所はきっと、実際にはそう違ってはいないのだろう。少なくとも、どちらが上で下だとか、そんな高低差はないはずだ。

「人生っていうのは、なかなか思い描いた通りにはいかないけど――」

言いながら私は、同じ広い地平に立っている自分たちの姿を想像する。

「私たちは、すぐそばにいるんだから。お互いに手を伸ばせば、ちょっとはうまくいくこともあるかもしれない。ほら、この間、ユメを叩きそうになった私を琴は止めてくれたでしょう？　ああいうふうに。思えば私たちは、中学の頃からそうやってお互いの欠点をフォローしてきたよね。だから、あの頃と同じようにさ」

「あの頃と、同じように……？」

夢の続きを見たような顔で繰り返す琴に、「うん」と私は力強く頷く。

「琴の描く絵も漫画も、私は大好きだよ。そういう人間が、少なくともここには確実に一人いるんだから。自分には何もないなんて言わないでよ」

悔しくて口にできなかった言葉も、驚くほど素直に言えた。

もらった獏の絵は衝動的に破いてしまったけど。私は本当は、昔も今も琴の描く絵が大好きだ。琴の絵の魅力を一番わかっているのは自分だと、中学の頃から自負している。

「ユメもいるよ！」

大人の話は退屈だったようで、私にもたれてうとうとしていたユメが、急にぱっちりと目を開けて主張した。

「だからコトちゃん、だいじょうぶ」

話の内容は理解できていなくても、琴を励ます場面というのはわかったようだ。テーブルに全身を乗り出すようにして、琴の頭をよしよしと撫でる。

「うん、ありがとう」

泣き笑いみたいな表情を見せる琴。何よりも、そんな琴自身が私は大好きだ。

私はこれから、琴ともっと仲良くなっていきたいと思う。いいことも悪いことも分かち合って。お互いに励ましたり、慰めたりしながら、ちゃんと親友になっていけたらとても嬉しい。

「ところで琴、ちょっと相談があるんだけど」

ユメの頭を撫で返していた琴は、「何？」と小首を傾げる。

「うちの園長がね、パークの新しいマスコットキャラクターをつくりたいって言ってるの。ほら、私が今着てるパンダとか、すごくフツーでしょ。だからもっと、オリジナリティのあるキャラがほしいって」

「ユメ、ママと一緒に考えたんだよ。黒いバクさん」

マレーバクのぬいぐるみを手に、ユメは嬉しそうに声を上げる。近頃のユメは、どこへ行くにもそのぬいぐるみを手放さない。

「そう。ユメと考えてみたんだけど、私の絵じゃうまく表現できなくて。だから、琴に描いてもらえたら嬉しいなって」

「バクさんはね、クロさんなの」

ユメはそのぬいぐるみに、『クロさん』と名前をつけた。

ユメの言う通り、獏はクロさんだ。少し長いゾウみたいな鼻に、ふわふわのたてがみ。オオカミみたいな身体をして、ふさふさの尻尾がある。全身真っ黒だけど、肉球はピンク色。

それが獏だと言ったら、琴は首を傾げるだろうし、みんなもおかしな顔をするに違いない。でも、オリジナリティは抜群だ。

何よりあの黒い獣は、とても可愛くてカッコイイ。

「《ドリームパーク》のマスコットが獏っていうのは、ぴったりだね。わたしも、ぜひ描いてみたい。それが採用されたら、すごく嬉しいもん」

「採用してもらえるよう、園長に猛プッシュするよ。私、琴が描いたキャラクターの着ぐるみで踊ってみたい。琴の絵と私のダンスが合わさったら、最強じゃない？」

「人気者になったら、最高だね」

「グッズとかもたくさん売れて、パークの知名度が上がって、お客さんも全国からいっぱい来ちゃって。そうしたら私たちは、《ドリームパーク》の立役者だよ」

私たちはそれから、どんどんと想像を膨らませた。現実味なんてどうでもいい。ただ、こうやって話していることが楽しかった。いつの間にか私はたくさん笑っていたし、琴もユメも笑っていた。

膨らませすぎて馬鹿馬鹿しいまでになった夢の話で、私たちは大いに盛り上がった。目の前が晴れて、どんどん明るくなっていく。

真面目なものでも、馬鹿馬鹿しいものでも。夢は、楽しく見るのが一番だ。

夢は背負うものではなく、寄り添ってくれるもの。

私には大切なユメがいて、親友もいる。

だからこれからは、自分のためだけでなく、大切な人たちのためにも、そうやって夢を見ていこう。

そんな私たちはきっと、小さくても温かい光の中にいる。

幕間　花の断片　Ⅲ

古木の桜は枝いっぱいに、花ではなく色あせた葉を茂らせていた。

季節は秋なのだろう。これから完全な紅葉に向かうといったところだ。その木の下に、ひらりと揺れる桜色。花香がまとうワンピースの裾だった。

花のない木を見上げる花香は、心持ち輪郭がほっそりとして、落ち着きを持った大人の女性の顔になっていた。見た目には、二十代の半ばくらいか。

丈《たけ》の長いワンピースに覆われた腹部を、花香の手がそっと撫でる。

そんな彼女の背後に、ゆっくりと近づいてくる影があった。

「久しぶりだね」

振り返りもせず、花香は言った。人影の歩みが、ぴたりと止まる。

「あれからもう、十年くらい経つのかな」

肩にかかる栗色《くりいろ》の髪をふわりと風になびかせて、花香は笑顔で振り返る。そこには、驚いた顔で立つ彬子の姿があった。

ダークカラーのパンツスーツに、ひとつに束ねた長い黒髪。いつもと変わらないスタイルだが、その髪の黒さが際立って見えるのは、青白い顔色のせいだろう。彬子の輪郭もまたほっそりとしたものになっていたが、それは花香とは意味合いが異なっていた。

「声もかけていないのに。よく私とわかりましたね」

「足音と気配でね」

「それはすごい」

素直に感心する彬子に、「うそ」と花香はいたずらっぽく笑う。そういう表情をするとたちまち幼さが戻ってくるのは、いくつになっても変わらない。

「本当はね、安永くんから聞いてたの。今日、彬子さんがすっごい久しぶりにうちにくるって」

「すっごい久しぶり」の部分を花香は強調した。ここを訪れるのは今日で最後にすると、前の時に彬子は告げていた。自身のその言葉を、彼女は今まで守っていたようだ。

「私のほうも、今ならば花香さんがご実家のほうに戻っていると、安永から聞きまして」

「シュンくんが出張でロンドンに行っちゃって、しばらく戻ってこないんだ。うちで一人でいるのは、ちょっと心細くてね」

「ご結婚されたのは確か、一昨年だとか。黒沢花香さんになったのでしたよね。おめでとうございます」

彬子はうやうやしく頭を下げてから、視線でもって花香の腹部を示し「そちらも」と言い添える。

「まだ全然お腹は大きくないけどね。つわりがひどくって。まいっちゃう」

言いながらも、花香は笑顔だ。いとおしそうに自分の腹をさすりながら、

「でもそれも、彩人が元気に育ってるって証拠だから」

「もうお子さんに名前を?」

「うん。赤ちゃんができたってわかった時に、シュンくんと決めたんだ。早く名前を呼んであげたくて。男の子なら彩人で、女の子なら彩香《あやか》。まだどっちかはわからないけど。でも、何となく男の子のような気がするんだよね」

わたしの勘ってよく当たるんだ、と言ってから、「とはいえ」と花香は小さく肩をすくめてみせる。

「もし女の子だったら、間違えてごめんねって謝らなきゃ」

「そうですね」

穏やかに目を細め、彬子は微笑んだ。幸せそうな娘を見て、自身も幸せを感じる母親のように。

「こうして直接、お祝いを言うことができてよかったです」

「獏憑きの平均寿命はとっくに過ぎたよね」

「ええ。私ももうすぐ五十になります。まさか、自分がここまで生きるとは思いませんでした」

「安永くんとわたしのおかげ、だったら作戦通りだな」

「作戦通り？」

彬子は不思議そうに目をしばたたく。

「安永くんが言ったんだよね。獏憑きが短命になってしまう、もうひとつの理由。自分の境遇を恨んだり、その境遇のせいで深い孤独を感じることで、自身の内側から更なる穢れが生じて、それが自家中毒を加速させるんだって。だからわたし、安永くんと一緒に彬子さんにいっぱい手紙を書いたんだ。会いに行くのは嫌がるだろうから。手紙を通じて、わたしたちの存在をそばに感じてもらえるように」

ええ、と彬子は頷いた。

「たくさんのお手紙をいただきました。私は一度も返事を書かなかったというのに。自分の身の回りのことを、とても楽しそうに報告してくれましたね。おかげで私はこの十年ばかり、実際に会っていないにもかかわらず、花香さんのことを常に見守っているような気になったものです」

「じゃあやっぱり、わたしたちの作戦通り」

花香は無邪気に笑う。そしてまた、自分の腹に手を添えた。

「彬子さんには、もっと長生きしてもらわなきゃ」

「花香さんたちのお子さんが無事生まれるまでは、私としても頑張るつもりでいます。その子たちを次の獏憑きにするわけにはいきませんから」

花香が目を上げた。その顔からは笑顔が消え、やや強張った色が浮いている。

「そういうふうに、お父さんか兄さんから言われたの？」

「お兄様の奥様も、ちょうど二番目のお子さんを妊娠中ということですから。本家に獏憑きを生まれさせるわけにはいかない、ということは」

「獏憑きが死んだら、その次に生まれた子が獏憑きになるから？　そんなの、気にしなくていいよ」

「そういうわけにはいきません」

「わたしは、そういう意味で彬子さんに長生きしてもらいたいんじゃない」

腹部に置いた手を、花香はぎゅっと握りしめる。

「彬子さんに、わたしの赤ちゃんに会ってもらいたいんだよ。彩人を抱っこしてもらいたいの。ただ、それだけで――」

「わかっています」

花香が唇を嚙みしめる。大きな瞳に、光るものが滲んでいた。

穏やかに頷き、彬子は握りしめられた花香の手の上に、そっと自らの手を添える。

「私も、花香さんのお子さんにぜひお目にかかりたいです」

「ほんとに？　じゃあ、彩人を抱っこしてくれる？」

「ええ。これに誓って」

彬子は言って、ポケットから長方形のものを取り出し、花香に差し出した。

それは、押し花でつくられた栞《しおり》だった。黒い台紙に桜の花を載せ、ラミネートしたもののようだ。上部には、桜色のリボンがつけられている。

「覚えてますか？　花香さんとここで初めて会った時、また会う約束の印として、花香さんは私の髪に桜の花を挿してくださいましたよね。あの時の花でつくった栞です」

「ずっと、取っておいてくれたんだ」

花香は嬉しそうに、受け取った栞を手の中で慈しむ。それから、その栞を彬子に返した。

「花香さんが持っていてくださっていいのですよ？」

「ううん。これは、わたしが彬子さんにあげた約束の印なんだから。彬子さんが持ってて。わたしには、この木があるから」

そう言って、花香は桜の木の幹に背を預ける。「そうですね」と彬子は、栞を大切そうにポケットにしまってから、

「ところで、出産の予定日はいつなのですか？」

「五月二日」

五月二日、と反復して視線を上に向けた彬子は、「あ」と小さな声を上げる。

「どうかした？」

「今、木の上に、白っぽい影のようなものが」

彬子の言葉を受け、花香もまた樹上を仰ぎ見る。

やはり、ここは少し近すぎた。見つかってしまうだろうか。

「少し、寒くなってきたね」

不意に花香が言って、ワンピースに覆われた腕をさすった。彬子の目が、彼女のほうへと戻される。

「花香さんは薄着なんですよ。もう十月なんですから。中に入りましょう。お腹のお子さんにも障《さわ》ります」

「あー、早く生まれてこないかなあ。思いっきり、ぎゅってしたい」

「思いきりぎゅっとしたら、潰れてしまいますよ」

笑いながら、二人の姿は桜の木から離れていく。

遠ざかっていく彼女たちの背中を、俺は木の上から見つめていた。

第四章　夢喰いの家〈獏の悪夢〉

1

今日は、最悪な一日だった。

俺はくたくたに疲れていた。何しろ、一日がかりの仕事だったのだ。

《白木清掃サービス》にはハウスクリーニングの部門もあって、俺は今日は珍しくそちらへ回された。人手がほしいと言われた時点で嫌な予感しかしなかったが、行ってみればやはり、とんでもないゴミ屋敷だった。

いつもなら適当に抜け出してやるのに、今回の現場の相棒は前もって俺の仕事ぶりを耳にしていたらしく、やたらとこちらの行動に目を光らせてくる。おかげで始まりから終わりまでみっちりと働かされて、臭いし身体はだるいし、とにかく最悪だった。

勤務形態の異なる相棒とは現場で別れ、一人で軽バンを運転して会社の駐車場に着いた頃には、午後の七時を過ぎていた。

辺りはとうに真っ暗だ。十月も下旬になり、日はすっかり短くなった。夜になると、作業着の身体に少し肌寒さを感じるようにもなっている。冬が近づいているのだろう。

車を降りた瞬間、不意に胸に激しい痛みが走った。耐えきれず、胸を押さえてその場にうずくまる。

くそ。だから、一日がかりの仕事なんてしたくなかったのに。胸がしめつけられるような苦痛。額に脂汗が滲む。うまく呼吸ができない。

近頃、こうした発作にしばしば見舞われることがあった。胸が痛くなったり、苦しくなったりすることもあれば、腹が痛んで激しい吐き気に襲われることもある。身の内に溜まる穢れによって、色んな臓器が等しく冒されているのだろう。

自家中毒は、獏憑きの宿命。更に夢祓いがその進行を加速させる。

命を縮める行為であるにもかかわらず、なぜ夢祓いなどさせるのかと白木の一族に訊けば、「そういう決まりだからだ」という答えが返ってくるはずだ。

獏憑きは生涯にわたり、最低限の生活を白木の本家に保障してもらう。その代わりに獏憑きは、本家のために夢祓いをおこなう。そういう『しきたり』という名の決まりが、白木の一族にはある。

実際、獏憑きが人間社会の中で普通に生きていくことは難しいし、本家にしても獏憑きは、野放しにはできない存在だ。そして何より、白木の家にとって夢祓いというのは、金と人脈を確保するための重要な裏稼業となっていた。

持ちつ持たれつと言えば聞こえはいいが、要は本家に飼われざるを得ないというのが、獏憑きの実情である。

しばらく耐えていると、やがて痛みと息苦しさが少し落ち着いてきた。幸い今回の発作は、ごく短時間ですんでくれた。

ゆっくりと腰を上げ、車体に背を預けて深く大きく息をつく。ふと、何気なく目をやったサイドミラーに、真っ黒な俺の顔が映っていた。

どす黒い影が取り巻いて、青白い顔の大部分を覆《おお》い隠《かく》している。

「……また、一段と黒くなったみたいだな」

自家中毒が進行する速度には、個人差がある。貘憑きの平均寿命は四十年といわれているが、夢祓いをこなす量や個人の体質にも左右されるから、あくまで目安だ。先代の貘憑きは、俺が生まれる半年くらい前に自家中毒による多臓器不全で死んでいたが、五十歳だったというから長生きをしたほうだろう。

俺は、かなり短命になると思う。二十四歳でもうこんなに限界がきている。貘はどうやら、俺の身体をお気に召さないようだ。

指先で、サイドミラーの表面をこする。そうしたところでもちろん、俺自身に染《し》みついているよごれが落ちるわけもない。

俺に残された時間は、あとどれくらいだろう。

覚悟はできているが、その前にひとつ、やっておかなければならないことがある。

やはり、あれは放置しておけない。たとえ本人に拒否されたとしても。

どうしても喰っておかなければならない悪夢が、俺にはある——

2

桂輔が俺の『飼い主』となった時、俺に向かってまず言ったことがあった。

「俺は、お前に無茶な夢祓いはさせない。無理だと思ったり、やりたくないと思ったら断ってくれていい。その代わり、もしお前の目に俺が黒く見えることがあったとしても、俺の夢には決して入らないでくれ」

その時点で、俺の目には既に、桂輔の身を取り巻く黒い穢れが見えていた。

さほどひどい状態ではなかったが、俺はとうに気づいていたし、桂輔が身にまとうその穢れが、かなり年季の入ったものであることも知っていた。

初めて見たのは、白木の本家で生活していた子どもの頃。小学校の中学年くらいの頃だっただろう。桂輔の周りに、いつの間にかぼんやりと黒っぽい穢れが生じていることに俺は気がついた。

とはいえ、現代を生きる人間にとって、穢れというのはそう特殊なものではない。街を歩いて、黒い穢れをまとった人間を探そうと思えば、いくらだって見つけることができる。そのすべてを喰おうとしたら、それこそ俺の身はもたないだろう。

だから緊急性が高そうなものでなければ、俺としても手を出そうとは思わないし、本人が構うなと言うものを、わざわざどうにかしてやろうと考えるほど俺もお人よしではない。まして飼い主に「入るな」と言われれば、俺はその命令に従うほかないだろう。

だからこれまで、俺は見て見ぬふりをしてきた。本人が望む通りに。

しかし――

「彩人」

名を呼ばれて目を開けると、視界に桂輔の姿があった。普段の彼はきっちりとスーツを着込んでいるが、今はワイシャツの上に、社名の入った紺色のジャンパーを羽織っている。

「この部屋のソファはそんなに寝心地がいいか？」

「まあ、悪くない」答えながら、俺は重ったるい身体を起こす。

会社に戻ってきて社長室を訪ねたものの、桂輔がいなかったのでソファに横になっているうち、眠ってしまったらしい。

「社長さんは今日は、外回りに勤《いそ》しんでたみたいだな」

　桂輔はいつも社長室でふんぞり返っているわけではなく、積極的に営業に出たりなどして、わりあい忙しく動き回っている。その際にはいつも社名入りのジャンパーを羽織っていくのだ。

「シラキの商品開発部に顔を出していたんだ。お前は今日はハウスクリーニングのほうに引っ張られたと聞いたが。大丈夫だったか？」

「最低最悪のゴミ屋敷だったよ。二度とやりたくねえ」

「それは災難だったな。体調のほうはどうだ？」

　ここ最近、桂輔は何かというと俺の体調について尋ねてくる。笑原香苗の一件で、俺の自家中毒の進行が早くなっていることを悟ったせいだ。もっとも、俺の身体がかなりヤバい状態にきてることまでは、幸いまだ気づかれていない。気づかれれば、それこそあれこれと気を回してきて、鬱陶《うっとう》しいことになるのはわかりきっている。

　気づかれる前に身を隠し、ひっそりと一人で最期《さいご》を迎える。それが、貘憑きの理想的な終わり方というやつだ。

「相変わらずだ。よくも悪くもないってとこ」

　もちろん嘘だったが、「そうか」と桂輔は安堵の表情を見せた。

「夢祓いの仕事はしばらく受けないでおくから、身体を休めるといい。といっても、清掃のほうはできる範囲でやってもらうけどな。当分の間は、お前もバクの名刺を渡すんじゃないぞ。自分の身体のことだから、言われなくてもわかっているとは思うが」

「了解」と俺は短く応える。

「ところで、俺は今日はもう帰るつもりなんだが。お前はどうする？」

「もちろん帰る」この部屋に泊まっていくつもりはさすがにない。

「なら一緒に飯を食いに行かないか？　どうせお前は、また適当にパンを食ってすませるつもりなんだろう」

「パンだって立派な食いものだぜ」

「それは否定しないが、お前の場合は毎食、パンだけですませようとする。そこが問題だ」

いつもなら「うるせえな」と言って断るところだった。仕事以外で桂輔と行動をともにする義理はないし、特に今日は疲れている。食事よりも、とっとと自分のアパートに帰って寝てしまいたいというのが本音だ。だが――

「そこまで言うなら付き合ってやるよ。桂輔がおごってくれるんだろ？」

俺は桂輔の誘いに乗った。今の俺にとって、舞い込んできたチャンスを積極的にものにしない手はない。

「ああ、もちろん」

答えながら桂輔は俺に背を向け、帰り支度を始めようとする。その隙を見て、俺は視界を開く。もし今、桂輔が振り返ったら、俺の目は金色に光って見えたはずだ。

どす黒いもやのような影が、桂輔の背中に覆いかぶさるようにしてこびりついていた。

俺がどんどん黒くなっていくように、桂輔もまた、ここ数日の間にどんどんと黒さを増している。

「なら、ありがたく喰わせてもらうよ」

こいつを見て見ぬふりしろというのは、無理な相談というものだろう。

3

適当な店で飯を食った後、俺は桂輔のマンションまでついて行った。

桂輔は現在、会社近くのマンションで一人暮らしをしている。俺が住んでるアパートとは比べものにならない、いかにも高級そうなマンションだ。桂輔いわく「そこまで高くはない」ということだったが。

来るたびに部屋はきちんと片づいていた。塵《ちり》ひとつ落ちていない。「清掃会社の社長の住まいが汚かったら、仕事の信用を失うだろう」というのが桂輔の弁だが、つまるところ本人の生真面目さと几帳《きちょう》面《めん》さが見事に表れた部屋だと思う。

俺がついてきたことに、桂輔は何の不審も抱かなかった。「酒が飲みたい」と言って俺が桂輔のマンションへ行くことは、別段珍しいことでもなかったからだ。

桂輔の部屋には、得意先などからもらってきたというい酒がたくさんある。ところが桂輔自身はあまり酒に強くないし、それほど飲みもしない。なのになんで酒をもらうんだと思わなくもないが、そのぶんたっぷり味わえるので俺としてはありがたかった。

「好きにやっててくれ」

いつものように言って、桂輔は着替えのために寝室へ入っていく。棚に整然と並べられたボトルの中から適当なウイスキーを選び、俺は二人分の水割りをつくった。

リビングのソファにゆったりとくつろぎ、自分のぶんの水割りを先に飲んでいると、やがて桂輔が戻ってきた。薄手のセーターとラフなパンツという格好で、片手に何やら白い容器を持っている。

「よかったら、帰りに持っていってくれ」

桂輔がローテーブルに置いたその容器には、『Ｂｌａｎｃ－Ｂ　エクストラ』の文字が燦然《さんぜん》と輝いていた。特に『エクストラ』の部分が、これでもかというほど強調されている。

「ああ、そういや、来週発売って言ってたっけ」

シラキの主力商品のひとつである洗濯用洗剤、『Ｂｌａｎｃ－Ｂ』シリーズの新作だ。俺はシラキのほうはノータッチだし、洗剤自体に興味もないからよく知らないが、桂輔はこの商品の開発に携わっていた。今日、シラキの商品開発部に顔を出していたのも、そのためだったのだろう。

桂輔はもともと研究や開発のほうの仕事を希望していて、大学の薬学部に通っていた頃には既に、シラキの商品開発部でアルバイトとして働いていた。結局、父親の判断で《白木清掃サービス》の社長の座に就くことになったわけだが、清掃現場の人間という立場から、桂輔は現在もシラキの商品開発に関わっている。

「それにしても、ずいぶん派手なパッケージだな。エクストラがやたら主張してるし、隣でバクは踊ってるし」

自己主張の激しい『エクストラ』の文字の横には、二本足で立って陽気に踊るマレーバクのイラストが描かれていた。このシリーズの容器には今まで、こんなイラストはついていなかったはずだ。

「バクの絵をつけたらどうかというのは、俺が出した案だったんだけどな」

俺が渡した水割りのグラスを片手に、桂輔は一人掛けのソファに腰を下ろす。

「まさか、そんなふうに踊ってくれるとは思わなかった。『今回はエクストラなんですから、これくらい激しく陽気に主張したほうがいいんです』というのが、向こうの担当者の言い分だ」

「『Ｂｌａｎｃ－Ｂ』のＢはバクって意味だったのか、なんて誤解されるんじゃないか」

そもそもＢが何を意味しているのかは、俺も知らない。これについてはしかし、桂輔も知らないという。開発部の担当者に訊いてみたことがあるらしいが、「そこにはあらゆる可能性が秘められているんですよ」などという答えが返ってきたとか。

『Ｂｌａｎｃ－Ｂ』が初めて誕生したのは四十年くらい前のことで、名づけ親は既に退職してしまっているらしいから、今やもう誰も知らないなんてことも、ひょっとするとあり得るのかもしれない。

「バクなら、ＴａｐｉｒでＴになるだろう」

生真面目な顔で答え、桂輔はグラスの中身をまずそうに飲んだ。せっかくの高級ウイスキーだってのに。もっとうまそうに飲んでほしい。

「けど、桂輔もよく働くよな。こっちの社長の仕事だけじゃなく、あっちの商品開発まで。疲れるし、ストレスも溜まるんじゃないか？」

「シラキの商品開発は、俺にとっては半分息抜きのようなものだから。苦にはならず、逆に楽しんでやらせてもらっている」

桂輔にとって苦なのは、むしろ社長業のほうなのかもしれない。そもそも自らの希望とは異なる仕事を、彼はいきなり任されたのだ。その座の重責もあるだろうし、現場経験もなしに白木の人間というだけで社長の座に就いた若造の存在を、いまだ好ましく思っていない者も社員の中には一定数存在する。

そんな中で、桂輔はよく頑張っていると思う。自身の未熟さを充分に理解し、認めた上で、社長にふさわしくなるべく日夜励んでいる。常に会社や社員たちのことを考え、状況や環境をよくするための努力を惜しまない。身内の贔屓目《ひいきめ》を抜きにしても、社員思いのいい社長だと思うのだが、いかんせん生真面目で堅い印象が先行してしまい、「優秀だが、人に対して厳しく冷ややかな人間」と誤解されてしまいがちなのが残念なところだった。

「ストレスが溜まるとすれば、母さんからの電話だな。このところ、やたらと見合いの話を持ちかけてくる。何度も断っているのに、うるさくて仕方がない」

見合いなんて前時代的なものが、白木の本家においては今もなお普通に息をしている。どのみち、俺には関係も興味もない話だ。桂輔の穢れが濃くなった原因が、そこにあるとも思えなかった。「ふうん」と適当な相槌を打って、俺は作業着の胸ポケットから煙草の箱を取り出す。

「そんなにうるさいなら、とっとと自分で相手を見つけちまったらいいんじゃないのか」

「それはそれで、馬の骨がどうのと言ってうるさいに決まっている。どちらにしても、俺はまだ結婚なんどする気はないし、そんな余裕もない。自分のことで手一杯だ」

桂輔は灰皿を持ってきてローテーブルの上に置くと、「お前は？」などと訊いてきた。意味は何となくわかったが、俺は煙草に火をつけながら「何が」とあえて問い返してやる。

「そういう相手をつくろうとは思わないのか？」

「誰に向かって言ってるんだよ。まだ一杯目も飲みきってないのに、もう酔っ払ったのか？」

とはいうものの、二十年以上生きてきて、俺だって恋愛事に完全に無縁だったというわけでもない。近づいてきた女はそれなりにいたし、一時は俺も人並みの愛情や幸せってやつを求めもした。相手に自分の境遇を打ち明けたこともある。その相手は俺を受け入れると言ってくれた。でも、いざベッドで俺の背中を見たら、真っ青な顔をして出ていった。その後、電話で別れを告げられて、泣きながら繰り返し謝られた。あなたのことを嫌いになったわけじゃないと弁解されたが、嫌悪をあらわに気持ち悪いと言い放ってくれたほうがまだマシだった。

それ以来、相手から必要以上の好意を感じ取った場合には、先手を打って背中を見せることにしている。関係が深まる前に拒絶してもらったほうが、こっちの傷も小さくてすむ。

「結婚をして自分の子どもを持つというのは、確かに望めないかもしれない。だが、獏憑きだって、誰かとともに生きていくことは可能だと俺は考えている」

またその話か。確か、ユメのことを話した時にも桂輔はそんなことを言った。獏憑きにも、人として幸せに生きる権利があるとか何とか。頭でっかちな幻想だ。

「獏憑きの立場や境遇というものを、俺は少しでも改善したい。今の白木のやり方は、ただ獏憑きとして生まれてきただけの人間に、あまりにも多くの理不尽を強《し》いるものだ。それは何としても正すべきものだと思っている。父さんに頼んで『飼い主』という立場になったのもそのためだ。だから――」

「もうやめろって」

まだ半分も吸っていない煙草を、俺は灰皿で押し潰すようにして消した。桂輔は、はっとした顔で言葉の続きを呑み込む。

「中途半端な同情はたくさんだ。だったら晃成みたいに、お前は化け物だと罵ってくれたほうが、まだマシだ」

情けをかけられれば、余計に惨めになる。それが桂輔にはわからない。いっそ、今ここで服を脱いで、背中の痣を見せつけてやりたくなった。そうすれば、そんな善意も幻想も一瞬にして消《き》え失《う》せるだろう。

「俺は、そういう話をしにここへ来たわけじゃねえんだよ」

「わかってる。酒を飲みにきたんだよな」

「違う」

ソファから腰を上げた俺を、桂輔は怪訝そうに見上げた。

「喰いにきたんだ」

「食うって……」

「桂輔の悪夢だよ」

桂輔は目を見張った。見る見るその表情に警戒が滲み、広がっていく。

「そんだけ真っ黒になってりゃ、結構な頻度で悪夢に苦しめられてるんじゃないのか？　悪いがもう、無視はできないな」

中途半端な同情心と頭でっかちな幻想を抱えてはいるが、桂輔が俺のことを、獏憑きという『化け物』ではなく、一人の『人間』として考えてくれているのは事実だ。

本人も言った通り、桂輔は自らの意志で俺の『飼い主』となった。本来、獏憑きの飼い主の役目を担うのは、本家の当主かその跡取りだ。けれど桂輔は、父親から《白木清掃サービス》の社長の座を任されることになった際、それを受ける代わりに俺の飼い主になることを望んだのだ。それがなければ、俺の飼い主はゆくゆくは晃成になっていただろう。想像しただけで寒気がする。

だから俺は、自分の死期が近いというのなら、その前に桂輔の苦悩を綺麗さっぱり取り除いてやりたい。それくらいの恩義と情は、俺も桂輔に対して抱いている。

「ほら、桂輔はよく言うだろ。清掃会社の社長の住まいが汚かったら、仕事の信用を失うってさ。それと同じだ。獏憑きの飼い主が悪夢に悩まされてたら、俺も仕事の信用を失う」

「それとこれとは話が違う。一緒にするな」

「一緒なんだよ。ってことで、さっさと寝ろ」

俺は桂輔を寝室に追い立てようとした。しかし桂輔は、ソファから腰を上げようとしない。

「仮に俺が悪夢に苦しめられていたとしても、お前に喰ってもらうつもりはない。今の俺が、お前の目にどんなに黒く見えているかは知らないが、俺は大丈夫だから気にしなくていい」

「大丈夫とかじゃなく、俺の信用に関わるっつってんだよ」

「関わらないだろう。部屋のよごれと違って、人の穢れは目に見えない。たとえ俺が穢れにまみれていたとしても、クライアントの目には見えないはずだ」

「悪夢にうなされてる姿は見えるだろ」

「俺はクライアントの前で寝たりしない」

ああ言えばこう言う。しかし桂輔の言葉は、それ以上は続かなかった。はたと黙り込んだと思うと、うつむいて、ゆるゆると頭を振る。

なかなか効き目が現れてくれないので少し焦ったが、ようやく効いてきたようだ。

素直に夢祓いをさせてくれないのはわかりきっていた。だから桂輔につくった水割りには、一服盛らせてもらったのだ。

緊張などでなかなか眠りにつけない依頼人のため、俺はいつも睡眠薬を持ち歩いている。薬によってもたらされる眠りは深くなり、ターゲットを探るのに時間がかかってしまうため、できれば使いたくないというのが本音だが、相手が眠らないのであればやむを得ない。

「彩人。お前、もしかして……」

桂輔はようやく気づいたようだったが、後の祭りだ。

「おやすみ。いい悪夢を見ろよ」

桂輔は俺を睨みつけてくる。けれどその視線もだんだんぼんやりとして、焦点の定まらないものになっていく。

これは、大きなルール違反だ。

人の夢――意識の中に入るというのは、その人間のもっともプライベートな部分を覗くことを意味する。だから相手の同意なく夢の中に入ることは、本人の生命に関わるような緊急事態を除いて決してしてはならないと、獏憑きは幼い頃からきつく言い含められて育つ。

でも、仕方がない。俺には時間がないのだ。手段なんて選んでいられない。

眠ったことを確かめるため、相手に伸ばした腕が強い力でつかまれた。

「……やめてくれ」

俺の腕をつかみ、眠りに落ちようとする意識を必死で繋ぎ止めて、桂輔は訴えてくる。

「入らないでくれ。頼むから……」

弱々しい声で桂輔は懇願《こんがん》する。一方で俺の腕をつかむ力は強く、爪が皮膚に食い込んでくる。

「頼む、彩人。見ないでくれ……」

「往生際が悪いやつだな。早く寝ろ」

「お前は、見たら……だめなんだ」

頼む、と繰り返し、桂輔は静かになった。俺の腕から、するりと桂輔の手がほどけて落ちる。ようやく完全に寝入ったようだ。

「………」

静かな寝息を立てる桂輔の顔を、俺はじっと見つめる。つかまれた腕がひりひりした。見ると、赤く爪の痕がついていた。

「桂輔。お前は一体、何を隠してんだよ」

あんなふうに必死で薬に抗って、懇願してまで。知られたくないものって何だよ。

お前は見たらだめだ、と桂輔は言った。ということはそれは、誰にも見られたくないもの、ではなくて、俺に見られたくないものなのか。

一体、それは何だ？

暴くのは簡単だった。この状態になればもう、簡単に夢に入れる。桂輔の意識の中を探り、その気になれば隅から隅まで、すべて覗いて確かめることができる。

でも、俺はそうしなかった。踵を返し、桂輔に背を向けた。

眠る桂輔をリビングに残して、そのまま静かに部屋を後にした。

4

翌日以降、桂輔と顔を合わせると、何となく微妙な空気が流れるようになった。

向こうが避けているようだったので、俺もあの一件について口にすることはなかったが、夢に入るのをやめたからといって、あきらめたわけではない。

夢祓いをしなくても、人を悪夢から解放することはできる。

夢というのは当人の意識が反映されたものだから、原因となる悩みが解消できれば、悪夢も自然と消えていく。至ってシンプルな方法で、俺にとってはかえって面倒だったが、桂輔が頑固なので仕方がない。

原因を探るには、それを知っていそうな人間に話を聞くのが一番だ。

というわけで、次の休日を待って俺は白木の本家を訪れた。帰ってきた、と言うべきなのかもしれない。

高校を卒業するまで、俺はこの家で暮らしていた。

お袋が俺を産んですぐに死んでしまったため、本家に引き取られて育てられることになったのだ。俺の母親の黒沢花香は先代当主の長女で、桂輔たちの父親の妹だった。

親父は健在だったが、白木の人間でないものに貘憑きを育てることは難しい。親父のほうも、すんなりと俺を渡したという。生まれたばかりの我が子の背に浮いた禍々しい痣を見て、激しい恐怖と嫌悪と不安に駆られたであろうことは想像に難《かた》くない。

親父は今は、再婚して新たな家庭を築いている。俺はほとんどやりとりがないし、関わるつもりもない。幸せにやってくれているなら何よりだと思う。

白木の本家に引き取られたものの、家族として迎えられたわけではないのは、俺の苗字が「黒沢」のままであることからも明らかだ。

俺の身分は子どもである以前に、あくまで「獏憑き」だった。やっかいだが、捨て置くこともできない微妙な存在。俺にあてがわれた部屋は母屋ではなく離れの一室で、待遇はどちらかといえば使用人に近かったけれど、きちんと飯を食わせてもらい、学校にも通わせてもらえたので、それなりの感謝はするべきなのだろう。

それでもやっぱり、お世辞にも居心地がいいとは言えなかったので、高校を卒業して《白木清掃サービス》で働くようになったのを機に、本家を出て一人暮らしを始めた。白木の家を出ることについて、特に反対はされなかった。働くのがシラキの子会社である以上は、その手綱が外れるわけでもない。

俺にとって、本家がどんな場所かと問われたら、ひと言で答えるのは難しい。

居心地が悪いから出たものの、それでも戻ってくれば、ある程度の懐かしさは覚える。

中府《なかふ》市にある白木の本家は、広い敷地を有する純和風の平屋建てだった。門構えからしていかにも立派であるため、シラキの社長宅と知らなくても「さぞかし格式の高い家に違いない」と思わせられる。

格式が高いかどうかは知らないが、古い家であるのは確かだ。

玄関の引き戸を前に、何気なく見上げた空は夕日の色に染まろうとしていた。

「お久しぶりです、彩人さん」

中に入ると、執事の安永が出迎えてくれた。

安永は分家筋の人間で、若くしてこの家に入り、先代の頃からもう四十年以上この家で働いている。正確な年齢は知らないが、たぶん七十近くにはなるはずだ。

「こちらへ帰ってくるのは、お正月以来ですね」

「ってことは、半年以上経ってるのか」

来ようと思えばいつでも来られる距離なのだが、来ようと思うことがそうそうないので、今年はお盆にも帰らなかった。

「少し、顔色がよくないように見受けられますが」

「そう？」と俺は頰をさすりながら、

「ここんとこ、表の仕事でこき使われることが多くてさ。ゴミ屋敷の片づけを一日がかりでやらされたり」

安永は丸縁眼鏡のレンズ越しに、しばし探るように俺を見つめてから、「そうですか」と応えた。

鋭い彼の目をごまかすことは容易ではない。まず間違いなく何かを察したはずだが、安永は何も言わなかった。周囲のことをよく観察し、把握しながらも、余計なことは決して口にしない。優秀で有能な執事として、安永は本家で重宝されている。

彼はこの屋敷の離れで寝起きしているため、ここで生活していた頃の俺は、白木夫妻ではなく、彼に面倒を見てもらっていた。言うなれば安永は、俺の育ての親だ。

とはいえ、安永と俺との間に家族の情めいたものが流れることはなかった。しかし俺の背中の痣を日常的に目にしながら嫌悪を一切表に出さず、当たり前のように世話してくれた安永はすごいと思うし、彼に対しては俺も素直に感謝している。

俺の世話ができた背景には、獏憑きの肉親を持っていたということも、もしかすると関係しているのかもしれない。俺の前の獏憑きは、彼の実姉だったという。本人があまり話したがらないので、どんな人物だったのかは俺もよく知らないのだけど。

この屋敷には現在、白木夫妻と長男の晃成、それから安永の四人が住んでいる。俺や桂輔がいた頃には通いの家政婦の姿もあったが、今は安永一人で手が足りているようだ。

日中は大抵、安永しかいない。白木の親父さんと晃成は仕事があるし、お袋さんのほうも、習い事やら友人との付き合いやらで外に出ていることが多い。従ってこの屋敷の実質的な主は、安永と言っても過言ではなかった。

「今日は、晃成様とお約束があると伺っておりますが」

「ああ。ちょっと聞きたいことがあって。そしたら、ここへ来いって言われてさ」

桂輔が抱える穢れの原因を知っていそうな人間として、咄嗟に浮かんだ顔が晃成だった。彼らはあまり仲がいいとはいえない兄弟だったが、意外に晃成は弟のことをよく把握している。もっとも、晃成がよく把握しているのは、弟に限ったことではないのだろうが。

晃成と会って話すなんて考えただけでげんなりしたが、背に腹は代えられない。

俺が自分から晃成と話をしようとするなんて、普段ならまずあり得ないことだ。安永も不審に思ったはずだが、優秀な執事はもちろん余計な詮索《せんさく》などしてこなかった。

「つい先ほど、晃成様から連絡がありました。会議が終わったので、こちらへ向かうとのことでした。ですので、到着までもう少し時間がかかるかと思います」

「そう。じゃ、離れのほうで待ってるよ」

勝手に行こうとすると、安永がわざわざ先導してくれた。かつて住んでいた場所だというのに。淡々とした足取りで廊下を行く彼の後ろ姿が、何を考えているのか。少なくない時をともに過ごした相手であっても、いまだに読むことは難しい。

「桂輔がさ」と、その背中に俺は言葉を投げてみる。

「真っ黒になってまで、俺に何かを隠そうとしてるんだけど。あいつが何を隠してるのか、安永は知らない？」

執事として、安永はそれこそこの家のことも、家族のことも、正確かつ完璧に把握しているはずだった。

「彩人さんは桂輔様の夢祓いを試みて、けれど当の桂輔様に拒否された。そんなところでしょうか」

う、と俺は言葉に詰まる。さすがは安永。すべてお見通しだ。

「仮に知っていたとして、私がそれを話すわけにはまいりません。桂輔様が隠しているというならなおさらです」

「そりゃ、そうだよな」

すべて把握していたとしても、安永がそれを口にするはずがない。わかりきっていたことだ。彼が教えてくれるなら、わざわざ晃成なんかに話を聞く必要などないのだから。

「彩人さん」

廊下の途中で足を止め、安永がこちらを振り返る。口頃からあまり表情の変わらない彼の顔だが、少し目を細めるふうにした時は、次にほぼ間違いなく小言がやってくる。

「今更こんなことを言わずとも、昔から繰り返し教えられていることなので、重々承知だと思いますが。本人の許可なく夢に入ることは、緊急事態を除いて決してしてはならないことです。そしてこの場合の緊急事態とは、夢に入る側ではなく、入られる側のことを指します」

「……わかって、ます」

反射的に意識が幼い頃に戻ってしまう。子どもの頃、俺はよく離れの座敷《ざしき》に正座させられ、落ち着いた口調でもって理路整然となされる安永の説教を聞かされていた。

「彩人さんには彩人さんの思いがあるように、桂輔様には桂輔様の思いがある。夢祓いをおこなう場合、優先すべきは後者です。これは、決して違《たが》えてはならない決まりです。思いの強さや重さは、そこには一切関係ありません」

やはり、安永はわかっている。俺の状況を正しく理解した上で、それでも桂輔の夢に強引に入ってはならないと諭《さと》している。

「……わかったよ」

「では、私からも以上です」

身体の向きを戻し、改めて離れに向かおうとする安永を、「待った」と俺は止める。

「俺、中庭へ寄ってくからさ。安永は、自分の仕事に戻ってくれていいよ」

「そうですね。久しぶりですから、花香様と積もる話もあるでしょう」

どうぞごゆっくり、と告げた彼の口調もまた淡々としていたが、その中にはほんの少し、気遣うような優しい響きが感じられた気がした。

5

母屋と離れの間にある中庭には、大きな桜の古木が一本、立っている。

毎年、春になると淡いピンクの花が枝を覆い隠すほどに咲いていて、その花吹雪は中庭のみならず、敷地のあちらこちらを淡いピンクに染める。

俺のお袋は、この桜が大のお気に入りだったそうだ。子どもの頃、母屋のどこにも姿が見えないので安永が捜し回ると、木の上にいるということもしょっちゅうだったらしい。

自分が死んだらこの木の根元に骨を埋《う》めてほしいと、お袋は生前によく言っていたという。

実際に死んだ時にはお袋は黒沢の家に嫁《とつ》いでいたため、遺骨は当然の流れとして黒沢家の墓に入れられることになった。そうでなくとも庭に骨を埋めるというのは何かと問題があるようなので、もとより無茶な希望ではあったのだろう。

それでも俺は黒沢の墓よりも、この木のほうにお袋の存在をより強く感じる。

お袋は、俺を腕に抱くこともかなわずにこの世を去った。帝王切開による出産の最中に容態が急変し、俺は無事に生まれたものの、お袋のほうは命を落とすこととなったのだ。

貘憑きを産んだせいだろうと、一族の間では囁かれている。貘の穢れにあてられたのだと。それが本当なら、俺がお袋を殺したことになる。

当然のことながら、俺の中にはお袋の記憶はない。本家に残る写真と、安永たちから聞いた話によって想像する姿がすべてだ。

自分の子が貘憑きとして生まれてきたことを、お袋は知ったのだろうか。それとも、知らないまま逝ったのだろうか。

この木から感じられるお袋の存在は、少なくとも俺を拒絶することはない。

木の根元に腰を下ろし、太い幹に背をもたれて目を閉じると、心が穏やかになっていく気がする。

昔から、つらいことや嫌なことがあると、俺はよくこの木に自分の存在を預けていた。

お袋の木は、いつでも優しく俺を受け入れてくれた。

「俺も、死んだらこの根元に埋めてほしいもんだけど」

骨と言わずに、何なら死体ごと。この木の養分になれたらいいと思う。

「ま、無理だよな」

はらりと一枚、赤茶色に染まった葉が目の前に落ちてきた。すっかり秋の装いとなった桜の葉は、冬の気配を帯びる風に撫でられ、枝からはらはらと落ち始めている。

よりにもよって、寂しい時季に来たもんだ。

「春に一度、来ておくんだったな。今年はお袋の花を見損《みそこ》なっちまった」

もう花は見られないかもしれない。もしかするとここへ来るのも、今日が最後になるかもしれない。

そんなことを考えると、さすがにもの悲しいような気持ちになった。

俺にとってこの屋敷は、楽しいことよりも、嫌だったりつらかったり、腹が立つことのほうが多かった。

それでも、俺にとって実家と呼べる場所はやはり、ここしかない。

目を閉じると、少なくない思い出の数々がまぶたの裏に浮かんでくる。その中に一番多く現れる姿はやっぱり安永で、続いて晃成。桂輔とやりとりをした記憶というのは、本家を背景としたものの中では、極めて少なかった。

同じ敷地内で、決して短くはない年月を過ごしてはいたが、母屋のほうで生活する桂輔が離れに来ることはまずなかったし、俺も用事がない限りは母屋へ行くことを禁じられていたので、まったく顔を合わせない日も珍しくはなかった。

同い年で、誕生日も一日違い。だから互いの存在を何となく意識していたところはあったが、俺たちの立場は明確に異なっていた。当然のことながら、通う学校だって違った。桂輔たち兄弟は私立で、俺は公立。そのため、本家の外で一緒に遊ぶこともなかった。

ただ――先代当主だった祖父が、一度だけ俺と桂輔を一緒に夕林動物公園へ連れていってくれたことがある。あれはまだ、俺が桂輔の周りに穢れを見るようになる前。小学校の低学年の頃だった。

俺たちが成人する前に病《やまい》でこの世を去った祖父は、俺に対してわりと好意的だった。たまに離れにやってきて、菓子やおもちゃをくれたり、気遣うような言葉をかけてくれたり。それでも桂輔と一緒にどこかへ連れていってもらったのは、あれが最初で最後だ。

初めてバクという動物を見た時の衝撃と感動は、よく覚えている。

あれはマレーバクというもので、俺の貘とは別物なのだと祖父に説明されたが、俺はその動物をすっかり気に入った。だから、帰りに土産を買ってもらえることになった時、迷わずマレーバクのぬいぐるみを選んだ。桂輔は確か、動物の図鑑を選んでいたと思う。

でも、ぬいぐるみは結局、晃成に奪われた。

子どもの頃、晃成はよくそうやって俺からものを奪った。自分がほしいのではなく、俺が気に入っているものや大切にしているものを俺から取り上げてやりたいという理由で。

横暴以外の何ものでもなかったが、奪われたものを取り返すすべは、当時の俺にはなかった。五つ年上の晃成には力では到底かなわなかったし、そもそも本家の大切な跡継ぎに刃向かうことは、俺の立場として許されなかった。

だから、本家の思い出の中に晃成の姿が多いのは、いい意味のものでは決してない。

俺が赤ん坊の頃に、あいつは俺の背中の痣を見たことがあるらしい。ならば俺を嫌悪するのは当然だと、頭では理解していても、感情をそこに従わせるのはなかなか難しかった。

「彩人」

その晃成の声が、現実に聞こえた。目を開くと、近づいてくる彼の姿が映った。

「相変わらずこの場所が好きなんだな。言っておくけど、ここでは死なないでくれよ」

柔和な好青年の佇まいで、どこまでも爽やかな笑顔を見せながら、晃成はそんなことを言い放つ。

「死なねえよ」

「先代の獏憑きは、とても忠実で模範的だったみたいだけどね。その前はひどいものだったらしい。三人もの人間を道連れにした。もし彩人がそんな失敗をしたら、桂輔は飼い主として一生その責任を負うことになるだろうね。あいつは生真面目で責任感が強いから、たとえ周りが責めなかったとしても、自分で勝手に自分を責めるんだ」

「んなことはよくわかってる」

獏憑きが死を迎える時、その身に憑いた獏は最後のあがきとして、周囲にいる人間を自らの死に引き込むと言われている。

実際にどんなことが起こるのかはわからない。何しろ、獏憑きの死に立ち会った人間は確実に全員、命を落とすことになるからだ。外傷はなく、心不全という形でもって。

だから獏憑きは、自らの死の際に他の人間を巻き込まないよう、充分な注意を求められる。もし誰かを巻き添えにしてしまえば『失敗した獏憑き』として、一族の間で後世まで悪《あ》し様に語られることになるのだ。

まったくもって腹立たしい。死んだ後のことまで知ったこっちゃないと言いたいし、たとえば晃成を道連れにしてやったらどうなるかと、考えたことがないわけでもなかったが、といって実行するつもりもなかった。そんなことをしたら、俺は自分で自分の存在をどん底まで貶《おとし》めることになる。何よりも晃成が言う通り、桂輔が必要以上の責任を背負い込むであろうことは、俺にだって充分すぎるほど予想がつく。

「食事だよ。僕のお気に入りの店に連れていってやる。ああ、もちろん僕のおごりだから、心配しなくていい」

「何が」

腕時計に目を落とし、晃成が言った。「少し早いけど、まあいいか」

「もうすぐ五時か」

「……何のつもりだ？」

「桂輔のことで、僕に訊きたいことがあるんだろう？　せっかくだから、食事をしながら話を聞いてやろうというんじゃないか」

晃成が俺を食事に誘うなんて、まずもってあり得ないことだ。「貘憑きと一緒に食卓を囲むなんて、せっかくの食事がまずくなる」などと言ってはばからないやつなのだから。

「別に、そうおかしなことでもないだろう？　近々別れることになる黒沢彩人という人間と、一度くらい食事をしてみてもいいかと思うのはさ」

人間。晃成が俺を人間と認めることも、普段ならまずあり得ない。そういう「普段ならあり得ない」積み重ねによって、晃成は俺の死期を、俺自身に再認識させているのかもしれなかった。

「でも、その格好はちょっと問題があるな」

俺の姿を上から下まで眺め、晃成は眉《まゆ》をひそめてみせる。

「ドレスコードがある店ではないけど、作業着というのはさすがにあんまりだ。彩人は今日、仕事は休みだったんじゃないのか？　どうして休みの日にまで作業着を着てるんだよ」

「休みも何も関係ない。俺はいつもこれだ。私服だの何だのって、区別するのはめんどくせえし」

はああ、と晃成は大げさなため息をつき、

「仕方ない。僕の服を貸してやるよ。体型はそう違わないし、たぶんサイズは大丈夫だろう」

6

晃成が運転する車で、連れていかれたのは市内にある鳥料理専門の店だった。といっても居酒屋なんかではなく、門構えからしていかにも高そうな料亭だ。なるほど、こいつは作業着だとちょっと無理かもしれない。

お気に入りの店というだけあって晃成は既になじみの客となっているらしく、女将《おかみ》は親しげに晃成を出迎え、いかにも特別席といったふうな奥の離れの座敷へ俺たちを案内した。

「ここの料理はどれもうまいけど、コースの最後に出てくる親子丼《どん》が格別なんだ。釜飯《かまめし》も選べるけど、彩人も親子丼でいいよな？」

「何でもいい」

答えながら、俺はネクタイをいじる。晃成に半ば強制的に着替えさせられた服が窮屈で仕方なかった。ダークグレーのスーツに、ネクタイまできっちりと締めさせられて。サイズは問題ないが、慣れない服装はとにかく窮屈だ。

「気になるなら、ネクタイは外してもいいよ。そこまで堅苦しい店でもないしね」

だったら初めから着けさせることねえだろと思いつつ、ネクタイを外してジャケットのポケットに突っ込む。そんな俺の思考を読んだように、ふっと晃成は淡く微笑んだ。

「彩人もそうやってちゃんとした格好をすれば、少しは人間らしく見えるじゃないか。そのスーツは彩人にやるよ。獏憑きが着た服なんて、どのみち僕ももう着るつもりはないし」

「ああ、そうかよ」

いちいち腹が立つやつだ。この晃成に限って、好意で俺に何かをするなんてことは、まずもってあるはずがないのだ。

それでも、運ばれてきた料理は確かにうまかった。出てくる器も盛られた料理もいちいち気取っていて、たまに何を食べてるのかよくわからなかったけれど。何しろ焼き鳥までが、綺麗な皿に実にお上品に並んで出てくる。そんな俺の反応を見て、晃成はくすくす笑った。

「それで、僕に訊きたいことというのは何だい？」

竹串《たけぐし》に刺さったつくねを頬張りながら、これをパンに挟んだらうまいだろうなあ、なんて考えていた俺は、慌てて思考を切り替える。

俺は晃成に、素直に事情を話した。中途半端に隠したところで意味はない。晃成は上品な手つきで料理を口に運んでいたが、話を聞き終えると「ああ」と頷いた。

「確かに、桂輔は子どもの頃からよく悪夢を見るようだった。寝室が隣だったし、あの家はとにかく古いから、あいつがあんまりひどくうなされてると僕の部屋まで聞こえてくるんだよ。だから、彩人に喰ってもらえと僕は言ったんだけどね。彩人には知られたくないからって。秘密にしておいてほしいと頼まれた」

「やっぱりそうか。桂輔が悪夢を見る原因を、晃成は知ってるか？」

さあ、と晃成は肩をすくめて、

「僕は彩人みたいに人の夢を覗くことはできないからね。そもそも桂輔がどんな悪夢を見ているのかも知らないよ。桂輔も、そこまで話してはくれなかったし」

意を決して晃成に会ってみたが、無駄だったか。早くもあきらめかけた俺の耳に「でも」と相手の言葉が続く。

「桂輔がそうやって悪夢にうなされるようになったのは、十歳くらいの頃からだ。加えて彩人に知られたくないとなれば、ひとつ思い当たることはある」

「何だ？」と身を乗り出した俺に、ふっとまた晃成が薄く笑う。

ああ、そうか。こいつがそんなことを素直に話してくれるわけがない。代わりに何を要求されるのかと俺は内心身構えたが、

「ずいぶん前に、何の拍子だったのかは知らないけど、母さんが桂輔に話したんだよな。そう、ちょうどあいつが十歳くらいの時だった。桂輔は、かなりショックを受けていたっけね」

意外にも晃成は、すんなりと話してくれる素振りを見せた。十歳くらいの頃なら、俺が桂輔の周りに穢れを見るようになった時期と一致する。

「どんな話だったんだ？」

「大したことじゃない。桂輔と彩人が生まれる際のエピソードだよ」

「俺たちが？」

「彩人の誕生日は、四月二十七日。そして桂輔は、一日遅い四月二十八日だろう？」

わかりきったことを確認され、俺は「ああ」と頷いて鶏肉《とりにく》の団子を口に放り込む。

「本当は、そうじゃなかったんだよ」

続いてそのわかりきったことを否定され、俺はごくんと妙な具合に団子を呑み込んだ。

「そうじゃなかったって？」

「彩人の母親、花香叔母の出産予定日は、五月二日だったんだ」

「え……？」

「もちろん、予定日というのはあくまで『予定』だから、必ずその日に生まれるというわけじゃない。でも、もしもその通りに生まれてしまったら、本家の人間たちは非常に困ったわけさ。なぜって僕の弟は、四月三十日に生まれる予定だったから」

「……桂輔のほうが、早かった？」

「そう。そして先代の貘憑きだった白木彬子は、半年ほど前にこの世を去っていた。彩人も知っての通り、貘憑きが死ぬと、貘は一族の中で次に生まれてくる赤ん坊に憑く。つまりこの時、貘は新たな赤ん坊の誕生を待っている状態だった」

黒くどろりとしたものが、俺の中で渦を巻き始める。続きを聞くのをやめたくなったが、構わず晃成は話を続けた。唇の端に、優しげな微笑を浮かべながら。

「だから叔母には、うちの母よりも先に子どもを産んでもらうことになったんだ。四月二十七日に、帝王切開で赤ん坊を取り出した。その赤ん坊は、見事に貘憑きだった。翌日に母さんも予定日より早く桂輔を産むんだから、まったく危なかったよ」

「それは、つまり――」水を飲もうと、グラスを握った手に自然と力がこもる。

「予定通りの順番だったら、貘憑きとして生まれてくるのは桂輔だったということさ」

口元に笑みを湛《たた》えたまま、晃成はあっさり言い放った。何を要求することもなく、すんなりと話してくれるのは珍しいと思ったが、こういう内容だったからか。

「別に、大した話じゃないだろう？　本家に貘憑きを生まれさせないための当然の処置だ。なのに、桂輔はショックを受けていた。自分が彩人に貘憑きの役割を押しつけたと考えてね。それだけじゃなく、花香叔母が死んだのまで自分のせいだと考えているらしいから、あいつは自分を責めたくて仕方ないんだな」

「…………」

俺の手はグラスを握ったまま、それを飲むこともできない。今、不用意に手を動かしたら、何かが音を立てて崩れてしまいそうな気がした。

「ついでに教えてやると、花香叔母の腹から赤ん坊を取り出せと命じたのは、祖父だったらしい」

俺に菓子やおもちゃをくれたり、桂輔と一緒に動物園に連れていってくれた、あの祖父が――

「でもさすがに祖父も、実の娘を犠牲にして平気でいられる人間ではなかったみたいだね。まあ、花香叔母が死ぬとまでは予想していなかったようだから、当然かな。だから祖父は、彩人に対して罪滅ぼしをしていただろう？」

祖父が親切だったのは、孫である俺に多少なりとも愛情を抱いてくれていたからではなく、かつての自分の行為の罪滅ぼしにすぎなかったのか。

桂輔が俺を気遣い、獏憑きの境遇を少しでも改善しようと考えてくれるのも、同じ。俺はあいつの中途半端な同情を拒絶したが、実際のところそれは、同情心でさえなかったのだ。

罪悪感。罪滅ぼし。

俺はゆっくりと、水のグラスから手を離した。

そこで座敷の戸が開いて、店員が新たな料理を運んでくる。

「ああ、お待ちかねの親子丼だ」

晃成が嬉しそうに声を上げ、店員と親しげに会話を交わし始める。

目の前に置かれる親子丼。とろりとした半熟の黄身に、出汁《だし》の匂いがふわりと香る。

「冷めないうちに食えよ。本当にうまいからさ」

黄色いはずの玉子が、なぜかうっすらと黒みがかって見えた。顔を上げて、気づく。

俺たちがいる座敷にはいつの間にか、煙草の煙のように黒いもやが充満していた。

「どうかしたかい？」

尋ねてくる晃成の、開いた口から新たなもやが流れ出してくる。

こうしてさっきからずっと、晃成は俺に対する呪詛を言葉とともに吐き散らしていたのだろう。気づかなかったのは、俺がそれを見ることを無意識に拒否していたせいかもしれない。

胸にしめつけられるような痛みを感じた。ここにいたくない。今すぐこの座敷を飛び出して、外の新鮮な空気を吸いたい。だが、俺は腰を上げることなく、胸の痛みをこらえて器に添えられた匙《さじ》を手に取った。

この男に負けたくない。晃成はすべて計算している。どんな行動、どんな言葉で、俺がどの程度のダメージを受けるのか。頭の中で緻密《ちみつ》に計算をして、俺の寿命を弾《はじ》き出《だ》した上で、コントロールしようとしている。

たとえ晃成の計算通りだったとしても、それを教えてやるのは癪だった。だから、俺は努めて平然と親子丼を口にする。晃成が吐き出す呪詛の穢れごと、咀嚼して飲み込んでやる。

「うまいだろう？」

「ああ、うまい」

答えると、晃成は満足そうに微笑んだ。実際には、味なんてほとんどわからなかった。

「そういえば、彩人にはまだ言ってなかったけど。僕は来年、梨紗《りさ》と籍を入れる予定なんだ」

梨紗というのは、晃成の婚約者だ。俺は会ったことがないが、一族がセッティングした見合いで知り合い、順調に交際を続けているようだと、前に桂輔から聞いたことがある。

「だから僕も、色々と考えなきゃいけなくてね」

色々というのはたとえば、いかにして自分たちの子どもを次の獏憑きにしないようにするか、とかいうことだろうか。

「桂輔にも、母さんが見合いの話を持ちかけてるらしいけど。まだその気はないと言って、本人は断っているみたいだ」

「ああ。最近、母親がうるさくて仕方がないって、桂輔も言ってた」

「あいつの場合は、早めに身を固めたほうがいい気がするんだけどね。桂輔は僕と違って真面目だけど、免疫がないぶんほっとくと妙な女に引っかかりそうだ」

まあ、それは確かにそうかもしれない。堅物そうに見えて、情にほだされやすいところが、桂輔にはある。晃成とは正反対だ。

「ところで、桂輔といえば」

米粒ひとつ残さず綺麗に食べた丼《どんぶり》の器を脇に寄せ、晃成は改めて俺に向き直る。

「さっきの話を聞いて、彩人は余計に桂輔の悪夢を喰いたくなったんじゃないか？」

匙を動かしていた俺の手が止まる。淡い茶色をした晃成の瞳が、からかうような笑みを含んで、まっすぐに俺を映していた。

だから俺は、こいつが大嫌いなんだ。

「……俺は、桂輔の代わりに獏憑きの役割を押しつけられたってことなんだろ。それで、どうして桂輔の悪夢を喰いたくなると思うんだよ。そのことで桂輔が自分を責めてるっていうなら、助ける義理は俺にはねえだろ」

「義理はないね。でも、彩人はそうしたいと考えるんじゃないかな」

「なんで」

「さあ。僕もその辺りはよくわからない。飼い犬の忠誠心というやつは不思議だと、常々思ってるよ。たぶんそいつは、理屈じゃないんだろうな」

晃成は懐に手を入れると、革のキーケースを取り出した。リングでまとめられた二本の鍵をケースから外し、テーブルの上に置く。

「ついでに、こいつもつけておこうかな」

一旦は懐にしまいかけたケースから、もう一本別の鍵を外して、晃成はリングにとりつける。

「何これ？」尋ねながら俺は、丼の最後のひと口をどうにか飲み込んだ。

「桂輔のマンションの鍵だよ。ひとつはエントランス、もうひとつは部屋の玄関の」

「もう一本は？」

「そいつはオマケ。杉原村《すぎはらむら》にある別荘の鍵だよ。神門山《かのとやま》の麓《ふもと》に建っている小さな家でね、祖父のお気に入りの隠れ家だったんだ。祖父が死んでからは僕がたまに息抜きに行くくらいで、家族は皆、存在も忘れてるんじゃないかな。何もないけど、静かでいいところなんだよ。人に会いたくない時なんかはとてもいい」

ああもう。本当にムカつく。こいつは、俺の望みをすべてわかっている。

「どれも彩人の役に立つと思うんだけど。どうかな？」

にっこりと晃成は微笑んだ。いかにも好青年といった爽やかで人好きのする笑顔だが、そこから発せられる黒々とした呪詛が俺には見える。

「……俺に貸してくれるってことか？」

「彩人次第だね。僕の頼みを聞いてくれるなら、貸してやるよ」

まあ、そんなことだろうとは思った。「頼みってのは？」

「ひとつ、仕事を引き受けてほしい」

晃成が俺にさせようとする仕事といえば、夢祓いをおいてほかにない。

「わざわざそんなふうに頼んでくるってことは、相当えげつない悪夢か」

「どうだろう。でも、彩人にとってはそうかもしれないな」

晃成が持ってくる仕事は、いつだって胸焼けしそうなものばかりだ。しかし、続く相手の言葉には、さすがに俺も驚かされた。

「食べてもらいたいのは、僕の悪夢だよ」

「は？」思わず間の抜けた声を上げ、まじまじと相手を見てしまう。

「このところ僕も、ちょっとばかり嫌な夢を見るようになってね。今はストレス社会とかいうし、皆がやたらと穢れを撒《ま》き散《ち》らしているんだろうな。人と会うことが多いと、どうしたって被害を受ける。シラキの跡継ぎってだけで僕は、妬《ねた》みや嫉《そね》みを買いやすい立場だしね」

晃成を見る限り、彼自身にまとわりつく穢れは、そんなに深刻なものではなさそうだ。悪夢というのも、そうひどいものではないと思う。

ただ問題は、晃成が俺に向かって放っている穢れのほうだった。

晃成の夢に入るというのは、その中に自ら突っ込んでいくことを意味する。自分に対する剝《む》き出しの悪意に身を晒すことになるわけだ。その毒性の強さはたぶん、えげつない悪夢を喰うことの比ではない。

耐えられるだろうか。今の、この俺に。

「無理にとは言わないけどね。彩人もあまり体調がよくなさそうだし」

上っ面《つら》だけで俺を気遣ってみせる晃成は、当然、すべてを承知で言っているのだ。

ならば、受けて立ってやる。「助かるよ」と応えた晃成はきっと、内心では馬鹿なやつだとせせら笑っているのだろう。

「何だかんだ、彩人は夢を喰うのが好きだよな」

何でもお見通しの晃成が、ひとつだけ理解できていないことがある。

なぜ貘憑きが、自分の命を縮める行為とわかっていて夢祓いをするのか——本家との契約があるから？　確かに、それもある。でも、それだけじゃない。

夢祓いをしなかったら、俺たちはただ貘に人生を喰われているだけになるからだ。

貘に憑かれて生まれてきた時点で、俺たちは人として当たり前の人生をあきらめるしかない。だったら、せいぜい貘を利用してやる。夢祓いという行為でもって、証明するのだ。俺たちは貘に喰われているのではなく、貘を利用して喰わせてやっているのだと。

これは、貘憑きとして生まれた人間の意地だ。俺たちにとって精いっぱいの、前向きな生き方だ。

「じゃあ、改めて連絡するよ」

そう言って、晃成は腰を上げた。テーブルに三本の鍵を残して。

「え？」

てっきりこれから本家へ戻り、晃成の夢祓いをさせられるものと思っていた俺は拍子抜《ひょうしぬ》けする。

「僕はこれからまた、会社へ戻らなきゃならないんだ。その鍵は前払いとして、彩人に預けておくよ」

俺が報酬だけもらって逃げる真似をしないことも、晃成にはよくわかっているのだろう。

どこまでも悔しくて腹立たしいが、晃成の理解や計算にはほぼ狂いがない。その能力は仕事でも存分に発揮されているらしく、「晃成がいればシラキの未来は安泰」などと、周囲では囁かれている。

晃成のことは大嫌いだが、それでもシラキの跡取りとしてふさわしいのはやはり、桂輔ではなく晃成のほうだろうと俺も思う。

桂輔だって、経営者としての能力がないわけではない。まだ経験が浅い部分はありつつも、《白木清掃サービス》の社長を立派に務めている。

けれど、桂輔が決して持ち得ない重要なものを、晃成は持ち合わせていた。

不要なものや、使えなくなりそうなものを、容赦なく切り捨てることができる非情さだ。

7

その日の深夜。俺は晃成から渡された三本の鍵のうちの二つを、さっそく使うことにした。

できることは早いうちにやっておくべきだろう。晃成の仕事をこなしたら、俺の身体はどうなるかわからない。せっかく鍵をもらっても、使うことができないんじゃ丸損だ。

午前一時を過ぎても、桂輔が住むマンションの明かりはまだぽつぽつとついていた。数時間前に適当な理由をつけて電話をしていたので、桂輔が部屋にいることはわかっている。あとは、寝ていてくれることを願うしかない。

一本目の鍵を使ってオートロックのエントランスを抜け、二本目の鍵で桂輔の部屋の玄関を開ける。

そっと中を窺うと、広々としたリビングダイニングの明かりは消えていた。物音はせず、人の気配も感じられない。どうやら桂輔は、既に寝室に入っているようだ。

暗い室内には、電化製品の唸りだけがかすかに響いていた。足音を忍ばせ、まるで泥棒みたいだと苦笑しながら、寝室へ向かう。

桂輔の部屋は何度も訪れているが、大抵は酒を飲みに来るだけなので、寝室に入るのは初めてだ。音を立てないよう注意してドアを開けると、中は真っ暗だった。

どうやら桂輔は、明かりをすべて消して眠るタチらしい。幸い、人とは異なる俺の目は、暗闇でもそう不自由なくものを見ることができる。

ベッドの上で、桂輔はきちんと布団をかけて静かに眠っていた。ふと、その枕元《まくらもと》に意外なものを見つけ、俺の目は思わず釘付《くぎづ》けになる。

白黒の、マレーバクのぬいぐるみだった。

つい先日、同じぬいぐるみを俺は夕林動物公園で買い、笑原ユメに土産として渡した。手に取って確認してみると、そのぬいぐるみはずいぶんと年季が入っていて、左の前足の部分には縫い合わされたような跡があった。

「これは……」

俺のバクだ。その昔、祖父に買ってもらい、結局は晃成に奪われてしまった、俺のマレーバクのぬいぐるみ。左前足の縫い目は、俺が引っかけて破いてしまい、安永に縫ってもらった際のものに違いなかった。

どうしてそれが桂輔のもとにあるのだろう。理由はわからないが、桂輔がこのぬいぐるみを大切に持ち続けていたらしいことは確かだ。

懐かしい存在が、懐かしい記憶を俺の頭に呼び起こす。

一緒に動物園へ行った時、繋いだ手のぬくもりを思い出した。俺がうろちょろと動き回るので、迷子になることを危惧《きぐ》した桂輔が、俺の手をずっと握っていたのだ。おかげで二人そろって祖父とはぐれ、危うく迷子になりかけた。桂輔は今にも泣き出しそうな顔をしながら、俺に散々文句を言って。それでも、繋いだ手は決して離そうとしなかった。

眠っている桂輔の顔は、あの頃と変わらないように見える。と、俺が見ている前で、その表情が苦悶《くもん》に歪んだ。薄く開いた唇から、苦しげなうめき声が漏れ出す。

どうやら、さっそく悪夢を見始めたらしい。

「好都合だな」

ちょうど悪夢を見てくれているなら、こっちとしてもターゲットを見つけやすい。

「待ってろよ。お前の悪夢のもとは、俺がしっかり喰ってやるから」

これはもはや、ただのルール違反ではない。無断で夢の中に入るだけでなく、住居にまで勝手に侵入したのだから。最低最悪のルール違反だ。安永が知ったら、怒られるどころではすまないだろう。

それでも桂輔の悪夢の原因を知った今、俺にはもう迷いもためらいも一切ない。

俺は目を閉じて、自分の意識の波長を眠っている桂輔に重ね合わせる。

背中の痣が熱を帯び、ちりちりと痛痒《いたがゆ》いような疼《うず》きを伝えてくる。

間もなくして、やわらかなうねりに吸い込まれていくように、俺の意識は桂輔の意識の中へと入っていった。

8

桂輔がちょうど悪夢を見てくれていたため、ターゲットを探して意識の宇宙をさすらう必要もなく、俺は直接、本丸に降り立つことができた。

薄暗い座敷だった。どこかで見たような場所だと思ってから、すぐに白木の本家の離れだと気づく。

とはいえ、現実の離れとまるきり同じというわけではない。実際よりもだいぶ陰気だったし、何より、俺の目の前には木製の格子があった。

こいつは座敷牢《ざしきろう》だ。さすがにこんなものは、あの屋敷にはない。

格子の向こうは薄暗かったが、俺の目には人影があるのがはっきりとわかった。十歳前後と思しき子どもが、こちらに背を向けて座っている。

下は半ズボンを穿《は》いていたが、上半身は裸で、華奢な背中の一面にはどす黒くて禍々しい、獣の形をした痣が浮いていた。

「……俺かよ」

さっそく嫌なものに出くわした。まあ、桂輔の悪夢の原因を考えれば、充分予想できたことではあるが。

そこで俺は、非常に不可解で重要な事実に気づく。

「どうして痣が……」

子どもの背に浮いた貘の痣は、極めて現実に忠実なものだった。つまり、俺の背に実際にあるものと、ほぼ同じ。

でも、そんなことはあり得ないのだ。なぜなら桂輔は、俺の背中の痣を見たことがないはずなのだから。

いくら夢といっても、見たことがないものを正確に再現することは不可能だ。これは一体、どういうことなのか――

俺の思考はしかし、そこで中断を余儀なくされる。忌々しい背中を向ける子どもの俺は、何かを口に運んでいるようだった。くちゃくちゃと、あまり心地いいとはいえない咀嚼音が聞こえてくる。

「おい、何食ってんだよ」

格子に前足をかけ、俺は声をかけた。その声に反応し、振り返った相手の口の周りが真っ赤に染まっていてぎょっとする。

こちらを一瞥《いちべつ》しただけで、子どもの俺はつまらなそうに顔を戻し、またくちゃくちゃと気味の悪い咀嚼を再開させる。クソガキだ。

「明らかにろくでもないもん食ってるだろ」

ガキのもとへ行こうとしたが、格子には開くような扉がない。なら、あいつはどうやって入ったんだと思うが、しょせんは夢だ。すり抜けられるような隙間《すきま》も見当たらなかった。

その間にも、座敷牢の中のガキは何かを一心不乱に食い続けている。何だかわからないが、俺の心には焦りが生まれた。一刻も早く止めなければならないような気がした。

「ああ、くそ」

思いきって格子にかじりつく。意外にも格子はもろかった。ウエハースのようにぱりぱりと崩れていく。そのくせ、噛むとちくちくと口内に突き刺さった。やけに苦くて痛い。自戒の念が胸を刺激してくる。その感情はもちろん俺のものではなく、この世界の創造主のものだった。

もろいのは劣化のせいだろう。創造主の心の疲弊の表れだ。

「おい、クソガキ」

格子を壊した俺はガキに近づいて、前足でその頭を小突いてやった。

ガキは痛がるふうもなく、感情のないどろりとした金色の目で俺を見上げる。可愛くない。というか、不気味極まりない。現実の俺は、さすがにここまで不気味な子どもではなかったと信じたい。

ガキは口の周りだけでなく、指まで真っ赤によごしていた。見れば、その手元には人形がひとつ、落ちている。

人形の胴体は胸から腹にかけてぱっくりと裂け、中から真っ赤な綿が覗いていた。ガキの指がそれをつまみ、口に入れる。くちゃくちゃと音を立てて咀嚼する。

「お前……」

人形の顔は、桂輔にそっくりだった。喰われる苦痛を感じているかのように、苦悶に歪んだ表情をしている。同じ表情を、ついさっき俺は夢に入る前に見たばかりだ。

ガキの指がまた伸びて、桂輔の人形の腹から綿を引きずり出そうとする。

「やめろ!」

「どうして止めるんだよ」

ガキが不満そうな声を発した。

「お前、自分が何を喰ってるのかわかってんのか?　それは桂輔だぞ」

「だから?」ガキは小首を傾げた。俺自身の顔であるのが忌々しい。

「別に問題はないだろ。だって、俺がこんなふうになったのは、桂輔のせいなんだから」

ガキは桂輔の人形の左腕をつかむと、力任せに引っ張った。ぶちっと音を立てて人形の腕が引きちぎられる。赤い綿がこぼれ、色あせた畳の上に散らばった。

「やめろっつってんだろうが!」

俺はガキにのしかかった。その身体を畳の上に押しつける。鋭い爪が皮膚に食い込んでも、ガキは痛がる素振りを見せず、冷め切った目で俺を見返すだけだった。

「俺が貘憑きになったのは、桂輔のせいだ。桂輔が俺に押しつけたんだ」

「違う」

「だから俺は、桂輔のことを憎んでるんだ」

「違う！」

俺は口を大きく開いた。悪夢のもとはこいつで間違いない。一気に喰ってやろうと思った。自分を喰うことに、ためらいはまったくない。むしろ願ったりだ。

憎たらしい言葉を吐けないよう、喉笛《のどぶえ》を噛みちぎってやろうとした時。ふわりと優しい香りが、俺の鼻先をくすぐった。

邪悪なガキにはおよそ似つかわしくないやわらかな香りが、ガキの身体を守るように包んでいる。

「こいつは……」

鼻腔《びこう》を通って心に染み込んでくるのは、桂輔の感情だった。

俺に対する罪悪感や同情は、確かにたっぷりと含まれている。けれど一番強く感じられたのは、純粋に俺を案ずる気持ちだ。

飼い主の責任とか、獏憑きの立場とか、白木家の事情とか。そんなものは一切関係なくて。ただひたすらに単純で純粋な、俺という存在に対しての思いやり。

それはひどく矛盾していた。もし、桂輔が俺の背中の痣を見ているというならば、こんな感情はあり得ない。

あり得ないが、確かに存在している。悪夢のもととして、俺の前に在《あ》る。

桂輔が黒さを増していた原因も、どうやら俺にあったらしい。自家中毒が急速に進行していく俺の姿を見て、桂輔は胸を痛め、自身の穢れを色濃くしていったのだろう。

だったらなおさら、俺は喰ってやらなきゃならない。

「俺の不幸は全部、桂輔のせいだ。俺が獏憑きなのも、母さんが死んだのも。全部、桂輔のせいなんだ」

桂輔の優しい想いをまといながら、ガキは桂輔への憎しみを吐き出し続ける。

「そうじゃねえよ」

俺の姿をした、穢れの塊。こいつは桂輔自身が生んだもの。桂輔の心の一部だ。こいつを喰えば、桂輔の悪夢は終わる。そして同時に、俺に対するこの優しい気持ちもまた、消えてなくなる。

だけど、迷いは微塵《みじん》もなかった。それでいい。俺に対して、こんな奇跡のような温かい感情を抱いてくれていたことを、俺は知ったから。たとえ桂輔の中からそれが失われてしまったとしても、俺は決して忘れない。

「覚悟しな。いつも以上にじっくりと味わって喰ってやるから」

ガキの細い首に喰らいつこうとした、その時――

「彩人！」

射るような鋭い桂輔の声が飛んできた。その声はまさに空気の矢のごとく俺の身体を貫いて弾き飛ばし、俺はよごれた畳の上を転がった。

「何を勝手なことをしているんだ！」

桂輔の自我に気づかれたらしい。引っくり返った俺の視界に、仁王立《におうだ》ちになった桂輔の姿が映る。その顔もまた仁王のような形相だったが、俺は思わず吹き出してしまった。

「何て格好してんだよ、桂輔」

どういうわけか桂輔は、マレーバクの着ぐるみのようなパジャマを着ていた。現実に寝ていた桂輔の全身を見たわけではないが、布団から出ていた部分から察するに、そんなおかしなパジャマは着ていなかったはずだ。

「うるさい。俺の格好はどうでもいい。お前こそ、貘といいながら貘らしさがごく一部しかない姿をしているのはどういう了見だ」

「知らねえよ」

どうやら桂輔は、実際に初めて目にした白木の貘の姿がお気に召さないようだ。

「……お互いの姿についてはこの際、置いておくとして。どういうことなんだ。どうして勝手に俺の夢の中に入っている」

「桂輔の悪夢を喰いに来たんだよ」

答えながら、俺は身体を起こす。桂輔の格好を見るとどうしても笑いが込み上げてきてしまうので、毛づくろいをしてごまかした。

「お前に喰ってもらうつもりはないと言ったはずだ。この間、酒に薬を盛られて。それでもどうにか思いとどまってくれたと思ったら、結局これか。大体、どうやって俺の部屋に入った？」

「たまたま鍵が開いててさ」

「嘘をつくな。さては晃成から合鍵を借りてきたんだな。まったく。普段、必要なことは面倒臭がってやらないくせに。どうして必要ないことにはこうも積極的なんだ」

桂輔はすっかりいつものペースだ。妙な格好と、傍らで手持ち無沙汰《ぶさた》にしているガキと人形の存在がなければ、夢の中だというのをうっかり忘れそうになる。

「説教は外に出てからたっぷり聞く。こいつを喰ってからな」

「だから、やめろと言ってるんだ」

改めてガキに喰らいつこうとする俺の鼻先を、桂輔がむんずとつかんだ。

「俺の夢から今すぐに出ていけ」

「せっかく来たんだから、喰わせろよ」

「断る」

「……俺の、一生の頼みだって言ってもか？」

桂輔の顔色がさっと変わる。ひどく苦くてまずいものを無理やり口の中に押し込まれたようなおかしな表情で、桂輔は数秒、俺を見つめた。

「……どうしてそんなに俺の悪夢を食べたがる？　この間の笑原香苗の時には、お前は本人の意志を尊重して、何も食べず夢から出てきたんだろう」

笑原香苗の場合は、悪夢の原因が娘のユメだったからだ。ユメは、この先も彼女のそばにいる。今まで通りともに過ごしていくことで、彼女は自分自身の感情に少しずつ折り合いをつけていくことができる。

でも、俺たちは違う。俺が今まで通り桂輔のそばにいられる時間は、あとわずかしかない。死者に対する感情に折り合いをつけることは難しい。このままだと、桂輔はずっと俺が原因となる悪夢に——俺の存在に縛られることになる。

そんなことを、俺は望まない。

しかし、こんな理由は桂輔に話せるはずもなかった。桂輔の想いを知ってしまった今となっては余計に。話せば、いっそう桂輔の心を縛りつけてしまうことになる。

「夢の中でまで、ごちゃごちゃとうるせえな」

もはや実行あるのみだ。俺は、俺の姿をした悪夢のもとに喰らいついた。本当は最後のひと口までゆっくりと味わいたかったが、仕方ない。こうなれば一気に喰ってやる。

「彩人！」

桂輔の声が俺を弾き飛ばそうとする。けれど俺は、ガキの喉に噛みついて踏ん張った。

「出ていけ！」

ひときわ強く鋭い声が、無数の矢となって俺の身体に突き刺さる。あまりの激しさと勢いに、俺はついに弾かれ、吹き飛ばされた。

景色が消える。ガキも、人形も、座敷牢も、桂輔も。何もかも——

9

「う……」

目を開くと、なぜか俺は桂輔のベッドに寝ていた。

ひどく身体がだるかった。全身がずきずきと痛むような気もする。あんなふうに夢から弾き飛ばされたのは初めてだ。だから、この身体のだるさと痛みがいつもの自家中毒の症状なのか、あるいは追い出されたダメージによるものなのかはわからない。

寝室のドアが開き、桂輔が姿を現した。バクの着ぐるみパジャマではなく、ラフな部屋着を着ていた。

「ようやく起きたか。なかなか目を覚まさないから、俺が追い出したせいで妙なことになったのかと思った」

不機嫌満面だったが、それでも俺の身を案じてくれたらしい。ベッドに寝かせてくれたのも当然、桂輔だろう。

「そんなに起きなかったか、俺？」

「少なくとも、俺が目覚めてから三十分は経っている」

「そっか」時計を見ると、午前三時になろうとしていた。明日は——もう今日か——お互い寝不足で出勤することになりそうだ。

「言っておくが、夢から追い出したことについては謝らないからな」

「ああ。お互い様だし」

俺が応えると、「お前は謝るべきだろう」と桂輔に返された。

「それよりさ、これ——」

枕元に置かれていたマレーバクのぬいぐるみを手にしてみせると、すかさず桂輔に取り上げられた。そそくさと後ろ手に隠す。ぬいぐるみと一緒に寝ている事実を知られたのが、どうやら恥ずかしいらしい。

「それって俺が昔、動物園でじーさんに買ってもらったやつだよな？」

「ああ。それから一年と経たずに、お前が飽きて捨てたやつだ」

「捨てた？」

「ゴミ置き場に捨ててあったのを見つけた。まだ綺麗なのに捨てるなんてもったいないだろ。お前がいらないなら俺がもらおうと思って、拾ったんだ」

なるほど、そういうことか。ゴミ置き場に捨てたのはもちろん俺じゃない。晃成だ。

「なあ、桂輔」

バクのぬいぐるみを後ろ手に持ったまま、桂輔の身体がかすかな緊張を帯びる。俺が次に何を言い出すのか、警戒しているのだろう。

「桂輔は、俺の背中の痣を見たことがあるのか？」

桂輔の瞳が揺れた。わずかな間を置いて深く息を吐き出し、「ああ」と答える。

「一度だけな」

「いつ？」

「子どもの頃だ」

「子どもの頃って、何歳の頃だよ。どこで見たんだ？」

「いいだろう、そんなことは。どうだって」

それ以上、話す気はないというふうに、桂輔はバクのぬいぐるみをそばの棚の上に置く。

「今夜のことはもう、これで終わりにしよう。俺の夢の中で、お前が何を見て何を知ったのかは知らない。でも、俺は何も訊かないし、何も言わないことにする。だからお前もそれについては忘れてくれ。俺の悪夢に関しては今後一切、気にかけてくれなくていい」

「だったら、桂輔も忘れろよ」

俺が言うと、「何？」と桂輔はかすかに眉を動かした。

「桂輔の悪夢は、幻みたいなもんなんだよ」

「……どういう意味だ」

「獏憑きの役割を俺に押しつけたっていう、罪悪感。そいつが桂輔の悪夢の原因だろ？　ついでに、俺のお袋が死んだ責任まで負ってくれてるみたいだけど」

そこまで知っているのかと言いたげに、桂輔はまた深い息をつく。俺は構わず、言葉を続けた。

「けど、それは全部、意味のないものだ」

「意味がないわけないだろう」

心外そうに、桂輔は言葉を返してくる。

「ねえよ。予定日がくる前に腹を開いて赤ん坊を取り出して、それで生まれる順番を無理やりに変えたって？　そんなことで押しつけられるほど、貘憑きの運命ってやつは単純なものじゃない」

「何が言いたいんだ、お前は」

「俺たちのお袋が予定通りに俺らを産んでいたとしても、貘憑きになったのは俺だったってことだよ」

だから桂輔が罪悪感など抱える必要はないのだ。あんな悪夢を見る必要は、まったくない。

「それはあくまでお前の考えだろう」

「そりゃ、証拠を出せって言われても困るけど」

「だったら、こんな話はそれこそ無意味だ」

桂輔は頑《かたく》なだった。くそ。だからこいつは面倒臭い。こういうところは、積極的に晃成を見習ってほしいものだ。

「そこまで事情を知った上で、それでもまだ俺を悪夢から解放したいと考えてくれるお前の気持ちは、とてもありがたく思う」

「それなら――」

「でも、彩人に喰ってもらうわけにはいかない」

「なんでそんな頑固なんだよ！」

いい加減、腹が立つ。人の気も知らないで――

「あの悪夢は、俺にとって大事なものだからだ」

棚の上に置いたバクのぬいぐるみをそっと撫で、落ち着いた静かな口調で桂輔は応えた。

「だから多少苦しい思いをしたとしても、手放すわけにはいかない。自分の中で少しずつ折り合いをつけて、消化していく。そうしなければならない、大切なものなんだ」

桂輔は、わかっているのかもしれない。悪夢のもとの中に含まれていた、あの優しくて温かな感情の存在を。俺に悪夢を喰われたら、その感情も失われてしまうことを。理屈ではなく本能で、理解しているのかもしれなかった。

「……そっか。わかったよ」

ならば俺はもう、何も言うことはない。

「すまない」

「なんで謝るんだよ。言っとくけど、俺は謝らねえから」

帰る、と言って、俺はベッドから下りた。身体のだるさはとれないが、痛みは少しマシになっている。自宅へ帰るだけなら支障はなさそうだ。

「彩人。お前、一生の頼みって言ったよな。夢の中で」

背中に桂輔の言葉が投げられ、寝室を出ようとした俺の足がぴたりと止まる。

「体調、相当悪いのか？」

ドアの取っ手を強く握りしめる。このまま、何も答えず出ていってしまいたい。でも、無言は強い肯定になる。俺は桂輔のほうを振り返った。この一瞬、顔色が健康そのものであることを願いながら。

「ご心配なく。あれは言葉のあやだから」

「無理はしなくていい」

無理するに決まってるだろうが。俺の今の状態と、先に控えてる仕事を知ったら、お前は絶対に俺を止めるに決まってるんだから。

「夢祓いだけでなく、清掃の仕事もやらなくていい。休暇をやるから、しばらくゆっくり身体を休めろ」

「……しなくていいって言われると逆にしたくなるのは、なんでだろうな」

「そういうのは天邪鬼《あまのじゃく》というんだ。とにかくするな。しばらく休め。わかったな？」

「はいはい、わかったよ」

俺は答えて寝室を出た。背中に相手の視線を感じたまま、振り返ることもせずに桂輔の部屋を後にした。最後にひと言だけ、そっと小さな言葉を置いて。

「ありがとな、桂輔」


外に出ると、冷たい空気が肌を刺した。午前三時過ぎというのは、夜になるのか朝になるのか。まだ暗いので、見た目には完全に夜だ。

駐車場に停《と》めていた車にもたれ、ポケットから取り出した煙草に火をつける。夜の空気にゆっくりと溶けていく煙を眺めながら、ふと空を見上げると、小さな星々と少し欠けた月が浮かんでいた。

人の意識の中と宇宙はやはり似ていると、夜空を見るたび思う。

貘憑きの俺は、夢を見ることがないけれど。俺の意識の中も、やっぱり宇宙みたいになっているんだろうか。

桂輔の夢の中で感じた、優しい匂いを思い出す。奇跡みたいに温かな、桂輔の感情。

「こんな最後に近くなって、あんなもんを知っちまうなんてなあ」

結局、喰うこともできず。おかげで、ますます失敗できなくなったではないか。

いっそこのまま、あの夜空に静かに吸い込まれて、俺も星のひとつになれたらいいのに。

そんなことを考えていると、胸がしめつけられるような感覚に襲われた。でもそれは、身体の痛みではない。

心がひりひりした。痛くて、切なくて。

なぜかはわからないが、ちょっぴり泣けた。

10

彩人が、姿を消した。

勝手に俺の部屋と夢の中に侵入してきた彩人に、休暇を言い渡してから一週間。

具合はどうかと様子を訊こうとしたが連絡がつかず、仕事を早めに切り上げて彼の住まいを訪ねてみたところ、大家だという女性に出くわして「黒沢君なら出ていったわよ」と告げられた。

彩人は座川市の外れにある、古い二階建てのアパートに住んでいた。セキュリティなんてものとは無縁なことがひと目でわかる、失礼を承知で言わせてもらえば、かなりのボロアパートだ。

せめてもう少しセキュリティのしっかりしたところに住めと俺が何度忠告しても、「どうせ寝るだけだし」と言って、彩人は聞かなかった。

彩人は決して、金に困っていたわけではない。彼は特に趣味なども持たず、休日は大抵、部屋で寝て過ごしていたようなので、むしろ金は結構貯《た》まっていたはずだ。

そもそも彩人には、欲というものがない。何かがほしいとか、どこかへ行きたいとか、いいところに住みたいとか、おいしいものが食べたいとか。そういった、人として当たり前の欲望が一切ないのだ。かろうじてパンに対しては意欲を見せたが、それだってパン屋があれば入ってみる程度のもので、テレビや雑誌で紹介されている有名店にわざわざ足を運ぶことまではしない。

指摘すると、返ってくるのは決まって「面倒臭い」のひと言。それもまた、身に憑かれた獏による弊害なのだろうか。彩人は眠っても夢を見ないというし、自身の夢とか欲といったものを、獏憑きは獏によって日常的に喰われているのかもしれなかった。

大家の話によると、アパートの隣にある彼女の住まいを彩人が訪ねてきたのは、三日前のことだったという。

「急に勝手を言って悪いけど、部屋を引き払いたい。家具などはそのまま置いていくから、適当に処分してほしい」と彩人は頼み、結構な額の金が入った封筒を彼女に渡したらしい。

彩人はひどく体調が悪そうで、その後に自ら呼んだタクシーに乗って去っていったきり戻ってこないので、何か大きな病気で入院したのではないかと、大家の女性は心配していた。

当たらずといえども遠からずだろう。彩人は自らの死期を悟って、行方をくらませたのだ。

夢の中で彩人が「一生の頼み」などと言ってきた時、俺も少々不吉なものを覚えはしたが。まさか、そこまで状態が進行していたとは思わなかった。

休暇を取らせたきりで、この一週間、彩人と連絡を取らずにいたことが悔《く》やまれた。

開発に携わったシラキの新商品『Ｂｌａｎｃ－Ｂ　エクストラ』が発売になったり、取引先とちょっとしたトラブルがあったりなどして、このところバタバタしていた——というのは言い訳だろう。何となく気まずくて、「ゆっくり休ませてやる」という名目のもと、一時的に距離を置いていたというのが本当のところだ。

彩人は一体、どこへ行ったのか。スマホに電話をかけてみたが繋がらず、メッセージを送っても既読にさえならない。どうやら電源を切っているようだ。

幸い、大家はまだ彩人の部屋に手をつけていなかったので、もう少しそのままにしておいてほしいと頼んだついでに、室内を見せてもらうことにした。「できたら黒沢君に戻ってきてくれるよう、伝えてちょうだい」と言って、大家の女性は俺に鍵を渡してくれた。

六畳のワンルームの部屋は、殺風景のひと言に尽きた。

彩人は家具の処分を大家に頼んだというが、そもそも家具と呼べるものはほとんどない。ベッドもタンスもテレビも、テーブルさえもなかった。目につくのは、部屋の隅に畳んで置かれた布団くらい。本当に、寝るためだけの部屋だったようだ。

ふと、ハンガーにかけて鴨居《かもい》に下げられた、一着のスーツが目にとまる。

常に作業着で過ごしている彩人とはいえ、成人である以上はスーツの一着くらい持っていてもおかしくはない。しかし、ダークグレーのそのスーツは見るからに上質なブランドもので、彩人が買いそうなものには思えなかった。

手にとって確認してみると、晃成が好むブランドのものだとわかった。ますます彩人が買うわけがない。これは晃成のスーツか、あるいは晃成が彩人に買ってやったものだろう。どちらにしても、俺の違和感は拭えない。

一見して何もない部屋は、探ってみてもやはり何もなかったが、キッチンの隅に置かれたゴミ箱の底に、丸めた紙くずがひとつだけ入っているのを見つけた。

広げてみると、何かのリストらしかった。Ａ４サイズのコピー用紙に、日付と人名、そして住所が記されている。

日付の最初は九月十六日、最後は十月二十日になっていた。その間の日にちは、続いていることもあれば、数日飛んでいることもある。人名は、ざっと数えて二十人ほど。すべて斜線で消されているのは、何かが済んだことを示しているのだろう。

「これは……夢祓いのクライアントのリストか？」

何事も「面倒臭い」ですませる彩人が、こうしたリストに忠実に従っておこなうことがあるとすれば、夢祓いくらいしか考えられない。

だが、俺はこんなものを彩人に渡した覚えはない。第一、ひと月ほどの間に二十件も夢祓いをさせるなんて、無茶もいいところだ。俺が依頼を受けるのは、多くても週に一件。彩人の身体にかかる負担を考えれば、その程度が妥当だった。

彩人の不調の原因はこれかもしれない。もしこれが本当に夢祓いのリストだとするなら、彩人は俺の知らないところで、勝手にこんな無茶な数の依頼をこなしていたことになる。自家中毒が急速に進行したのも当然だ。

しかし、なぜ？　一体何があって、どこからこれだけの依頼を引き受けることになったのだろうか。

はっとして、鴨居に下げられたスーツに目をやる。彩人が買うはずのない、晃成が好むブランドのスーツ。

「まさか、晃成が……？」

いま一度、手元のリストに目を落とす。記された最初の日付、九月の半ば頃のことを思い返してみる。確かあの頃、彩人は吉祥公園のそばにある雑居ビルの清掃を担当していた。一階に、胡散臭い占いの店が入っていたビルだ。

徐々に記憶がよみがえってくる。そういえばあの時も、彩人は数日、連絡がとれない状態になった。だから俺は、占い師に話を聞きに行って——

思い出した。彩人が晃成と一緒にいたのを見たと、あの占い師は話していたのだった。シラキの会社と実家のある中府市から、すぐ近くというわけでもないのに。なぜ晃成がわざわざあんなところに行ったのかと、俺は疑問を抱いたのだ。

やはり晃成だ。あの時、晃成が彩人のもとへ行ったのは、このリストを渡すためだったのではないか。そして彩人は、晃成から受け取ったリストの仕事をこなすために行方をくらませた。そう考えれば、つじつまは合う。

そこまで考えて俺は、更なる可能性に思い至った。

数ヵ月前から、彩人はたまに休みをとって、ふらりと行方をくらませることがしばしばあった。こちらの干渉を逃れて一人になりたい時もあるのだろうと、努めて気にしないようにしていたのだが——その理由がすべて、こうしたリストにあったとしたら？

俺に隠れて、彩人は前々から晃成による仕事を引き受けていたのかもしれない。

背筋を嫌な汗が伝った。

激しい後悔と焦燥と苛立ちに、胸を掻きむしりたくなった。

11

アパートの部屋を出た後、駐車していた車に戻りスマートフォンを確認すると、メールが一件、届いていた。

彩人かと思い慌てて確認するも、表示された相手の名前は『館平奈々葉』だった。そもそも彩人はメッセージを送ってくる時はいつもメッセージアプリを使い、メールをしてくることはないのに。俺もよほど余裕をなくしているらしい。

一瞬、相手にぴんとこなかったが、すぐに半年ほど前に彩人が夢祓いをしたクライアントだったと思い出す。《ベーカリー・タテヒラ》というパン屋の看板娘だ。メールの内容は、『例のパンが完成して今月からお店に並んでいるので、よかったら買いにきてください』というものだった。

例のパン？　少し記憶をたどり、そういえば、とまた思い出す。彼女は自分のパンを店に並べてもらえるようになったら、マレーバクの形をしたパンをつくりたいと話していたのだった。完成したら、彩人にも買いにきてもらいたいとも。

苦いものが胸に込み上げてきて、俺は返信することなくメールを閉じた。

スマホをしまい、中府市にある実家に向けて車を走らせる。

部屋を引き払い、彩人が行くところは他に考えられなかった。実家——白木の本家を彩人が好んでいるというわけではない。文字通り、彩人には他に行くところなどないからだ。

「お帰りなさいませ、桂輔様」

連絡もせず突然帰ってきた俺を、執事の安永は特に驚くふうもなく、至って冷静に出迎えた。もっとも、内心ではどうだったか知らない。何しろ俺は、安永の顔を見るなり明らかに普通ではない調子で、

「彩人は？」と訊いたのだから。

「彩人さんは、今日はいらしてませんが」

「いないのか……」

その場にへたり込みそうになる。ここへ帰ってきていないとすれば、俺にはもう他に思い当たるところはない。会社と、自宅アパートと、この家。たったそれしか彩人と結びつけられる場所がないという事実が、我ながら情けなかった。

「桂輔様は、お食事はいかがなさいますか？」

腕時計を見ると、午後七時半を少し過ぎたところだった。夕食は食べていなかったが、空腹はまるで感じない。

「必要ない。それより、兄さんはまだ帰ってないよな？」

仕事だけでなく、何かと付き合いも多い晃成は、いつも帰りが遅い。九時前に帰宅するということは、まずめったになかった。

けれど安永からは、「いえ」と答えが返ってくる。

「先ほどお帰りになって、居間にいらっしゃいます。今日は仕事が早く片づいたとかで――」

相手の言葉を最後まで聞くことなく、俺は靴を脱いで玄関に上がり、居間に向かった。

「やあ、桂輔」

居間のソファに寝転んで、晃成はのんびりと読書をしていた。テーブルにはブランデーの入ったグラスが置かれている。

「どうしたんだ？　連絡もせず突然こっちに帰ってくるなんて。珍しいじゃないか」

晃成は身体を起こし、ブランデーのグラスを手に取って、

「父さんと母さんは、今夜は取引先の社長の誕生日パーティーに出席してる。向こうに泊まるって話だから、朝にならないと戻らないよ」

「別に構わない。父さんたちに用はないから」

「その言い方だと、僕に用があるみたいだけど？」

「彩人は今、どこにいるんだ？」

「どうして僕に訊くんだよ。彩人は桂輔の管轄だろ」

グラスに口をつけ、晃成は余裕たっぷりに微笑んでみせる。

「その俺の管轄に、余計な介入をしてきたのは兄さんじゃないのか？」

彩人の部屋で見つけたリストを懐から取り出し、俺は晃成の眼前に突きつけた。晃成はそれを一瞥し

て、ゆっくりとまたグラスの中身をひと口飲んでから、

「これが何か？」

「彩人のアパートの部屋で見つけた。これは兄さんが彩人に渡した、夢祓いのクライアントのリストじゃないのか？」

俺はストレートに尋ねた。晃成相手に回りくどいやりとりは不要だ。

「そうだよ」

我が兄にほめるべき点があるとするなら、しらばっくれないところだ。晃成は自分の行動に対して、後ろめたさを持たない。だから真正面から尋ねれば、彼は自分のしたことを素直に認める。

「彩人のやつ、終わった仕事のリストなんてわざわざ保管してたのか。面倒臭がりのくせに。いや、面倒臭がりだから、捨てるのが面倒だったのかな」

「たまたま処分しそこねただけだろう。ゴミ箱の底に、丸めたこのリストだけが入っていたから」

「ああそう」

晃成はいかにも興味がないというふうだった。まったく悪びれる様子もない。湧《わ》き上がってくる怒りを、俺は努めて押し殺す。

「俺に黙って、一体いつからこんなふうに彩人に夢祓いをさせていたんだ」

「今年の春——四月くらいからだな。悪夢に悩んでいる人間っていうのは、探してみると案外いるものでね。だから彩人には、リストをつくって毎月渡していた」

「一ヵ月に二十件前後も？」

「最初はそこまで多くなかったよ。十件くらいかな。増やしたのは、ここ二、三回のことさ」

「なぜそんな無茶を……。こんなペースで夢祓いをさせたら、彩人の身がもたない。兄さんにだって、

そのくらいはわかるはずだ」

「もちろん。わかるから、やらせていたんだ」

平然と答えた晃成に、俺は言葉を失う。わかるから、やらせていた？

「僕の計算では、もう少し早く力尽きてくれると思ったんだけど。意外に彩人もしぶとくてさ。なかなか苦労させられたよ」

「どういうことだ。彩人を消耗させるために、わざと過剰な夢祓いをさせたって？」

「そもそも、桂輔が飼い主としてちゃんとコントロールをしないから、僕が余計な介入とやらをしなきゃいけなかったんだろ。僕は来年、梨紗との結婚を控えている。その上に父さんまでが、来年還暦を迎えたらシラキの社長を僕に任せて、自分は会長に退くと言い出した。自分で手を挙げたことなんだから、獏憑きの管理くらい桂輔にきちんとやってもらいたいというのが、僕の本音だよ」

「俺はきちんとやっている。彩人の体調を見ながら、夢祓いのペースを調整して――」

「だからお前は、根本的なところがわかっていないんだよ」

幼い子どもに言い聞かせるような、半ば呆れを含んだ晃成の口調だった。

「桂輔が飼い主になった頃から既に、彩人はあんなふうに始終気だるそうな様子で、清掃の仕事をサボったりもしていたんだろう？　その時点で、あいつがそう長生きしないことは予想できたじゃないか」

「だからこそ、俺は彩人の体調には充分に気を配っていた。自家中毒の進行をできるだけ抑えられるように」

「そこが違うって言ってるんだ。いいか、彩人が短命だと判断した時点で考えるべきことは、世代交代のタイミングだ。僕やお前の子どもが次代の獏憑きになるという、最悪のパターンを回避することだ」

「世代交代のタイミングって……」

「いつ死ぬかわからない彩人が存在していたら、僕もお前も安心して子どもをつくれないだろ？　お前はまだしも、僕は来年結婚をして、シラキの跡継ぎとして子どもを絶対につくらなきゃならない立場だ。できるだけ早くほしいと思ってはいるけど、これぱかりは計算通りとはいかないし、彩人は放っておけばいつどうなるかわからない。先代の貘憑きだった白木彬子も、それなりに元気そうに見えていたけど、体調を崩したと思ったらあっという間だったというしね。弱り始めたものを意図して生かしておくというのは、実際なかなか難しいことだ」

「だから……意図して殺すっていうのか？」

「物騒な言い方はやめてくれよ。必要な調整だ。ちょうど今、優馬《ゆうま》の奥方が妊娠中でね。予定日は、十二月の下旬らしい」

優馬というのは、俺たちの再従兄弟《はとこ》にあたる人物だ。昨年結婚をして、式には俺と晃成も出席した。晃成は彼と同い年ということもあり、日頃から親しく付き合っていたはずだ。

「……その、生まれてくる赤ん坊を、次の貘憑きにしようと考えているのか？」

だからその前に、彩人を死なせてしまおうと考えて――そのために、あんな無茶なペースで夢祓いをさせたというのか？

心底ぞっとした。晃成は日頃から彩人のことを化け物と罵っているが、今この瞬間、俺には実の兄である晃成のほうが、ずっとおぞましい化け物のように思えた。

「……正気じゃない」

「充分正気だよ。僕に言わせれば、お前のほうがよっぽど正気とは思えないね。罪悪感だか同情心だか知らないけど、貘憑き相手に情を寄せられるなんて。あんな気味の悪い化け物に――」

限界だった。気がつくと俺は、晃成の頬を殴りつけていた。部屋の隅に影のように控えていた安永が、素早く俺たちの間に割り込んでくる。

後にも先にも、俺が兄を殴ったのはこれきりだ。そもそも俺たちは、ケンカなんてしたことのない兄弟だった。仲がよかったというわけではない。ケンカをするほど密接な関わり方をしてこなかったというほうが正しい。

「どっちが化け物だ！　人とは少し違うものを背負って生まれた身内に対して、飼い主がどうとか、調整がどうとか。気味悪がりながらも都合よく扱ってきた、俺たちのほうこそよっぽど非情な化け物だとは思わないのか！」

ソファに倒れた晃成の頬に、もう一発拳を叩《たた》き込《こ》む。「桂輔様！」と安永に強い力で腕を押さえつけられなければ、俺は晃成を殴り続けていたに違いない。

「……まったく。うちの弟は感情に流されすぎる」

唇の端に滲んだ血を拭いながら、晃成は身を起こす。殴られてもなお、平然と余裕を見せる兄が、憎らしくて仕方なかった。

「だから頭は悪くないくせに、いつだって要領が悪いんだ」

「要領が悪くて結構だ。兄さんみたいになるよりよっぽどましだ」

「桂輔がそんなふうだから、僕は白木家の跡継ぎとして、余計に『優等生』でいなきゃならないんだよな」

深々とため息を落とす晃成。俺が殴った頬は早くも赤く腫《は》れ始めている。それを見て安永が、「冷やすものを持ってまいります」と言って居間を出ていった。

「いいか、桂輔。本家の人間として、僕たちが考えるべきなのは、貘憑きではなく貘そのもののことなんだ」

腫れた頬をさすりながら、晃成はどこまでも冷静な口調で俺を諭してくる。

「白木の貘は、もう何百年も昔から僕たちの血筋に染み込んでいる、よごれみたいなものだ。取り憑いた肉体が何度滅びようと、新たな赤ん坊にくっついてしつこくまた浮き出てくる。どうにかこのよごれを落としてやろうと、先祖たちも今までに様々な方法を試みてきた。まじないめいたこともしてみれば、手術で痣を取り除くという、物理的なやり方も試されたみたいだけどね。何をやっても無駄だった。白木の血筋が絶えない限り、白木の貘もまた滅ぶことがないんだ」

タオルで包んだ保冷剤を持って、安永が戻ってくる。晃成は安永から保冷剤を受け取り、頬に当てて話を続けた。

「貘は、僕たちの血筋から取り除けない。だったら、うまくコントロールをして付き合っていくしかないじゃないか。実に忌々しいことではあるけどね」

「だから、貘憑きを忌み嫌いつつも、利用することは当然だと考えるのか？」

「貘憑きは哀《あわ》れな犠牲者だと、僕も思うよ。でも、だからといっていちいち情を寄せていたら、もっとも重要なものを守れない」

「もっとも重要なもの？」

「本家の血筋だよ。ここを貘に穢されるわけにはいかない。いわば本丸だけは、貘の侵略から守り通さないとならないわけさ」

だから――と、すっと晃成の瞳が冷徹な光を帯びた。

「彩人を助けたいなんていう幻想は捨てろよ」

その言葉は、ひどく冷酷な響きをもって俺の耳朶《じだ》を打った。

「あいつはもう手遅れだ。この間、僕の夢祓いをさせたら、かなりダメージが大きかったみたいでね。

起きてこなかった」

「何だって？」

晃成の夢祓いをさせた？　さらりと相手が言ってのけたことに、俺は耳を疑う。「それで、どうしたんだ」

「そのままホテルの部屋に置いてきたよ。当然だろ。獏憑きを看取《みと》って、その死に巻き込まれるわけにはいかないじゃないか。だけどその後、ホテルから連絡がくることはなかったから、あそこで死ぬっていう事態はどうやら彩人も免《まぬが》れたみたいだね」

「……それは、いつのことだ」

「ハロウィーンの当日だったから、四日前だな」

彩人がアパートの部屋を引き払う旨を大家に告げたのは三日前だったはずだから、晃成に大きなダメージを負わされながらも、彩人は何とか自宅には帰りついたことになる。

しかし、よりにもよって晃成の夢祓いをしたなんて。

自分を忌み嫌う相手の夢の中に入るのは、相当に負担の大きい行為であるはずだ。晃成自身、わかっていて彩人にやらせたに決まっていた。自分の悪夢を喰ってもらうことよりも、彩人に致命的なダメージを負わせることが目的だったのだ。

「兄さんは、そこまで彩人のことを……」

「仕方ないだろ。来月になって優馬の子どもが生まれてしまう前に、獏を彩人の身体から引《ひ》き剝《は》がす必要があるんだから」

「彩人はどこにいるんだ」

晃成は知っているはずだった。ここまで計画的に彩人を追い込んだのなら、死に場所まで用意してしかるべきだ。でなければ、彩人が本当に死んだかどうかを確かめることができない。

「知っていたとしても、桂輔には教えられないな。教えたらお前、真っ先に駆けつけるだろう？　獏ってやつは案外しぶとそうだから、しばらくは接近禁止だよ」

俺は安永のほうに顔を向けた。口を挟むこともなく、彫像のように佇んで話を聞いている安永は、何を思っているのだろう。

彼は、彩人が幼い頃から面倒を見てきた。いわば彩人の育ての親だ。彩人が晃成に追い込まれ、死にかけていると知って、内心では憤慨しているのではないか。そうであってほしかった。彩人のためにも。

「彩人の居場所、安永は心当たりはないのか？　あいつは自宅のアパートも引き払って、三日前から行方をくらませているんだ。今の話を聞いていただろう？　早く見つけないと――」

「見つけるべきではありません」

きっぱりとした答えに、俺は深い絶望を覚える。安永もまた、すべてを承知の上なのか。

「あいつが死ぬまで待てと、安永までそう言うのか？」

「彩人さんは、獏憑きとしての定めをきちんと心得ております。幼少の頃から、私がしっかりと教えましたので。それを守ろうとする彩人さんの意志と覚悟を、無にしていただきたくはありません。たとえ、桂輔様であっても」

「定め？　覚悟？　ふざけるな！　そんなものは周りが勝手にあいつに押しつけたものだろうが！」

「でも、僕の言う通りに夢祓いをおこなったのは、彩人自身だよ」

晃成の、腹立たしいほどに涼やかな声が脇から差し挟まれた。

「やらないという選択肢だってあったのに。いつだって彩人は、僕たちに忠実に夢祓いをこなしてきた。それは、誰でもない彩人自身の意志だろう？」

俺はぐっと言葉を呑み込む。そうだ。彩人はいつも断らなかった。清掃の仕事のほうはサボるのに。こと夢祓いに関しては、どんな時でもきちんとこなした。

断ってもよかった。逆らったってよかったのに。

獏憑きを忌まわしい存在と断じながら、そのくせ体《てい》よく利用する俺たち本家の人間を、彩人が憎んでいないはずはない。獏憑きという理不尽すぎる己の境遇を、恨んでいないはずがないのに。彩人は抗うことなく、その理不尽な定めを呑み込んでいた。

そんな彩人に俺は、身勝手な苛立ちを覚えていた。どうしてもっと抗わないんだ。どうしてそんなふうに、当たり前のように夢祓いを引き受けるのだと。その夢祓いを彩人にさせているのは、俺自身。俺もまた、彩人が憎むべき本家の人間に違いないというのに。

「桂輔が彩人の飼い主になると言い出した時、僕は彩人に同情したよ。きっと彩人は、死ぬ時によりつらい思いをすることになる。僕の弟もずいぶん残酷だってね」

「……どういう意味だ」

「僕たちは、最後に必ず獏憑きを見捨てなきゃならない。彼らを一人で死なせなければならないんだ。情を寄せればそのぶん、互いにつらい別れが待っている。この世の未練が増えれば増えるほど、最終的に獏憑きはより苦しく、つらい思いをすることになるんだよ。だから僕は、そもそも獏憑きは長生きをするべきじゃないと考える。長く生きればそのぶん、未練も増える。僕には、彩人も同じ考えを持っているように思えたけどね」

「彩人も……？」

確かに、俺は彩人から言われたのだった。中途半端な同情はやめてくれと。だったら晃成のように、化け物だと罵ってくれたほうがマシだと。

中途半端な情は、かえって相手を傷つけ、苦しめる。どうせ救えないのならば――結局は手放すことになるならば、最初から手を差し伸べるべきではない。

彩人のことを考えているつもりで、俺は誰より残酷なことを彩人に強《し》いてきたのだろうか。晃成のように、合理的な判断のもとに獏憑きを扱い、獏憑きに憎まれる関係性のほうが、正しいというのか？

「でも、それでは何の救いもないじゃないか」

落とすように呟くと、「そうだよ」と晃成は頷いた。

「救いなんてない。だからこれは、呪いなんだ。白木の血筋にかけられた、最低最悪の呪いさ。だからこそ、本家の血はその呪いからできる限り守らなければならない。僕やお前の子どもを獏憑きにするわけにはいかない。わかるだろう？」

「……俺は、自分の子どもが獏憑きになったとしても構わない」

すると晃成は、俺の正気を疑うような目を向けてきた。俺はまっすぐ相手の顔を見て、告げる。

「悪いが俺は、兄さんほど広い視野でものを見られない。俺が知る獏憑きは彩人だけだ。だから俺にとって、獏というのは彩人なんだ」

もし彩人が死んでしまって、次に自分の子どもとして生まれ変わってくるというならば、俺は歓迎こそすれ、拒絶することなどしない。

「僭越《せんえつ》ながら、桂輔様」

今まで黙ってやりとりを聞いていた安永が、そこで言葉を挟んできた。

「それは桂輔様が、獏の痣を実際に目にしたことがないから言えることだと存じます」

慇懃《いんぎん》な口調ながら、安永のその言葉には珍しく憤りが滲んでいた。痣を見たこともないくせに、いい加減なことを口にするなと言いたいのだろう。先代の貘憑きが安永の姉であったことは俺も知っている。だから、俺も思わずかちんときた。

「彩人の背中の痣くらい、俺だって見たことがある！」

丸縁眼鏡の奥で安永は目を見張り、続けるべき文句を失ったようにそのまま口をつぐんだ。

「どのみち、次の貘憑きは優馬のところの子どもだ」

流れかけた微妙な沈黙を、晃成が片手で払う。

「お前が彩人に強い思い入れを持っているのはよくわかったよ。罪悪感や同情も、そこまでいくと怖いくらいだ。でも僕としては、お前を彩人と心中させるわけにはいかない。彩人の安全が確認できたら、ちゃんと連絡をしてやるから。それまでおとなしく待ってろよ」

彩人の安全が確認できたらというのはつまり、貘ともども完全に死んだことを確認できたら、という意味だろう。

抵抗したくとも、それ以上俺にできることはなかった。言えることもなかった。

自分がどうするべきなのか、俺自身が答えを見失っていたのだから。

俺は白木の家を後にした。両手いっぱいの無力感を、重い土産に抱えて。

12

自宅マンションに戻ると、酒の並んだ棚からウイスキーのボトルを一本、適当に取った。どれがうまいのかなんて知らない。俺はもともとそれほど酒が好きではないし、大して興味もない。

適当に水で割って、喉に流し込む。あまりうまいとは思わなかった。いつもそうだ。それで彩人に呆れられる。せっかくのいい酒なのに、もったいないと。

彩人がいなくなったら、この酒はどうすればいいのだろう。

以前、たまたまもらった酒を彩人に譲ったら、ことのほか喜ばれた。彩人は酒が好きらしいと、初めて知った。

それからだ。得意先から酒をもらってきたり、土産に買ってきたりするようになったのは。おかげでこんなに集まってしまった。

「馬鹿だな、俺も」

苦笑して、テーブルの上に置いたスマートフォンを手に取る。メッセージアプリを開けば、アパートへ行った前後から彩人に送り続けたメッセージがいくつも連なっていた。いまだに返事はないし、既読のマークもついていない。

俺は少し迷ってから、「生きてるか?」と短いメッセージを打ち、送った。

自分がどうするべきなのか、いまだに答えは見えない。いや、どうにもできないというのが答えかもしれない。

彩人のもとへ駆けつけるにしても、何の手掛かりもない状態では居場所を探すことは難しかった。白木家では別荘や不動産をいくつも持っていたし、顔の広い晃成が自身の交友関係を用いて彩人のための場所を確保したとなれば、俺には完全にお手上げだ。

仮に見つけて駆けつけたところで、俺に何ができるのか。安永の言う通り、彩人の意志と覚悟を無にするだけならば、かえって相手を苦しめることにしかならない。

うまくないグラスの中身を一気に飲み干す。テーブルに置いたばかりのスマホが音を立て、メッセージの受信を告げた。

慌てて手に取り、確認する。

『うるせえな。ほっとけよ』

彩人から、メッセージが入っていた。俺が送ったものには、すべて既読マークがついている。

彩人が生きている——俺は慌ててメッセージを返した。『彩人、大丈夫か？　今どこにいるんだ』

すぐに既読のマークがついたが、いくら待っても返事はなかった。もどかしくて電話をかけてみるが、彩人は出ない。いくつか続けてメッセージを送るうちに、やがて既読マークもつかなくなった。

「彩人……」

やはり、これがお前の意志なのか。もう放っておけと。一人で静かに死なせてくれと。

「そうだよな」

だからこそ、彩人は俺に黙ってアパートの部屋を引き払い、姿を消したのだ。答えなど、最初から明白だった。

深く息をつき、テーブルに戻そうとしたスマホが、音楽と振動で着信を告げる。画面を確認することもせず、俺は即座に端末を耳に当てた。

「彩人か？」

〈桂輔様〉

聞こえてきたのは彩人ではなく、やや戸惑ったふうな安永の声だった。俺の肩から力が抜ける。

〈彩人さんではなく、申し訳ありません。もう自宅のほうへお戻りでしょうか？〉

「ああ、帰ってる。何だ。念押しの説教でもするつもりか？」

八つ当たりだと自覚しつつも、どうしてもぶっきらぼうな受け答えになってしまうのは仕方がなかった。

〈ひとつだけ、確認をさせていただきたいのですが。桂輔様が彩人さんの背中の痣を見たことがあるというのは、本当なのでしょうか？〉

俺はウイスキーをグラスに注ぎ、水で割らずにそのままひと口飲んだ。込み上げてきた軽い苛立ちを、そうして喉に押し流す。

「ヤケになって嘘をついたとでも言いたいのか？　あいにく俺はそこまで子どもじゃない」

そうですか、と応えて安永は少し黙り込む。「用がそれだけなら切るぞ」と俺が言おうとすると、

〈彩人さんの前の獏憑きが私の姉であったことは、桂輔様もご存じですよね？〉

ああ、と俺は答えた。本人に会ったことはもちろんないが、話は父や晃成から聞いたことがある。

〈私の姉の白木彬子は、非常に模範的な獏憑きであったと言われております。姉は、若い頃から我々家族とも離れて一人で暮らし、夢祓いの仕事をこなしながら、たまに本家へ挨拶に行くという、獏憑きとしてひたすらに忠実な日々を送っておりました。その前の獏憑きが、三人もの人間を巻き添えにして死ぬという大きな失敗をしたために、姉は幼い頃から模範的であることを強いられたのです〉

安永がこうして、自分から姉のことを語るのは珍しかった。日頃の彼は姉の名を口にすることさえ避けている雰囲気があったから、俺も安永には彼女について訊いたことはない。

なぜいきなりそんな話を始めたのか。わからないまま、俺は黙って耳を傾ける。

〈私が本家で働くことを決めたのは、そうした姉の理不尽な境遇を少しでも改善したいと考えたからです。しかし、私の想像以上に獏憑きの定めというものは手強《てごわ》く、根深いものでした。何よりも、姉自身が非常に頑なで……私は、己の無力をひたすらに噛みしめることしかできませんでした〉

それは、安永の懺悔《ざんげ》のようにも聞こえた。優秀な執事の仮面の裏で、彼にも様々な苦悩や葛藤《かっとう》があったのだろう。

〈私は何もできず、むしろ姉に気遣われるくらいでした。ですのでせめて、姉を一人で孤独に逝かせることだけはするまいと決めていたのです。たとえ自分の命を失うことになったとしても、最期は必ず姉のそばにいようと。ですが、それさえも私にはできませんでした。ずっと定めに忠実であった相手に対し、最後に『失敗した獏憑き』の汚名を着せるのかと旦那様に叱咤《しった》され、当の姉にも強く拒《こば》まれて。最後まで何もできないまま、結局、私は姉を一人で死なせてしまうこととなりました〉

「それを、安永は後悔しているというわけか」

〈ええ〉と安永は肯定してから、〈でも〉と言葉を続けた。

〈私のその思いは、実際に獏の痣を見たことがなかったからこそ、抱けたものでした〉

「……どういうことだ？」

〈彩人さんのお世話をするようになって、私は初めて獏の痣を目にすることになりました。今の私は、彩人さんの身を案じる気持ちはあっても、彩人さんのもとへ駆けつけたいという思いは抱けずにいます。彩人さんにかける情が姉に比べて薄いとか、自分も死ぬのが怖いとか、そういうことではありません。あの痣が恐ろしいのです。獏憑きの死を前にして、あの痣がどんな禍々しい姿を現すのか。それが、恐ろしくてならないのです〉

あの痣はそういうものなのです、と言って安永は一旦、口をつぐんだ。俺は安永の言葉を、胸の内で反芻《はんすう》する。

獏の痣に対する嫌悪や恐怖は、俺にだってないわけじゃない。たとえば、それに触れてみろと言われたら、やはりためらうだろう。たとえは悪いが、汚水に手を突っ込むのと同じくらいか、それ以上の嫌悪が生じる。あの痣は、確かにそういうものなのだ。

〈……ですが、桂輔様はあの痣を目にしながらも、彩人さんの行方を追い、あまつさえ自分の子どもが

獏憑きになったとしても構わないとまでおっしゃいました。もしそれが本当だというならば、それはある種の奇跡です〉

そんな大げさなものじゃない。ただ、俺の脳裏には、どうしても消せない光景があって——

〈彩人さんは、恐らく杉原村にいると思われます〉

俺の思考と感情が追いつくのを待たず、安永は告げた。

〈神門山の麓にある別荘です。晃成様が、そこの合鍵を彩人さんに渡したということですので〉

「神門山の別荘……。そういえば、あったな。そんなところが」

俺たちは祖父の隠れ家と呼んでいた。釣りが趣味だった祖父が生前、人のいないところでゆっくり川釣りを楽しみたいと言って手に入れた、山小屋のような小さな家だ。俺は子どもの頃に二、三度、晃成とともに祖父に連れられて行ったくらいで、祖父の死後はその存在さえも完全に忘れていた。

〈もしかすると桂輔様ならば、彩人さんのために何かできることがあるかもしれない——そう考えたくなるところですが、何もできないまま巻き添えになる可能性のほうが高いのは、やはり事実です。ですから執事としては、行っていただきたくないというのが本音です〉

「なのに、俺に場所を教えるのか？」

〈桂輔様には選択をする権利があると思いましたので。私の一存で、お伝えさせていただきました〉

白木家の執事という立場と、彩人の育ての親としての思い。そして、貘の痣に対する恐怖。安永の中で、それらが複雑に入り混じっているのが想像できた。何が正しいのか、自分が何をすべきなのか。安永もまた、答えを見つけられずにいるのだろう。

それを俺に託すのがずるいことだとはしかし、俺は思わなかった。

「ありがとう、安永」

俺は礼を言って、安永との通話を終えた。

安永は、俺にもう一度、行動を選択する機会をくれた。あの日の俺の後悔など、彼は知るはずもないのに。

脳裏に、彩人の背中が思い浮かぶ。

夕日にオレンジ色に染まった公園で、禍々しい黒い痣を晒して、幼い彩人が一人、佇んでいる。

十歳の頃に見た光景だ。

俺は彩人とは別の学校に通っていたので、直接状況を見知っていたわけではないが、背中の痣が原因で彩人がクラスメイトからいじめを受けているらしいということは、当時本家で働いていた家政婦から耳にして、何となく知っていた。

彩人自身はでも、表向きには平然としているように見えた。自分の痣が相手に与える影響を充分に理解して、仕方のないことだと割り切っているふうに見えた。

あの日、なぜあの公園の前を通りかかったのかは覚えていない。普段は通ることのない道だった。ふと目をやると、人けのない小さな公園の中にぽつりと、長く影を伸ばす彩人の後ろ姿があった。

彩人は半ズボンを穿いていたが、上半身はなぜか裸で、彼の背に浮かぶどす黒い痣の禍々しさは、離れていてもはっきりと感じ取ることができた。

夏でもないのに彩人の身体は濡れていて、色白の皮膚は背中を中心に、肩や腕にかけて全体的に赤くなっていた。そばの地面には、彼のシャツと空のバケツ、そしてたわしが落ちていた。

その状況から、彩人の身に起こったことは何となく想像できた。「背中がよごれているから洗ってやる」などと言われ、無理やりにシャツをむしり取られ、水をかけられ、たわしで背中をこすられたのだろう。

獏の痣がもたらす嫌悪は子どもの場合、容易に残酷な行為へと結びつく。

彩人がどんな表情をしていたのかはわからない。けれどその背中は、あらゆるものを必死でこらえているように見えた。

声をかけなければならない気がした。そうしなければ、壊れてしまいそうに思えた。

でも、俺は声をかけなかった。

初めて見た彩人の背中の痣が禍々しくて、気持ち悪くて。彩人を案ずる気持ちより、嫌悪感が勝《まさ》った。だから「声をかけたらきっと彩人は嫌がる」と自分に言い訳して、俺は逃げるようにその場を去ったのだ。

彩人を独り、夕日の中に残して。

俺が母から、自分たちの誕生時の話を聞くことになったのは、そのすぐ後のことだった。

俺はひどく後悔した。しかし、それを取り戻す機会は得られないままに月日は過ぎていき、成長した俺たちの間には、立場の差だとか獏憑きのルールだとか、よくわからない壁が高く分厚く立ちはだかっていた。

『飼い主』となって近づいても、その壁を取り払うことはできず、俺がどんなに声をかけて手を伸ばしたところで、もう相手には届かなかった。

あの時の、彩人のあの孤独な背中が、俺は忘れられない。

大人になった今も、彩人は変わらない。人前ではいつも平然として、飄々《ひょうひょう》とふるまって。そういうものだから仕方ないと割り切り、自らの境遇を受け入れている。

けれど本当は、一人でじっとこらえているのだろう。あらゆる痛みや、不安や、恐怖を。昔からずっと、彩人は独りで噛みしめて、咀嚼してきたに違いなかった。

それが獏憑きの定めなどと、納得するのはやはり間違っている。

本当に納得しているのなら、本当に覚悟ができているのなら。あんなメッセージなど返してくる必要はない。俺のメッセージが本当にうるさいのなら、スマホの電源を切って無視し続ければよかったのだ。実際、今まで彩人はそうしていたのだろうから。

たったひと言でもメッセージを送ってきたのは、耐えきれなかったからだろう。

ひとりぼっちで、寂しくて。怖くて、不安で。

やはり、放ってなどおけない。一人で静かに死なせることなんてできない。

一緒に動物園へ行った、あの日の手のぬくもりを覚えている。

祖父とはぐれ、迷子になりかけて。不安で泣きそうになった俺を励まし、力強く手を引いて祖父を見つけ出してくれたのは、彩人だった。

二人一緒ならば怖くない。寂しくもないと、彩人は俺に教えてくれた。

だからあの孤独な背中に、今度こそ俺は声をかける。

立ちはだかる壁なんて乗り越えて。手を伸ばし、大声を出して、言ってやるのだ。

一緒に帰ろう――と。

13

翌日は仕事を休み、杉原村の別荘へ向かうことにした。

杉原村は、東京の西の端に位置する。車なら一時間半はどで着くだろう。その前に、俺は西七王子の駅前に寄ることにした。

開店を待って《ベーカリー・タテヒラ》の店内に入ると、カランとドアベルの音に反応し、レジカウンター近くに立っていた人物が振り返る。

「いらっしゃいませ――あ、白木社長」

黒白のドレスめいた服に、フリルのついた白いエプロンを着けた少女が、俺を見て驚いたような顔をする。

「お久しぶりです、館平さん。メールをいただいたのに返信をしないままで、申し訳ありませんでした」

「いえ」と館平奈々葉は慌てて首を振り、

「こうやってお店に来てもらえたから。すごく嬉しいです」

ここへ寄ったのは、先日、館平奈々葉からもらったメールを思い出したからだ。

彼女と会うのも半年ぶりだが、その個性は変わっていない。初めて顔を合わせた時、彼女のファッションの呼び名がなかなか思い出せずにもやもやして、後で社員から「ゴシック・アンド・ロリータです」と教えてもらって非常にすっきりした覚えがある。通称ゴスロリというらしい。彼女にはとてもよく似合っていると思う。

「『例のパン』が完成したということですが」

「そうなんです。今月からようやくお店に並ぶことになったんですけど、結構好評なんですよ。開店したばかりで、ちょうど焼きたてです」

自然な笑顔を見せる彼女は、半年前よりもずいぶん雰囲気が明るくなった。あれから、問題なく過ごせているようだ。

「これです」と館平奈々葉が誇らしげに示した台の上に、籠《かご》に盛られてそのパンはあった。

ふっくらと丸みを帯びた、可愛らしいバクの形をしたパンだ。パン生地《きじ》の色味を活かした、茶色と白のマレーバクだった。

手書きのPOPには『バクのふわふわはちみつパン』と書かれている。

「ハチミツのパンですか」

「クリームパンにしようか、チョコパンにしようか、最後まで迷ってたんですけど。そしたら弦が、ハチミツがいいって。生地にハチミツを練り込んであるんです。ほんのり甘くてふわふわで、おいしいですよ」

「マレーバクの愛らしさも見事に表現されてますね。さっそく、いただいていきます」

俺はトレイに『バクのふわふわはちみつパン』を二つ載せ、会計を頼んだ。

「他のパンはいいんですか？」

「今日は少し急いでいるので、とりあえずこれだけで。また改めて伺わせてもらいます」

パンを袋に入れてもらっていると、奥の厨房のほうからコックコートを着た若い男が姿を現した。

「いらっしゃいませ」と俺に向かって会釈をする。

この店で働いているパン職人の、倉橋弦だった。

「その節はどうもお世話になりました。黒沢さんは元気ですか？」

彼は尋ねてきた。館平奈々葉がはっとした顔をする。彼女としても気になっていたに違いないが、訊くのをためらっていたのだろう。

今日、俺が一人で来たことで、彩人がこの店を訪れるのを拒否したと彼女は考えたかもしれない。いずれにしても、彩人の背中の痣を目にした彼女が彩人に抱く感情は、どうしたって複雑なものになりがちだ。

「まあ、そうですね……」

元気だと、返そうとしたのに。うまく嘘が口にできなかった。

「黒沢さんに、何かあったんですか？」

館平奈々葉が窺うように尋ねてくる。「いや」と首を振りかけて、へたな嘘を口にする気力も尽きた。

「悪い夢を食べすぎて、ちょっと体調を崩しているんです。このパンを食べれば、きっとすぐに元気になると思います」

そう、きっと。悪い夢を食べてくれるバクのパンを食べれば、彩人も元気になるはずだ。それとも「マレーバクじゃ、夢は喰ってくれねえよ」と、あいつは言うだろうか。

すると倉橋弦が、店の外に出ていった。カランとドアベルの音を立てたと思えば、すぐにまた店内に戻ってくる。その手には、店のドアに掛けられていた飾りがあった。

「白木さん。そのパン、黒沢さんのところへ持っていくんでしょう？　だったら、これも貸しますから。一緒に持っていってください」

倉橋弦はそう言って、その飾りを俺に差し出した。確かこれは、ドリームキャッチャーというものだったはずだ。

「ドリームキャッチャーは、悪い夢を搦め捕って、いい夢を運び込んでくれるお守りなんです」

なるほど、と俺は納得する。だから蜘蛛の巣のような形をしているのか。

「これ、俺の親父の形見なんですけど。実は最近、ちょっとした奇跡が起きて。俺は死んだ親父に会えたんです」

倉橋弦はそう話して、差し出したドリームキャッチャーを一旦、慈しむように手元に引き寄せた。

死んだ父親に会えたというのは、夢の中で会ったということなのだろうか。それともまさか、幽霊に出くわしたのか。

「バクのパンをはちみつパンにしたのも、実は死んだ親父のアイディアで」

「その言い方、ちょっとまぎらわしい」

横から館平奈々葉がつつくように口を挟む。だが倉橋弦は構わずに、俺を見て話を続けた。

「どうもその奇跡は、黒沢さんのおかげだったみたいなんですよね。だから俺も、黒沢さんに会ってお礼を言いたいんです」

彼はそうして、改めて俺にドリームキャッチャーを差し出してきた。

「このお守りは本場のやつらしいんで、よく効くと思いますよ。次はぜひ、黒沢さんも一緒に来るように伝えてください。焼きたてのパン、たくさんサービスさせてもらいますので」

館平奈々葉もにっこりと笑い、ちゃんと用意しておきますから」

「野菜が入ったやつも、ちゃんと用意しておきますから」

館平奈々葉もにっこりと笑い、バクのパンが入った袋を差し出してくる。

「……黒沢に、必ず伝えます」

ありがとうございますと礼を言い、俺はそれぞれの手からパンの袋とドリームキャッチャーを受け取った。

二人がくれた前向きな温かさに、励まされた気がした。

14

過去の記憶とカーナビを頼りに、神門山の別荘にたどり着いたのは、もうすぐ昼の十一時になろうという頃だった。

森の中の開けた場所にぽつんと立つ、二階建てのログハウス。近くに川があって豊かな自然に囲まれているが、逆に言えば自然しかないので、アウトドアに興味のない両親などはたぶん一度も訪れたことはないだろう。俺自身、今まですっかりその存在を忘れていたわけだが、安永いわく晃成はこの場所を気に入っていて、定期的に一人で訪れているというから、少し意外だった。

シラキの会社と本家の跡取りとして、晃成は幼い頃から当たり前のように周囲の期待に応えてきた。優秀な兄と比較されて、俺もずいぶんとうんざりさせられてきたものだったが、その優秀な兄にも、人知れず抱える苦悩や重圧といったものはあったのかもしれない。

周りから見える「当たり前」が、本人にとって本当に「当たり前」かどうかはわからない。俺も今まで、当たり前のように兄に押しつけてきたものがあったようにも思う。

そう考えれば、晃成に対して申し訳ない気持ちも少なからず浮かんでくるが、彩人に対する仕打ちについてはやはり、どうあっても容認できるものではない。

「彩人、俺だ」

玄関のチャイムを鳴らし、中に向かって呼びかける。

昨夜、一度だけメッセージを送ってきて以降、彩人はずっとスマホの電源を切っているらしく、連絡はつかないままだった。今はどんな状態でいるのか。手遅れになっていないことを願うばかりだ。

何度チャイムを鳴らしても、返事はなかった。玄関ドアは鍵がかかっていて、建物全体がしんと静まり返っているように見える。あいにく俺はここの鍵を持っていない。どこか入れるところがないか、中の様子を探りつつ建物の周りを巡ってみる。

裏口はなく、テラスに面した掃き出し窓にも鍵がかかっていた。カーテンはすべて閉じているので、中の様子もわからない。

仕方がない。俺は手ごろな石を拾うと、掃き出し窓のガラスを目がけて思いきり投げつけた。ガシャンと音を立ててガラスが割れる。幸い警報などが鳴ることはなかった。開いた穴から手を入れて鍵を外し、窓を開けた。

中に入ると、そこは吹き抜けのリビングダイニングで、テーブルの上にはコンビニのパンの袋と、空になった牛乳パック、ミネラルウォーターのペットボトルが放置されていた。

やはり彩人はここにいるらしいが、一階を見る限り、彼の姿はどこにもない。

「彩人。二階にいるのか？」

階段の上に向かって呼びかけてみる。

俺がガラスを割った段階で、普通なら何事かと姿を見せるはずだ。けれど、建物の中は静まり返ったまま。人の気配はなく、空気はひんやりとしていた。

不吉な予感を振り払い、俺は階段をのぼって二階へ向かう。

二階にはゲストルームが二つあった。晃成とともに泊まりに来た時には、俺は向かって右側の部屋を使った記憶があったが、そちら側のドアが中途半端に開いている。

ゆっくりと近づいて、ドアを開けた。

作りつけの家具があるだけの、簡素な部屋。その壁際に置かれたベッドの上に、彩人の姿があった。

「彩人！」

駆け寄り、声をかける。毛布をかけて静かに横たわる彩人はしかし、何の反応も見せない。

枕元には電源を切ったスマートフォンが置かれ、ベッドの下には作業着とTシャツが無造作に脱ぎ散らかされていた。

「おい、彩人。起きろ」

身体を揺すっても、彩人のまぶたは開かない。彼の顔色は、異様なほど青白かった。それでも、ただ寝ているだけだと俺は信じようとした。

「とっておきのパンを持ってきたぞ。早く起きろ」

呼びかけ、彩人の身体を揺さぶり続けていた俺の手の動きが、そこでぴたりと止まる。思わず彩人のそばから身を離した。

何やら黒いものが、寝ている彩人の身体の下から滲み出してきたからだ。どす黒く、どろりとしたそれは、下から包み込むようにして彩人の身体を覆い尽くしていく。

「何だ、これは……？」

よくわからないが、触れてはいけないもののような気がした。ひどくおぞましく、禍々しい感じがする。この感覚には、覚えがあった。

彩人の背中の痣と同じ——そう気づいた時には、そいつは彩人の身体ごとベッドを真っ黒く塗り潰し、今度は俺を呑み込もうと、すぐそばまで迫っていた。

咄嗟に逃げようとするも、無数の黒い腕が伸びてきて、俺の身体を搦め捕る。抵抗などする余裕もなかった。視界が真っ黒く染められていき、全身の感覚が急速に失われていく。

意識までが強引に黒い淵の底へ沈められようとする中、俺は残る感覚のすべてを使って、バクのパンとドリームキャッチャーが入った手提げの袋を、胸にしっかりと抱きしめた。

15

そこは、誰もいなくて何もない、ただひたすらに暗い空間だった。

「暗い」というより「黒い」といったほうが正しいかもしれない。たとえば、真っ黒く塗り潰されたキャンバスの中に放り込まれたような。

空気は乾いて、ひんやりとしている。寂しい、と強く思った。けれどそれは俺自身の感覚ではなく、空気の粒子のひとつひとつに「寂しい」という感情が含まれていて、それが肌に触れることで身の内に染み入ってくる。そんなふうだ。

頭は少しぼんやりとしていたが、彩人の身体の下から滲み出してきた真っ黒いものに呑み込まれたことは覚えている。

俺は死んだのだろうか。ここは、死後の世界か？

目を凝《こ》らすと、黒一色と思われた風景の先に、白っぽいピンク色の何かが存在していることに気がついた。引き寄せられるように、俺はそちらへ向かって足を動かす。

近づいていくと、大きな木であるのがわかった。見事な古木の桜だ。今は十一月のはずなのに、枝いっぱいに淡いピンクの花を咲かせている。

黒い空間に咲く満開の桜は、ひと際美しく、華やかに見えた。同時に親しみも覚える。というのも、俺はその木に見覚えがあったからだ。

「……うちの桜か？」

現実のものよりもずいぶんと大きく、幹もかなり太かったが、枝ぶりはそっくりだ。

白木の本家の中庭にある、古い桜の木。毎年、それは見事な花を咲かせていた。子どもの頃は満開を心待ちにして、その後の花吹雪まで楽しんでいたが、成長すると自然と関心も薄れ、当たり前の風景の一部と化してしまっていた。

けれど、彩人は気に入っていたようだ。花がない時でも、この木にもたれて座っているのを、母屋の窓から見かけることはよくあった。

もしかして、ここは彩人の意識の中なのか？

俺を呑み込んだあの黒いものからは、彩人の背中の痣と同じ禍々しさを感じた。つまりあれは、彩人に憑いた貘の穢れ。俺は貘によって、彩人の意識の中に引きずり込まれたのかもしれない。

ならば冷えた空気を通して皮膚に染み込んでくる、この「寂しい」という感情も、彩人のものなのか。

「確かに、寂しいところだな」

このような冷たい孤独を、彩人は日頃から心に抱えていたのか。

大きな桜の木のすぐそばまで近づくと、その根元に周囲とは異なる黒色を見つけた。

黒い獣が四肢を投げ出して、力なく横たわっている。

「彩人！」

俺は慌てて駆け寄る。手を伸ばし、その身体に触れてみると、やわらかなたてがみの奥に、確かなぬくもりを感じた。

「おい彩人、目を覚ませ」

身体を揺すり、何度も呼びかけると、やがてうっすらと獣は目を開いた。金色の瞳が探るように動き、俺の顔に焦点を結ぶ。

よかったと安堵した、その瞬間――

俺の喉元《のどもと》を目がけ、いきなり獣が襲いかかってきた。

あまりに予想外で唐突な相手の攻撃に、避ける間もない。俺は目を閉じた。死を覚悟するとかそんな余裕もなく、ただ反射的な動作だった。

閉じたまぶたの向こうで、ギャウッと獣の声がした。それきり、俺の身体には痛みも衝撃もやってこない。訝りながら目を開けてみると、黒い獣は黒い地面の上でもがいていた。前足でしきりと顔の辺りをこすっている。見れば、獣の顔面にはうっすらと白く輝く細い糸のようなものが張りついていた。

どうやら、蜘蛛の巣に引っかかったようだ。

どういう具合でそんなことになったのかはわからないが、九死に一生を得た。それがなければ俺は、喉笛に食いつかれて嚙み殺されていただろう。

これは、彩人ではないのか——？

しつこく張りつく蜘蛛の巣を取り払おうと、苛立たしげに顔をこすったり首を振ったりしていた獣の動きが、不意にぴたりと止まった。

ぶるっと一度身を震わせて、獣が俺の顔を見た。絡んだ細い糸の合間から、理性を帯びた瞳がまっすぐに俺をとらえる。

「……桂輔」

しぼり出すようにして、獣は彩人の声ではっきりと俺の名を呼んだ。

やはり、彩人だ。彩人は眉間に深い皺を刻み、苦しげにもうひと言、言葉をしぼり出す。

「……逃げろ」

「逃げろって、どこへだ」

大きな桜の木が一本あるだけの真っ黒な空間に、出口など見当たらない。身を隠す場所も存在しない。追われれば、四つ足の獣の素早さには到底かなわないだろう。

彩人が頭を大きく動かし、鼻先で頭上の木を示した。

「……木の上へ逃げろっていうのか？」

「じきに、こいつは死ぬ。それまで……」

木の上で待てと、そういうことか。しかしそれは、同時に彩人の死をも意味する。

ぶるっとまた、彩人の身体が震えた。金の瞳から理性が消えていく。

彩人の名残を完全に消し去った獣は、轟くような咆哮《ほうこう》を上げた。全身の産毛《うぶげ》が逆立《さかだ》つ感覚。本能的に危険を感じ、俺は桜の木の幹に取りついた。俺がのぼるのを手助けするように、木はちょうどいい位置に枝を伸ばしてくれている。

まさか、大人になって木登りをすることになろうとは。子どもの頃にだって、ろくにやったことなどないのに。

蜘蛛の巣を払いのけた獣は、木の幹に前足をかけてガリガリと引っかきながら、枝上にいる俺に向かって唸り声を上げている。ネコ科の足を持っているように見えるが、どうやら木にのぼっては来られないらしい。

それでも、自分に向かって唸る相手を見ているだけで、呼吸が苦しくなった。冷や汗が滲み、身体が震え出しそうになる。しっかり枝につかまっていないと、うっかり落下してしまいそうだ。

獣は全身から、暴力的なまでの禍々しさを放っていた。激しい嫌悪と恐怖に吐き気がする。彩人の背中の痣を見た時と同じ――いや、それ以上かもしれない。

彩人が俺の夢に入ってきた時、その獏の姿に痣のような嫌悪を感じなかったのは、彩人の自我が前面に出て、獏を制御していたからだったのだろう。

けれど今、彩人の自我は獏に呑み込まれ、本性をあらわにした獏は俺を喰おうとしている。喰われたらきっと、俺は現実にも死ぬのだろう。恐らくは心不全という診断を下されて。

それが過去に獏憑きの死に巻き込まれて命を落とした者たちの真相。彼らは皆、獏によって獏憑きの意識の中に引きずり込まれ、獏の餌食《えじき》となったのだ。

獏憑きが完全に死ねば、獏もまた死ぬ。だから彩人の言う通り、この木の上で耐えていれば、俺は助かるのかもしれない。

でも、それでいいのか？

ただ相手の死を待つ。そんなことをするために、俺はここまでやってきたのか？

夕日のオレンジ色が脳裏に広がる。その中に佇む、孤独な背中。

あの背中に声をかけたくて、俺はここへ来たんじゃないのか？　手を伸ばし、「一緒に帰ろう」と言うために、俺は来たんじゃなかったのか？

「……そうだ」

立ちはだかる壁なんて乗り越える。いや、いっそぶち壊してやる。

俺は木の下を見た。黒い獣は依然として、幹に爪を立てて唸り続けている。下りていけば、その瞬間に襲いかかられるだろう。一時的にも注意を逸らすものが必要だった。

何かないかと視線を巡らせると、手近な枝にピンク色のゴムボールが引っかかっているのを見つけた。バランスを崩さないよう手を伸ばし、ゴムボールを取る。

「おい。いいものをやるぞ」

下にいる獣に声をかけてゴムボールを投げてやると、獣はいかにも反射的といったふうにボールを追いかけ、桜の木から離れていった。犬と同様の本能を持ってくれていたようで助かる。

木から下りてほどなく、ピンクのゴムボールをくわえて獣が戻ってきた。思ったより早い。俺の姿を見ると、獣はボールを口から落とし、鼻に皺を寄せて唸り声を上げた。

悪寒が背筋を這い上がる。震えそうになる両足にぐっと力を込める。

「彩人」

俺は獣に向かって呼びかけた。どうにかして、獣の内側から彩人の自我を呼び戻す。俺がやるべきことは、それしかない。

「戻ってこい、彩人」

獣の足が地面を蹴った。高く跳躍して、俺に襲いかかってくる。咄嗟に顔を庇った左腕に激痛が走った。

「つっ……」

凶暴な獣の顔が間近にあった。唸りながら俺の腕に喰らいついている。

現実ではないとわかっていても、痛みはリアルだった。鋭い歯が皮膚に食い込み、溢れる血が黒い地面に滴《したた》り落ちる。獣は更に深く歯を食い込ませてくる。そのまま喰いちぎろうとするように。

「彩人……」

残忍に光る金の目に、もはや理性はかけらも残っていない。それでも、俺は呼びかけずにいられなかった。

乾いた冷たい空気は、依然として「寂しい、寂しい」と訴えてくる。たとえ理性を失っても。凶悪な獣に成り果てても。俺にとって、これはやっぱり彩人だ。

左腕を噛まれたまま、俺は右手を獣の身体にそっと回した。予想外の行動だったのか、獣は怯《ひる》んだように俺の腕から口を離す。

「頼むから、戻ってきてくれ。彩人」

自由になった両手で、俺は彩人を抱きしめた。

「一緒に帰ろう」

もう、独りで置き去りにしたりはしない。しっかりと相手を抱きしめて、そのふさふさしたたてがみに頬をうずめる。正直、見た目はあまり獏らしくないし可愛くもないが、毛並みはなかなか悪くない。

呑気《のんき》なことを考えた俺の視界に、獣の身体を抱きしめる自分の腕が映る。噛まれた左の袖が破れ、血だらけになっている。鮮やかなはずの赤い色彩に、なぜか黒い色がまじっていた。

まるで煤《すす》に突っ込んだように、腕全体が黒くよごれている。見れば、右腕も真っ黒だ。もしやと手の甲で頬を拭ってみると、やはり黒いよごれがついた。

腕の中の黒い獣をじっと見つめる。すると獣は、唸り声を上げて威嚇してきた。構わず服の袖で獣の頭を拭ってみると、袖が真っ黒になった。

「お前……もしかして、ものすごくよごれてないか？」

大きく頭を振り、獣が俺の腕から逃れようとする。どうやら俺は、ひどく重要なことに気づいてしまったらしい。いわば、相手の弱点のようなものを。ついさっきまで俺を襲う気満々だった獣が、一転して俺から逃げたがっている。

「待て、彩人」

腕に力を込めて首元を押さえつけると、獣はますます激しく暴れた。この嫌がりようは、もしかすると、もしかするのかもしれない。

この黒いよごれの正体は、穢れだ。彩人は、自らの内に蓄積した穢れのせいで死にかけている。ということは、この穢れを落としてやれば助かるのではないか。

俺は上着を脱いで、押さえつけた獣の頭をごしごしと拭《ふ》いてやった。けれど上着はすぐに真っ黒になってしまう。

せめて、洗い流せる水があれば――あるはずもないものを求め、辺りを探った俺の目に、信じられないものが映る。

桜の木の太い幹に、シャワーがついていた。

思わず我が目を疑う。いつの間にこんなものが。さっきまではただの木だったのに。

「……よくわからないが、使えるものは使わせてもらおう」

片方の腕で獣の首をしっかりとホールドしつつ、幹についたコックをひねると、シャワーから勢いよく水が迸《ほとばし》った。俺も獣もたちまちずぶ濡《ぬ》れになる。

水が嫌いなのか、獣は唸りながらいっそう激しく身をよじって暴れる。俺が力ずくで押さえつけようとすると、いまだ血が流れる左腕に再び噛みついてきた。憎悪に燃えた金色の目で俺を睨み、グルルルと唸る。放さないとこの腕を喰いちぎる。そう言いたげだ。

「喰いちぎりたいなら、好きにすればいい」

しょせん、これは現実ではない。腕一本、喰いちぎられたところで、心不全で死ぬことはないだろう。

喰いつかれた左腕を逆に強く相手の口に押し込んで、俺は獣の身体を地面に押し倒した。

「ただし、お前のよごれは綺麗に落とさせてもらう。よごれを落とすことに関しては、こっちはプロだ。《白木清掃サービス》の社長の名にかけて、完璧に洗い落としてやる」

俺のその言葉に呼応したように、気づけば右手がなじみのある白い容器を握っていた。

黒い空間の中でも燦然《さんぜん》と輝く『Ｂｌａｎｃ－Ｂ　エクストラ』の文字。『エクストラ』の部分が、特によく目立っている。

「これは、洗濯用洗剤なんだが……」

使っても大丈夫だろうか。頑固なよごれを落とすには確かに最適ではあるのだが……まあ、現実ではないし。よしとするか。

手が塞がっていたので歯を使って容器の蓋を開け、中身を直接、獣の身体にそそいだ。嚙まれた左腕は相手の口に押し込んだまま、獣の身体をしっかりと地面に固定して、右手で洗剤を黒い毛に揉み込んでいく。

漂白剤入りの洗剤で動物の身体を洗うことも、そもそもこんなふうに素手で扱うことも、現実なら相当にまずい。絶対に真似しないでください、という注意書きが必要だろう。

洗剤はよく泡立《あわだ》った。シャワーでどんなに洗い流しても、真っ黒な泡がどんどん出る。

「これは、相当なよごれだな……」

息をついたところで、獣に腕を振りほどかれた。ぶるぶるっと身体を振って泡と水を盛大に撒き散らし、脱兎《だっと》のごとく逃げ出そうとするのを、俺はすかさず尻尾をつかんで引き戻す。

まさに格闘だった。以前に一度、友人が飼っている大型犬を「清掃会社の社長なんだから、犬を洗う訓練も必要だろ」などというよくわからない理屈でシャンプーさせられたことがあったが、あれの比ではない。

野生のライオンをシャンプーするようなものだった。洗うほうも、洗われるほうもとにかく必死だ。嚙まれた左腕からは血が流れ続けていたし、鋭い爪で引っかかれてあちこち傷だらけだったが、痛みを感じる余裕もない。

どのくらい時間が経っただろう。やがて、観念したらしく獣が少しおとなしくなった。

濡れそぼって、ひと回り細くなった姿はどことなく情けない。疲れたのか、獣は後ろ足を投げ出してぺたりと座り込む。俺も疲れていたが、かといって手を止めるわけにはいかない。何しろ、洗っても洗っても際限なく黒い泡が出てくるのだ。一体、どれほどよごれているというのか。

結局、容器一本を使い果たすことになった。これが現実ならば、俺の手はとうに漂白されて真っ白になっているに違いない。

しかし驚くべきは、洗い終えた獣の姿だった。

俺が洗っていたのは黒い獣のはずだったが、真っ黒な泡を何度も何度も何度も流し続けてふと気がつくと、そこにいるのは真っ白い獣になっていた。

「まさか、あの黒い色が全部よごれだったとはな……」

木の幹についたシャワーがいつの間にかドライヤーに変わっていたので、俺は濡れた毛を乾かしてやる。白い獣はもうすっかり観念して、おとなしく俺に身をゆだねていた。

ゾウに似た少し長い鼻に、オオカミのような身体。ふさふさとしたキツネのような尻尾に、獅子《しし》のような豊かなたてがみと、鋭い爪を持つ脚。そして、猫のような金色の瞳。

貘というにはずいぶんと奇妙な姿をした獣だが、ふわふわの純白の毛に覆われたその姿は、神々しいまでに美しかった。

あれほど禍々しかったのが嘘のようだ。恐らくは、長い年月の間に歴代の貘憑きたちの穢れも染みつかせ、どんどんと黒く禍々しい姿に変貌《へんぼう》していったのだろう。

白木の貘は、もともとはこんなにも美しい姿をしていたのだ。

白い獣が俺を見つめる。落ち着いた金色の瞳には理性と知性が宿り、もう凶暴さは見られない。ゆっくりと俺のほうへ近づいてくると、獣はそっと俺に身をすり寄せた。

「彩人」

俺は白い獣を抱きしめる。ふんわりしたたてがみは、先ほどまでよりずっとやわらかく、温かかった。

「帰ろう」

頭上から、ひらりとピンクの花びらが落ちてきた。やわらかな風が、桜の花びらを次々と舞い上げる。

花吹雪が、黒い空間を優しい色に染め上げていく。

ふわりと花の香りがして、自分たちを包み込む温かな腕の存在を、俺はその瞬間、確かに感じていた。

16

目が覚めると同時に、俺はくしゃみをした。

そういえば俺の身体は濡れたままだった。床の上に寝ていた身体を起こし、確認してみると、乾いている。というより、もともと濡れてなどいなかったのだろう。あれはすべて夢の中——彩人の意識の中の出来事だったのだから。

そうだ、彩人は？

ベッドの上に目をやると、「ううん」と不鮮明な声がして、毛布がもぞりと動いた。ゆっくりと彩人が身体を起こす。

「彩人……大丈夫か？」

寝癖《ねぐせ》のついた頭を掻きながら、彩人はぼんやりとした顔を俺に向ける。それから、不意に苦味を感じでもしたように眉根を寄せた。

「俺……死に損《そこ》なったのか」

「その言い方はやめろ。お前は死に損なったんじゃない。助かったんだ」

「たすかった……」

漠とした様子で彩人は呟いてから、

「俺、生まれて初めて夢ってもんを見た」

自らの意識の中で起こったことを、彼ははっきりとは覚えていないのかもしれない。彼の自我は獏に呑み込まれ、半ば失われかけていた状態だったのだから、それも充分にあり得ることだった。

「そうか。どんな夢だった？」俺は訊いてみる。

「桂輔に、荒っぽくシャンプーされる夢」

そう答えながら見せた彩人の表情が、濡れて情けない姿になった黒い獣と重なり、俺はつい吹き出してしまう。

「それはよかったな。すっきりしただろう？」

何しろ、あれだけのよごれを落としてやったのだから。もっとも、シャンプーではなく『Ｂｌａｎｃ－Ｂ　エクストラ』で洗ったことは、言わぬが花というものだろう。

「んー」と、濡れた犬みたいな表情のまま応える彩人を見て、俺は余計におかしくなる。

ふと、かすかな痛みを左の腕に感じた。何気なく袖をめくった俺は、思わず目を見張る。

左腕の皮膚の上に、獣の歯型のような形をした、黒い痣が浮いていた。

「その腕……」

俺の腕に浮いた痣を見て、彩人が見る見る表情を強張らせる。

「俺が噛みついたんだ」

俺が、と繰り返して、彩人は強く唇を噛む。

「覚えているのか？」

「何となく……思い出した」

「そうか。まあ、気にするな。大したことじゃない」

「大したことに決まってんだろ。そいつはただの痣じゃない。獏の穢れが染みついたもんだ。だから俺の背中の痣と同じように……たぶんもう、一生消えない」

「別に構わないさ。お前を連れて無事に戻ってこられたんだ。勲章だと思えばいい」

それは強がりなどではなく、俺の本心だった。けれど彩人は「何が勲章だよ」と目を吊《つ》り上《あ》げる。

「言っとくけど俺は謝らないし、礼も言わねえからな」

ベッドの上にあぐらをかいたまま、ふてくされたように彩人は背を向けた。

「わざわざこんなところまで来やがって。へたしたら巻き添えくって一緒に死んでたかもしれない。桂輔はいつもそうやって、俺の気持ちってやつを台無しにするんだ」

人に背を見せることを、普段なら何より警戒するのに。まだどこか覚醒《かくせい》しきれていないのかもしれない。彩人の裸の背中。その一面に浮いた痣が、俺の視界にまともに入る。

過剰な穢れが落ちたせいか、痣はずいぶんと薄くなっていた。こうして間近で目にしていても、嫌悪も恐怖も湧《わ》いてこない。それはでも、もしかすると俺も同質の痣を持つ身になったためかもしれなかった。

だとすれば、俺にとってこの腕の痣はやっぱり勲章だ。

「ああ、すまなかった。身勝手なのは自覚している。もちろん、謝罪も礼もいらない」

今や親しみさえも覚えつつある彩人の背の痣を見つめながら、俺は応える。

「俺は充分に満足しているしな。何といっても、獏一頭を見事に洗い上げることができたんだ。動物園の飼育員にだって、ペットサロンのトリマーにだって、そうそう真似できない芸当だぞ」

「……確かに、真似はできねえだろうな」

彩人は心底呆れたというふうに息をつき、ぽつりとこぼした。「つーか、よくもあんなことができたもんだよ」

「《白木清掃サービス》をやっていてよかったと、しみじみ思った」

ついでに『Ｂｌａｎｃ－Ｂ　エクストラ』を開発してよかったとも思ったが、それは心の内にとどめておく。

「そういう問題じゃねえと思うけど」

「ところでお前、腹は減ってないか？」

言いながら俺は、床に落ちていた手提げ袋を拾い上げる。

「……なんか食い物、持ってんの？」

腹は減ってるらしい。彩人は不本意そうにしながらもこちらに身体を戻した。

「ああ。とっておきのパンがある」

「パン」彩人の目が輝いた。俺はパンの袋を渡す前に「まずは服を着ろ」と、脱ぎ散らかされた服を拾って彩人に差し出す。そこで初めて自分の格好に気づいたらしく、彩人は慌ててＴシャツを着て背中を隠したが、今更だ。

パンを取り出そうとして、手提げの袋の中に一緒に入っていたドリームキャッチャーに気づく。

そういえば、彩人の意識の中でいきなり獣に襲いかかられた時、蜘蛛の巣によって九死に一生を得たのだったが、あれはこのドリームキャッチャーのおかげだったのかもしれない。

本場のやつなのでよく効くと、倉橋弦は言っていたが。確かに、よく効いてくれた。

「《ベーカリー・タテヒラ》って……」

パンの袋を渡すと、そこにプリントされた店名に、彩人は目ざとく反応した。

「館平さんがつくった、『バクのふわふわはちみつパン』だ。俺たちに食べてほしいと、彼女から連絡をもらった。だから店に寄って買ってきたんだ」

「ほんとにつくったんだな、バクのパン」

袋からパンを取り出し、愛らしいバクの形を眺めるのもそこそこに、彩人は頭からかぶりついた。

「あ」と思わず俺の口からは声が出る。

「ん。確かにふわふわで、甘くて、うまい」

あっという間にバクパンを平らげた彩人は、袋の中に入っていたもうひとつを取り出して、

「二つ入ってたから、桂輔にも分けてやるよ」

真ん中でパンをちぎり、バクの下半身を俺に渡してきた。

二つあるなら普通は彩人と俺でひとつずつだろう、とか、それは譲るにしても、渡すならせめて顔のついた上半身だろう、とか、言いたいことは色々とあったが、ぐっと呑み込んで俺もバクの尻にかぶりつく。

やわらかな食感と、ほのかな甘味が口に広がった。疲れた心身に、ハチミツの優しい甘さが沁みる。

「うん。これは絶品だ」

帰りにタテヒラに寄ったら、ドリームキャッチャーを返すついでにこのパンをまた買っていこう、などと俺が考えていると、

「……ありがとな」

パンを咀嚼する途中でうっかりこぼれ出たというさりげなさを装って、彩人がぼそりと言ってきた。

「謝らないし、礼も言わないんじゃなかったのか」

「うるせえな。謝りはしねえよ、絶対に」

ぶっきらぼうに彩人は返してくる。そういえば、こいつは天邪鬼だったのだ。仕事をするなと言えばしたがるし、夢に入るなと言えば入る。謝罪も礼もいらないと返せば、礼を言ってくる。

「なら、代わりにひとつ手伝ってもらおうか」

「手伝うって、何を」

「今思い出したんだが、ここに入るのに窓ガラスを割ったんだった。帰る前に片づけておかないといけない」

「そんな強盗みたいな真似して入ってきたのかよ」

彩人は大いに呆れてみせる。

「仕方ないだろう。鍵を持ってなかったし、お前も開けてくれなかったし」

「人のせいにすんな」

「じゃあ、早いところ片づけるか」

パンの最後のひとかけらを口に放り込み、俺はベッドの端から腰を上げた。同じくパンを食べ終えた彩人を「ほら」と促す。

「俺、一応、病み上がりってやつなんだけど」

「『一応』なら構わないだろう。タテヒラで好きなだけパンを買ってやるから。そういえば、倉橋さんもサービスしてくれると言っていたな。ということでパン、食べ放題だぞ」

「ああもう、仕方ねえな」

めんどくせえとぼやきながらも、彩人は素直にベッドから腰を上げた。

17

「洗った——のですか？」

白木の家に再び顔を出したのは、翌日の夜のこと。

俺は珍しく離れにある安永の部屋に赴き、神門山の別荘での一件を彼に話して聞かせた。常日頃からポーカーフェイスを崩さない有能な執事も、さすがに目を丸くして驚きをあらわにする。

「ああ、洗ったんだ。それはもう、すごいよごれだった」

獏がどれほど穢れにまみれて真っ黒だったかを、俺は安永に説明してやる。同じ説明をここへ来る前、シラキの会社に立ち寄って晃成にもしてきたが、晃成はしばし唖然としてから大笑いをして、

「いくら清掃会社だからって、獏まで洗ってやるとはね。今度から桂輔は『獏の掃除屋』を名乗ったらいいんじゃないか」

などと皮肉めいた物言いをしてきた。しかし、その後にふと真顔になって「大したもんだよ、お前は」と素直にほめてきたりもしたので、ひょっとすると明日、東京ではかなり早い初雪が降るかもしれない。

一方の安永は、話を聞き終えると神妙な顔つきになって、「なるほど」と頷いた。

「白木家はその昔、穢れを祓うことを生業《なりわい》としていた家だったといいますから。桂輔様には、そのご先祖の力が宿っていたのかもしれません。恐らくは、その力で獏の穢れを祓われたということなのでしょう。それが『洗ってよごれを落とす』という方法になったのは……清掃会社の社長という、桂輔様のお立場ゆえかと思いますが」

冷静かつ真面目に分析をしてもらい、今度は俺のほうが「なるほど」と頷く。

「それにしても、彩人さんのみならず、貘まで助けてしまうとは。桂輔様は、私が想像した以上の奇跡を起こしてくださいました。私からもぜひ、お礼を言わせてください」

どうもありがとうございました、と深々と下げられた安永の頭を、「いや」と俺はすぐに上げさせて、

「俺だけの力じゃない。あの木が力を貸してくれたからこそ、できたことだ」

俺は顔を動かし、窓の向こうを示した。安永の部屋からは、中庭の桜がよく見える。

屋敷の明かりを受けて、夜の薄闇にぼんやりと浮かぶ桜の木は、今は葉を落とした寂しい姿になっているが、彩人の意識の中ではより大きく堂々とした、美しい満開の姿を見せてくれた。

黒い獣を洗うためのシャワーと、洗剤と、おまけにドライヤーまで用意してくれたのは、あの桜の木に宿った意志の力だったと思う。

優しくて温かなあの意志は、彩人の意識の内でひそかに彼に寄り添い、彼を守り続けてきたに違いない。

すると安永は「少々失礼します」と言って腰を上げ、部屋の隅に置かれた机のほうへ向かった。引き出しから何かを取り出し、戻ってくる。

「こちらを、彩人さんにお渡しいただけますか」

そう言って安永が差し出してきたのは、桜の押し花の栞だった。黒い台紙に、淡いピンクの花と、桜色のリボンがよく映えている。

「安永がつくったのか？」

「いえ。恐らくは、私の姉の彬子がつくったものかと。死んだ時、姉はこの栞を大切そうに手に握っていたのです。ですから姉の形見として、今まで私が保管しておりました」

「どうしてそれを彩人に？」

「桂輔様のお話を聞いて、これは彩人さんが持っているべきもののような気がしましたので」

「そうか……」

そういうことなら、と俺は安永の手から桜の栞を受け取った。彩人の意識の中で嗅いだ優しい花の香りが一瞬、その栞から香ったような気がした。

「ところで、彩人さんは今夜は？」

安永が尋ねてくる。花の香りはもう消えていた。

「たぶん、自分のアパートで寝ていると思う」

一度は部屋を引き払う気になったのだから、これを機にもっとセキュリティのきちんとしたところに引っ越したらどうかと俺は提案したのだが、「めんどくせえ」と彩人はひと言で切り捨て、結局はもとのアパートに戻った。

「相変わらずなのですね」

「想像以上に相変わらずで、少々困っているくらいだ」

いつも気だるげなのも、清掃の仕事をサボるのも、自家中毒の進行による体調不良が原因だと、俺は理解していたのだが――

蓄積された穢れが洗い落とされたことで、昨日の帰り際の彩人はすっかり元気を取り戻し、《ベーカリー・タテヒラ》では遠慮という言葉も知らずにパンを食いまくっていたというのに。今日になったらもとの気だるげな様子に戻り、「病み上がりだから」と言って清掃の仕事を拒否した。あれは、明らかなサボりだ。

どうやら彩人の面倒臭がりは、もともとの性格であったようだ。あるいは長年の習慣となって、身に染みついてしまったのか。彩人の体調を慮《おもんぱか》って今まではサボりもわりと大目に見てきたが、これからは少し厳しくしていく必要があるかもしれない。

「それは何よりです」

苦い表情になる俺とは裏腹に、安永は穏やかな微笑みを浮かべてみせた。

「まあ、何よりだな」

俺も苦い表情を苦笑に変える。相変わらずの日々が続けられるというのは、幸せなことだ。

けれどその「相変わらず」を続けながら、少しずつ変えていきたいものもある。

会社の社長とか獏憑きの飼い主とかいう立場だけでなく、対等な友人であり相棒として、彩人とはこれまで以上に信頼し合える関係をつくっていきたいと俺は考えている。

まあ、こんなことを改まって本人に告げれば、生真面目だの何だのと言われたあげく、二言目にはやっぱり「めんどくせえ」と返ってくるのだろうが。

相変わらずの彩人はきっと、これからも夢祓いを続けていくつもりだろう。面倒臭がりのくせに、自分の寿命を縮める行為であると知りながら、いつだって彼は人の悪夢を食べることだけは厭《いと》わないのだから。

でも、大丈夫。悪夢を食べすぎて、彼の毛皮がまた黒くよごれてきたら、俺がいま一度、洗って真っ白にしてやる。

とはいえ――『Ｂｌａｎｃ－Ｂ　エクストラ』を使うのは、いくら夢の中といっても少々まずいかもしれない。

次はペット用のシャンプーをつくるよう、シラキの商品開発部に提案してみようかな、と俺は考えた。

終章　花の夢

1

俺がいる桜の木は、気づくと再び花が満開になっていた。

ついさっきまで、枝いっぱいに色あせた葉を茂らせていたはずなのに。

目を落とすと、木の下には花香が立っていた。

彬子の姿はなく、花香は一人だ。いや、二人というべきか。彼女が身にまとうゆったりとした桜色のワンピースの布越しにも、腹部が膨らんでいるのはわかる。

また、時が進んだようだ。

花香が顔を上げ、樹上に目をやった。俺はぎくりとして、満開の花の中に身を隠す。

「木、のぼれるんだね」

辺りを見回すも、木の上には俺しかいない。ということはその声は、俺に向けられたものらしい。

花の陰からそろそろと首を伸ばすと、こちらを見上げる花香と目が合った。にっこりと笑顔を見せてくる。やはり、気づかれている。さっき彬子に姿を見られかけた時に、彼女は俺に気づいたのかもしれない。

もっとも、花香にしてみれば「さっき」ではないのかもしれないが。

「のぼったつもりは、ないんだけどな」

俺は応えた。「気がついたら、木の上にいた」

最初は、少し離れた建物の陰から彼女たちの姿を見ていたのだが、「もう少し近くで見たいなあ」などと思っていたら、いつの間にか木の上に移動していた。自分でも、どうやってこんなところにのぼったのかわからない。

「そうなんだ。下りられる？」

返事の代わりに、俺は枝から身を躍らせた。この身体は木にのぼることこそ苦手だったが、しなやかさは抜群だ。やわらかな肉球をクッションにして、音もなく地面に着地する。

木から下りた俺の前には、花香がいた。

黒沢花香。死んだはずの俺のお袋が、俺の目の前に存在している。

「彩人」

お袋が俺の名を呼び、両腕を広げる。これ以上近づいたら、消えてしまうんじゃないか。そんな気がして、恐る恐る俺は、一歩、二歩と広げられた腕のほうへ近づいていく。

でも、消えなかった。俺の身体は、その両腕にしっかりと抱きしめられた。

「やっと、ぎゅっとできた」

俺の首に両手を回し、お袋は嬉しそうに俺のたてがみに頬を寄せる。

「ふかふかだ」

ふふっと、たてがみの中でお袋が笑う。膨らんだ腹が俺の胸の辺りに触れ、小さな鼓動を伝えてくる。不思議な感覚だった。その中には、自らの運命など知らないまま、この世に生まれ出るのを待っているもう一人の俺がいる。

「桂輔くんに、綺麗に洗ってもらってよかったね」

輝くばかりに真っ白な俺の全身を眺めて、お袋はうんうんと満足そうに頷いた。

やはりこいつはただの夢だ。もしこれが本当のお袋ならば、桂輔のことや、俺が洗われて白くなったことなど知るはずがない。

だからこれは、ただの夢。俺が都合よく描いているものにすぎない。でも、俺は夢なんて見るはずがないのに。もしかしてまた、死にかけているのかな？

「大丈夫。彩人は元気だよ」

俺の自問に、笑いながらお袋が答えた。

「これは、わたしの記憶であり、夢でもある。だから確かに、すべてが本物というわけじゃない」

たとえば、とお袋は自分のワンピースの裾を指先でつまんで、

「本物のわたしは、こんなにいつもピンクの服ばかり着ていなかったし」

この夢の中に現れるお袋は、少女の頃から現在に至るまで、形こそ微妙に違うものの、いつも桜色のワンピース姿だ。

「じゃあ、彬子さんもそうなんだ」

彼女もいつもダークカラーのスーツ姿だった。

「あー、彬子さんは、いつもあんな感じだったかな」

お袋は懐かしそうに目を細めて、俺を見た。まるでそこに、彬子の面影《おもかげ》が映っているとでもいうふうに。

「だからね、少なくともこれは、彩人が都合よくつくった夢ではないよ」

ならば俺は今、確かにお袋と会っているということなのか。

一体、どんな理屈でそんな奇跡みたいなことが可能になったのだろう。いや、理屈とかそんな面倒臭いものはこの際、どうだっていい。

このお袋が本物だというならば。俺には、どうしても伝えたいことがある。

「お袋……」

俺はそっと、お袋の身体に自分の頭をすり寄せた。本当は俺も、ちゃんと人間の姿でお袋を抱きしめたかったけど。それは贅沢というものだろう。

「お袋が死んだのは、俺のせいだ。俺が獏憑きなんかに生まれてきたせいで、お袋は死ぬことになった」

俺が普通の赤ん坊に生まれていれば、きっとお袋は死なずにすんだ。彼女を殺したのは、この俺だ。

生まれてきた俺を腕に抱くことを、あんなにも待ち望んでくれていたのに――

「獏憑きに生まれて、ごめんなさい」

熱いものが滲んでくる目を、ぎゅっと閉じる。お袋の顔を見るのが怖かった。彼女の悲しい顔は、見たくなかった。

「わたしこそ、ごめんね」

謝らないでほしい。獏憑きに産んでごめんね、とか。そんな後悔に満ちた謝罪を聞いたら、俺はますます自分の存在を許せなくなる。お袋の顔を見られなくなる。

「わたしが、望んだの」

けれど続いたのは意外な言葉で、俺は目を開けてお袋を見る。

そこにあるのは、悲しい顔ではなかった。後悔もなかった。ただ少し、ばつが悪そうにしているだけで。暗さも深刻さも、どこにもなかった。

「彩人が生まれる前に、彬子さんは死んじゃったから。だからわたし、願ったの。彩人が、獏憑きとして生まれてきてくれるようにって」

「お袋が、願った……？」

「そうすれば彬子さんが戻ってきて、彩人を守ってくれる気がしたから。だけどね、それはわたしの身勝手な願いで、結果的にはわたしも死んじゃったし。彩人には、苦労を押しつけることになっちゃった。だから謝らなきゃいけないのは、わたしのほう」

ごめんね、といま一度言ってから、「でも」とお袋は続けた。

「わたしは、嬉しいんだよ。彩人が貘憑きとして生まれてきてくれて。こんなに可愛くて綺麗な姿も見られたし」

すごく満足、と言って、お袋はぎゅうっと俺の身体を抱きしめる。ちょっと苦しいくらいに。

望まれて生まれてきた貘憑きなんて、白木の貘の長い歴史の中でもきっと、俺くらいのものだろう。

俺のお袋は、ずいぶん変わっている。でも、そんなお袋のもとに生まれることができて——俺は、すごく幸せだ。

「桂輔くんがそばにいてくれるから、彩人はもう大丈夫だね」

ふわりと桜の花が舞う。風にのって、雪のように溶けていく。

「もしまた黒くよごれて、苦しくなっちゃったら、その時にはまた洗ってもらえばいい」

そう言って、お袋は白い容器を差し出してきた。見覚えのある派手なパッケージ。桂輔が開発に携わったシラキの新商品、『Ｂｌａｎｃ－Ｂ　エクストラ』だ。

「……これ、洗濯用洗剤なんだけど」

まさか桂輔のやつ、これで俺を洗ったのか？

「そうなの？　バクの絵が描いてあるから、てっきりバク用シャンプーかと思っちゃった」

「バク用シャンプーってなんだよ。そんなもん、聞いたことねえし」

「それもそっか」

あはは、とお袋は明るく笑う。その輪郭が、雪のように溶ける花びらにまじって薄れていく。

「お袋――」

慌てて引き止めようとした俺の身体を、温かくて優しい腕が再び包み込んだ。

「忘れないで、彩人。わたしたちは、いつもあなたの中にいる」

耳に触れるやわらかな声が、俺を包むぬくもりとともに、じんわりと俺の心に沁み込んでいく。

「うん」

嗚咽のまじった声で「ありがとう」と伝えると、お袋はにっこりと笑い、花の香りをまとった手で、よしよしと俺の頭を優しく撫でた。

2

社長室のソファで、俺は目を覚ました。

身体を起こすと、膝の上に何かが落ちた。寝ていた俺の胸の上に置かれていたらしい。

拾い上げてみると、押し花の栞だった。黒い台紙の上に押し花にした桜が貼《は》られ、ラミネートされて桜色のリボンがつけられている。

どうしてこの栞がここにあるのだろう。これは夢の中で、彬子が持っていたものだ。幼い頃の花香からもらった桜の花で、彬子がつくった栞。二人の約束の印だった。

彼女たちの最後の約束は結局、果たされることはなかったけれど。

「よく寝ていたな」

声がして、部屋の奥に目をやると、窓際の机のところに桂輔の姿があった。

「いたのかよ、桂輔」

俺がここへ来た時には、部屋には誰もいなかった。俺が寝ている間に戻ってきたようだ。

「ここは俺の執務室だ。どちらかというと、お前が当たり前の顔でソファに寝ているほうがおかしい」

言いながら桂輔は椅子から腰を上げ、俺がいるソファのほうへ近づいてくる。

「そいつは昨夜、実家へ行った際に安永から受け取ったものだ」

俺の手の中の栞を、桂輔は示した。「お前に渡してほしいと頼まれた」

「安永が……」

現実では彼が持っていたのか。今になって、どうして安永が俺に渡そうと思ったのかはわからないが、俺がお袋の夢を見たのは、この栞のおかげだったのかもしれない。

「ところで」と桂輔が話題を変える。

「今さっき夢祓いの依頼が入って、クライアントがこれからここへ来ることになったんだが」

「ああ、やっぱりな。そうなるかと思って、俺もここで待機してたんだよ。同じアパートに住んでるやつが、かなり黒くて切羽詰《せっぱつ》まってる感じだったからさ。昨日、名刺を渡してやったんだ」

「病み上がりとか言って、清掃の現場へ行くことは渋ったくせに。さっそく夢祓いは引き受けるのか」

桂輔は呆れたようにため息をつく。せっかくよごれを落として真っ白にしてやったのに、と思っているのかもしれない。けれど俺としては、仮に本家からもうやらなくていいと言われたとしても、夢祓いをやめる気はさらさらなかった。

「貘ってのは、悪い夢を喰ってこそのもんだろ」

「まあ、お前はそう言うと思っていたけどな。やる気があるなら、俺としてもやってもらうさ。それで薄汚れてきたら、また洗ってやる」

「『Ｂｌａｎｃ－Ｂ　エクストラ』を使うのは勘弁しろよ」

　すると桂輔は、「なぜそれを知っているんだ」という顔をした。やっぱり、あれで洗ったのか。

「ついでに、他にももっと大事なことを俺は知ってるぜ。桂輔の悪夢や罪悪感は、やっぱり幻だっていうこととかな」

「何？」桂輔は眉をひそめ、ますます怪訝そうな表情になった。

「俺が獏憑きとして生まれてきたのは、順番のせいなんかじゃない。俺は、望まれて獏憑きになったんだ」

「……お前、寝ぼけているのか？」

　夢の余韻がいまだ俺を取り巻いていた。お袋の優しいぬくもりが、手にした栞を通して今もなお、俺の身体を包んでくれているような気がする。

「寝ぼけちゃいない。でも、夢は見た」

「夢を？　お前が？」

「俺の夢であって、俺の夢ではないのかもしれないけど」

「お前の言うことが、さっきから俺にはさっぱりわからないんだが」

「とにかく座れよ。依頼人が来るまで、まだ時間があるだろうし」

　俺は桂輔を向かいのソファに座らせる。いつもなら「説明すんのはめんどくせえ」となるところだが、この栞を持ってきてくれた礼も込めて、今は懇切丁寧に説明してやりたい気分だ。

　桂輔が素直に腰を下ろしたのを見て、俺は作業着の胸ポケットから煙草を取り出す。少々、長い話になるだろう。ゆっくりと煙を味わいながら、俺は口を開いた。

「じゃあ、じっくり話してやるよ。俺が見た、お袋の夢の話をさ――」

風森章羽（かざもり・しょう）

3月7日、東京都調布市生まれ。2014年、『渦巻く回廊の鎮魂曲《レクイエム》 霊媒探偵アーネスト』で第49回メフィスト賞を受賞し、デビュー。霊媒探偵アーネストシリーズは、『清らかな煉獄』『雪に眠る魔女』『水の杜の人魚』『夜の瞳』『奇跡の還る場所』が刊行されている。近著に、『私たちは空になれない』がある。

本書は書き下ろしです。
この作品はフィクションです。登場する人物、団体は、実在するいかなる個人、団体とも関係ありません。

貘《ばく》の掃除屋《そうじや》

2023年１月30日　第１刷発行

著　者　風森章羽《かざもりしょう》
発行者　鈴木章一
発行所　株式会社　講談社
〒112-8001　東京都文京区音羽2-12-21
電話　［出版］03-5395-3506
［販売］03-5395-5817
［業務］03-5395-3615

KODANSHA

本文データ制作　講談社デジタル製作
印刷所　株式会社ＫＰＳプロダクツ
製本所　株式会社国宝社

N.D.C.913 311p 19cm
ISBN 978-4-06-530408-2